如果我們的世界消失了

STATION
ELEVEN

EMILY ST. JOHN
MANDEL

艾蜜莉·孟德爾／著
吳品儒／譯

謹以本書紀念愛蜜莉·傑考布森（Emilie Jacobson）

地球明亮的一面轉向黑暗
城市在不同時區逐一入睡
對我而言，現在與往日皆然，太多
太多世界了。

——切斯瓦夫·米沃什[1]《拆散的筆記簿》（*The Separate Notebooks*）

1 Czesław Miłosz（1911-2004）波蘭知名詩人，於一九八〇年獲諾貝爾文學獎。

I

劇院

1

一汪藍光之下，國王站立，身形搖曳。冬夜的多倫多埃爾金劇場，台上正演出《李爾王[2]》第四幕。稍早觀眾進場時，三個飾演幼年版李爾王女兒的小女孩在台上玩拍手遊戲。此時在李爾王發狂的場景中，她們重回舞台，扮演國王的幻覺，在暗影中忽隱忽現，而他跌跌撞撞想摟住她們。國王由亞瑟．林德飾演。他五十一歲，髮間插著花。

「你認識我嗎？」飾演大臣葛羅斯特的演員問。

「我很記得你這雙眼睛。」亞瑟回答。幼年版的小女兒幻影讓他心神不寧，事情就在此刻發生了。亞瑟臉色驟變，腳下一個踉蹌，正想伸手扶柱子，卻誤判了距離，掌側直接擊中柱身。

「下半身卻是淫蕩的妖怪，」亞瑟開口，但台詞說錯了，而且含糊帶過，聲音輕得幾乎聽不見。他把手當作受傷鳥兒似的捧著，葛羅斯特和兒子愛德伽緊盯著他。當時亞瑟或許還在演戲，但已經有人從正對舞台的第一排站了起來。這個人受過急救訓練，一旁的女友輕拉他袖子，用氣音問：「吉梵，你幹嘛啊？」其實吉梵自己一開始也不確定。後排的觀眾低聲要他坐下，有個帶位員朝他走近。雪花開始落在舞台上。

「小鳥兒都在幹那把戲，」亞瑟低聲唸道。吉梵對這齣戲很熟，他發現亞瑟往回跳了十二行台詞，「小鳥……」

「先生，請你……」帶位員說。

可是亞瑟幾乎快要不行了。他搖搖晃晃，眼神渙散，吉梵看出他已經不是在演李爾王。吉梵推開帶位員，衝向側邊的舞台階梯，但又有另一名帶位員從走道趕過來，他只好直接從正面爬上舞台。舞台比想像中高，他爬到一半還必須踢開拉住他袖子的第一個帶位員。吉梵不經意地發現，台上的雪片是塑膠做的，細碎的半透明塑膠黏上他的外套，拂過他的皮膚。這場混亂讓葛羅斯特和愛德伽出了戲，兩人的目光都已離開亞瑟。亞瑟靠在三合板搭成的柱子上，眼神空洞地望向落雪。後台傳來喊叫，兩名黑衣人快速接近，但吉梵先一步趕到亞瑟身旁，在他失去意識時接住，穩住身子緩緩放下。雪片在他們四周疾速落下，微微發出藍白光芒。亞瑟沒了呼吸。兩個黑衣保全在幾步之外停下來，大概察覺了吉梵並不是什麼瘋狂影迷。觀眾席傳來疑惑的低語，手機閃光明滅，黑暗中傳來模糊驚叫。

「我的老天爺啊。」愛德伽拋開了稍早演戲的英國腔，口音像是來自阿拉巴馬州，而那裡正是他的故鄉。葛羅斯特扯下纏住半張臉的繃帶（這名角色在戲中被挖去了雙眼），彷彿凍結在原地，嘴巴像魚一樣開開闔闔。

2 King Lear，莎士比亞四大悲劇之一，描述年邁的李爾王即將退位，決定將國土分給三個女兒。自私的長女和次女花言巧語贏得了父王信任，真誠的么女卻不願阿諛奉承而遭父親驅逐。這一幕提及的臣子葛羅斯特是劇中另一位盲目的父親，誤解了善良的兒子愛德伽。最後兩位父親都懊悔莫及。

亞瑟心跳停了，吉梵開始為他做CPR。有人喊了一聲，布幕「唰」一聲落下，一道黑影掩去了台下的觀眾，台上的光芒也減去半分。塑膠雪片還在飄落，保全退開了。燈光變換，暴風雪的藍白光芒被螢光燈取代，相較之下黃了些。吉梵在乳瑪琳色溫下默默急救，不時看向亞瑟的臉。他心想：呼吸，呼吸啊。亞瑟依然沒有睜開眼。布幕那裡傳來動靜，有人在拍打，想從觀眾席那一邊找地方掀開。接著來了一名身著灰色西裝的男子，他跪在亞瑟胸口旁邊。

「我叫華特．亞科比，是心臟科醫師。」他的眼睛隔著鏡片被放大了，頭上髮絲稀稀疏疏。

「我是吉梵．喬希利。」吉梵說。他不太確定自己究竟在台上待了多久。身邊的人來來去去，但除了亞瑟，其他人似乎都遙遠而模糊，現在台上又多了一個人。吉梵心想：這裡好像暴風眼，他、醫生和亞瑟待在中心，無風無雨。華特醫師摸摸亞瑟的前額，動作很輕，像是安撫小孩發燒的家長。

「他們已經叫救護車了。」華特說。

垂下布幕的舞台意外多了一分親切。吉梵想著多年前在洛杉磯採訪亞瑟的事，當時他跑過一陣子娛樂新聞。他也想著女友蘿拉，不知她是否還在觀眾席前排等他，或是去了劇院大廳。他想著：拜託，呼吸啊，快呼吸。他想著布幕遮住了舞台的第四道牆，在台上隔出一個房間，不過上方沒有天花板，只有幽幽深深的貓道和燈具，即使有人躲著，也看不到。吉梵告訴自己：「別傻了，胡思亂想什麼呢？」但他感覺到後頸一陣刺癢，彷彿有人從舞台上方窺看。

「要我接手嗎？」華特醫師問。吉梵知道醫生在一旁也想幫忙，於是點點頭，雙手離開亞瑟的胸膛，讓華特以完美的節奏接手急救。

此刻吉梵環顧整個舞台，心想這其實不太像個房間。看看舞台兩側的通道、暗處和頭上缺少的天花板，一切都太臨時了，倒像是交通轉運站，好比火車站、機場什麼的，眾人快步來去。救護車來了，身穿黑制服的一男一女兩名急救員穿過下個不停的荒謬雪片，以烏鴉般的姿態俯視倒下的亞瑟，把吉梵擠到一旁。女的很年輕，幾乎像個少女。吉梵起身後退，碰到亞瑟剛才靠著的柱子，指尖傳來平滑拋光的觸感，原來是漆成石頭顏色的木板。

舞台上到處都是工作人員，有演員，也有拿著夾紙板、職務不明的人。「搞什麼，誰去把雪花關掉好嗎？」吉梵聽到有人說。李爾王的二女兒和小女兒手牽手，在布幕旁哭泣。愛德伽盤腿坐在一旁，以手掩口。李爾王的大女兒悄聲講手機，假睫毛在臉上投下陰影。

沒有人在看吉梵。他突然明白，在這場表演中，自己的戲分已經結束了。急救看來沒什麼效果。他想去找蘿拉，她可能還在大廳等他，心情很亂。或許她會覺得他的行動值得嘉許？她的觀感並不是吉梵考量的重點，但他難免會在意。

終於有人關了雪花，最後幾枚半透明雪片飄落。吉梵想趕快離開舞台，卻聽到一陣嗚咽，原來是個之前沒注意到的孩子。小演員跪在他左邊的假柱旁。吉梵看過四遍《李爾王》，這還是第一次見到由小孩來演出國王的幻覺，覺得頗為創新。眼前的小女孩約莫七、八歲，直用手背揩眼睛，舞台妝都擦花了。

「後退。」急救人員說。電擊時，另一名急救員退開。

「妳好。」吉梵跪在小女孩身旁跟她說。為何沒有人把她帶離這混亂的一切？女孩直盯著急救人員。吉梵也想生孩子，可是他缺乏與小孩相處的經驗，不太曉得如何跟他們說話。

「後退。」急救人員重複道。

「別看了。」吉梵說。

「他快死了，對不對？」她小聲抽泣。

「不知道。」他也想說些安慰的話，但必須承認情況並不樂觀。亞瑟躺在舞台上動也不動，已經電擊兩次了。華特醫師握住亞瑟的手腕，一臉沉重地望向遠方，等待脈搏跳動。「妳叫什麼名字？」

「克絲婷。克絲婷・雷蒙。」小女孩回答。她臉上的舞台妝一塌糊塗。

「克絲婷，妳媽媽呢？」

「她十一點才會來接我。」

「宣布死亡時間吧。」急救人員說。

「那妳演戲的時候，都是誰照顧妳？」

「譚雅是劇場的保姆。」她還在看亞瑟，吉梵挪動位置擋住她視線。

「晚上九點十四分。」華特醫師說。

「保姆？」吉梵反問。

「大家都這樣叫她，我來這裡都是她在顧我。」她回答。

正當急救人員將亞瑟抬上擔架固定，舞台右方來了一名西裝男子，著急地跟急救人員說話。其中一名急救員聽了聳聳肩，幫亞瑟把蓋住臉的毛毯拉下來，又戴上氧氣面罩。吉梵明白，這多餘的舉動肯定是為了不讓亞瑟的家人透過晚間新聞畫面得知他的死訊。這份尊重令他動容。

吉梵站著，向抽泣的女孩伸出手說：「來吧，我們去找譚雅，她可能在找妳哦。」

這似乎不太可能。若譚雅真的在找她，現在早該找到了。吉梵牽著克絲婷走到舞台一旁，西裝男子已經不見了。後台亂成一團，人人都在說話和移動。有人大喊著讓讓路，急救隊伍往劇院後台出口移動，華特在前頭領著擔架，一行人消失在走廊盡頭。接下來場面更加混亂，每個人都在哭泣、講電話，或是聚在一起，一次又一次反覆述說事發經過：「然後我往下看，他就倒了。」其他人不是大聲發號施令，就是對別人的指令充耳不聞。

「好多人啊。」吉梵其實不太喜歡人群，「妳有看到譚雅嗎？」

「沒有，都沒看到她。」

「好吧，我們應該待在一個地方別離開，等她來找。」吉梵說。他想起以前看過一本關於森林迷路的求生指南，上頭是這麼建議的。舞台後側的牆邊有幾張椅子，他挑了一張坐下，看著沒上漆的木板布景背面。有個工作人員在掃雪。

「亞瑟會好起來吧？」克絲婷爬上他身旁的椅子，雙手抓著裙子。

「剛才……他在做自己最喜歡的事。」吉梵說。這是他從一個月前《環球郵報》的訪談得知的。當時亞瑟說：「我這輩子都在等自己變老，直到能演出李爾王的角色。登台表演是我的最愛，那種臨場感……」然而如今回想，這段訪談未免太過空泛。亞瑟主要是演電影，有哪個好萊塢演員希望自己變老呢？

克絲婷沒開口。

「我想說的是，如果演戲是他這輩子做的最後一件事，那麼他會很快樂的。」

「演戲真的是他這輩子做的最後一件事嗎？」

「我覺得是。很遺憾。」

雪掃完了，在布景背後堆成一座閃亮的小山。

過了一會兒，克絲婷說：「我也是，最喜歡了。」

「最喜歡什麼？」

「演戲啊。」她回答。這時有個哭花舞台妝的年輕女子鑽出人群，伸出雙臂。她牽起克絲婷的手，幾乎沒看吉梵一眼，立刻把女孩帶開。克絲婷回過頭來，就那麼一次，然後走了。

吉梵起身走上舞台。沒人阻擋他。他有點希望蘿拉還在剛才的前排位置等他。從剛才到現在究竟過了多久？可是當他鑽過絲絨布幕，觀眾早就走光了。帶位員正在掃地、撿拾座位間的節目單，椅背上掛著被遺忘的圍巾。他走到外頭鋪著紅地毯的氣派大廳，小心避免與帶位員眼神交會。還有幾個觀眾在大廳流連，但蘿拉不在。他打給她，可是她在節目開演前關機了，顯然還沒打開。

他在語音信箱留言：「蘿拉，我在大廳，妳在哪裡？」

他站在女性專屬的酒吧外，喊著問服務員，但她說裡面已經沒人了。吉梵又在大廳繞了一圈才去拿寄放衣物。架上只剩他的長大衣和幾件外套，蘿拉的藍外套不見蹤影。

央街[3]下著雪。吉梵踏出劇院時嚇了一跳，因為他身上還黏著舞台的半透明雪片，戲裡戲外竟是如此巧合。有六、七個狗仔一整晚等在劇場外，雖然亞瑟的名氣不比往昔，依然有報社想買他的照片。尤其他正陷入離婚戰場，模特兒出身的演員妻子出軌，搞上了導演。

吉梵自己也當過狗仔，直到最近才離職。他打算悄悄離開，別讓之前的同行發現，但這些人的專業技能就是揪出想偷溜的人。他一出現，他們便一擁而上。

其中一個人說：「氣色不錯哦。外套很好看。」吉梵穿著風衣，雖然不夠暖，卻能讓自己看起來沒那麼像狗仔。他們老愛穿臃腫的羽絨外套搭牛仔褲。

「最近都在幹嘛？」

「在酒吧工作、接受急救人員訓練。」吉梵說。

---

3 Yonge Street，多倫多的主要大道，一九九八年以前曾是世界最長的街道，呈南北走向，將城市分隔為東、西區。

「加入緊急醫療服務隊？你是認真的嗎？下半輩子要忙著在路邊撿醉漢？」
「我想做些有意義的事，如果你想問的是這個。」
「好啦，隨便。你剛剛在裡面對吧？發生什麼事了？」有幾個狗仔正在講電話，吉梵身旁有人說：「跟你說，那傢伙掛了……對啊，當然，鏡頭被雪花擋到，但你看看我剛才傳的那張，他被抬上救護車——」
「我不知道發生了什麼事，第四幕演到一半，他們就把布幕放下了。」吉梵撒了謊，因為他現在不想跟任何人說話，或許蘿拉除外。同時也因為，他特別不想跟這些人說話。
「有看到他被送上救護車嗎？」
「他從後台出口被推出來。」其中一個攝影師這樣說，他正在抽菸，動作緊張匆促。「急救人員、救護車，整整九碼長的路上都是人車。」
「他看起來怎樣？」
「你想聽真話？媽的看起來就像屍體啊。」
「好像打了肉毒桿菌，全身上下都是。」
「有人出來發言嗎？」
「有個穿西裝的出來，跟我們說了一些話，說他過勞，喔等等，還有脫水。」幾個狗仔笑了，「這些人不都是過勞又脫水？」
剛才提到肉毒桿菌的記者說：「我還奇怪怎麼沒人提醒他們？可能會有人良心發現，叫來一、兩個演員說：『兄弟啊，把我的忠告傳下去，要大夥兒多喝水、多睡覺，好嗎？』」

「我沒看到什麼，你知道的搞不好還比我多。」吉梵說完便假裝有重要來電。他沿著央街走，話筒緊貼耳朵，走過半個路口，來到一間店門外，又打了蘿拉的電話。她依然關機。

搭計程車的話半小時就能到家，但他喜歡在空氣清新、遠離人群的地方走路。雪下得愈來愈急，他覺得自己活著好奢侈、好罪過。多不公平啊，他的心臟毫無差錯地跳動，亞瑟卻冰冷僵硬地躺在某處。他往央街北端走，手插在外套口袋裡，雪片刺痛了他的臉。

吉梵住在椰菜鎮，位於劇院東北方。從劇場走回家有好幾哩路，沿途有紅色路面電車經過，若是二十幾歲的時候，吉梵一定不假思索地動身，可是他已經好一段時間沒有這麼走了。他陷入猶豫，可是才在卡爾頓街右轉，體內馬上感受到一股衝勁，挪動雙腳遠離第一個經過的電車站牌。

走到艾倫花園，約莫是路程中點時，一陣喜悅出其不意地襲上心頭。他告訴自己：「亞瑟死了，你救不了他，這沒什麼值得開心的。」可是其實有。吉梵感到喜悅，是因為他這輩子都在煩惱自己的志向，而如今總算想通了：他百分之百想成為一名急救人員。在其他人只能乾瞪眼的時刻，他想成為挺身而出的那一個。

他有一股荒謬的衝動想跑進花園。這地方在暴風雪中看起來好陌生，到處是積雪、陰影和樹的剪影，溫室植物園的玻璃圓頂彷彿在水下發光。他小時候最喜歡躺在庭院裡，看著雪落在身上。隔幾條街，椰菜鎮就在眼前，國會街上，積雪覆蓋的路燈發出微光。手機在口袋裡震動，他停下腳步看蘿拉傳來的訊息：「頭痛先回家了。可以買牛奶回來嗎？」

在這當下，剛才那股衝勁沒了，他再也走不下去了。他費盡心思買了《李爾王》的票，希望兩人偶爾來點浪漫，別老是吵架，她卻把他扔在劇院自己回家，留他一個人在台上幫死掉的演員做CPR，現在竟然還想叫他買牛奶？吉梵停下腳步後，開始覺得冷，腳趾也麻了。暴風雪的魔力離他遠去，剛才感受到的喜悅也消失無蹤。夜晚黑得深沉，黑暗中卻又充滿騷動，雪下得急，下得靜，吞噬了街邊車輛的線條。吉梵擔心回到家會衝動對蘿拉說出什麼話，於是打算去酒吧坐坐，但又不想跟人說話。想到這裡，他發現自己其實不想喝醉，只想在思忖下一步之前獨處一會兒。他走進寂靜的艾倫花園。

2

埃爾金劇場剩下的人不多。服裝間有個女人在洗戲服，附近還有一個男人在燙戲服。飾演李爾王小女兒的演員在後台跟助理舞台監督喝龍舌蘭。有個年輕工作人員一邊聽 iPod 搖頭晃腦，一邊拖地。在舞台上目睹亞瑟過世的小女孩在更衣室啜泣，負責照顧小演員的女人正在設法安慰她。

六個落單的人晃到劇院大廳酒吧，幸好酒保還沒走。舞台監督也在那裡，再加上愛德伽、大臣葛羅斯特、化妝師、李爾王大女兒，以及剛才坐在觀眾席的製作人。吉梵涉雪走過艾倫花園之際，酒保正在為大女兒倒威士忌。這群人聊起該如何向親近的家屬通報亞瑟的死訊。

「他有個兒子，叫泰勒。」化妝師說。

「幾歲？」

「七、八歲吧？」其實化妝師知道那孩子的年齡，但他不想讓大家發現這都是從八卦雜誌看來的。「那孩子好像跟媽媽一起住在以色列，耶路撒冷或特拉維夫吧。」他明知是耶路撒冷。

「哦，對啦，他媽媽是那個金髮演員。伊莉莎白嗎？還是伊莉絲什麼的？」愛德伽說。

「第三任前妻？」製作人問。

「小孩的媽媽應該是第二任。」

「可憐的孩子。亞瑟親近的人還有誰？」製作人問。

這問題引發令人不安的沉默。亞瑟和照顧小演員的保姆在鬧緋聞，此事除了製作人之外，每個人都知道，但也都不確定別人知不知道。結果是葛羅斯特說出了她的名字。

「譚雅在哪裡？」

「譚雅是誰？」製作人問。

「還有一個小孩沒接走，譚雅應該在孩童更衣室。」舞台監督從來不曾親眼目睹誰的死，他現在好想抽菸。

「好吧，除了譚雅、亞瑟的小孩和他那些前妻，還要通知誰？兄弟姊妹、爸媽？」李爾王大女兒說。

「譚雅是誰？」製作人又問了一遍。

「你們剛剛說的那些前妻，到底有幾個？」酒保邊擦杯子邊問。

「他還有一個弟弟，但我想不起他的名字，就是記得聽他提起過。」化妝師說。

「大概有三、四個吧，」大女兒還在講前妻的事，「三個？」

「三個。但最近那場離婚官司不曉得打完了沒？」化妝師眨眨眼擠掉淚水。

「所以他今晚死……今晚那樣的時候，其實是單身狀態？」製作人明知這話聽起來很傻，但他也不曉得該怎麼說才好。亞瑟．林德幾個小時前剛剛踏進劇場，很難想像他明天就不會再來了。

「離過三次婚？完全不能想像。」最近也離了婚的葛羅斯特說。他努力回想亞瑟跟他說過的最後一件事，好像是關於第二幕的舞台調度？他真希望能想起來。「通知任何人了嗎？我們要打給誰？」

「我來聯絡他的律師吧。」製作人說。

這是個絕佳提議，但聽了難免喪氣。所有人默默喝了好幾分鐘，都沒心情說話。最後酒保開口：「打給他律師……天啊，怎麼會是律師？人死了，只能打給律師？」

「不然還能打給誰？經紀人嗎？七歲的兒子？還是他那三個前妻？或是譚雅？」大女兒問。

「我知道啦，只是一時之間很難接受。」酒保說。眾人又陷入沉默。有人說雪下得很大，的確是。大廳另一頭的玻璃門看得到外面。從酒吧望出去，雪看起來很抽象，像一部電影，放映天氣惡劣的無人街道。

「敬亞瑟。」酒保說。

在孩童更衣室，譚雅給了克絲婷一個玻璃紙鎮，塞到她手中說：「拿好喔，我會打電話給妳爸爸媽媽，妳看這個漂亮球球，不要哭哦……」克絲婷哭得淚眼汪汪，抽抽搭搭。再過幾天就是她八歲生日了，她看著紙鎮，覺得那是她收過最美麗、最奇妙，也最怪異的禮物。紙鎮是玻璃做的，裡頭關著一場暴風雪。

大廳裡，酒吧一群人舉杯致意：「敬亞瑟。」他們再喝幾分鐘，接著各自回家。

當晚那群人之中，活得最久的是酒保。三週後，他死在離開多倫多市區的路上。

3

吉梵獨自一人在艾倫花園漫步，溫室的冷冷光線像燈塔般照耀著他。路上的雪已經堆到小腿肚，他想起小時候總愛搶第一個在雪上踏腳印。看著溫室裡的熱帶天堂景象、起霧玻璃後方朦朧的熱帶花朵、棕櫚葉的形狀（這讓他想起許久以前的古巴度假之旅），他感到一陣舒暢。他決定去探望哥哥法蘭克。他好想告訴法蘭克今晚發生了什麼事，除了令人難過的死別，還有他立定志向要做急救人員的事。他是今晚才終於下定決心的。他花了好長的時間尋尋覓覓，當過酒保、狗仔、娛樂記者，接著又回去當狗仔，然後又是酒保，六、七年就這樣過去了。

法蘭克住在多倫多南端的玻璃帷幕大廈，可眺望安大略湖畔風光[4]。吉梵離開花園，在街邊等了一會兒，跳啊跳的取暖，接著搭上電車。車子像是漂浮在夜色中。他額頭靠在玻璃上，看著電車沿卡爾頓街龜速前進，回到他剛才走過的地方。暴風雪中，四下一片白茫茫，電車速度和步行無異。剛才他按摩亞瑟靜止的心臟，現在手還在痛，想起多年前在好萊塢當狗仔跟拍亞瑟的事，忽然一陣悲傷。他想到化著亮麗舞台妝的小女孩克絲婷，還有跪下來幫忙的灰西裝心臟科醫師，想著亞瑟的臉，還有他最後的台詞：「小鳥……」他也因此想起關於鳥的事。法蘭克帶著雙筒望遠鏡和他一起賞過幾次鳥，蘿拉夏天最喜歡穿藍底黃鸚鵡花樣的洋裝。蘿拉啊，他和她以後會怎麼樣呢？稍晚他可能還是會回家，她也隨時可能會打來道歉。他已經快要回到散步的起點，劇院關門了，南邊幾條街也暗了下來。

路面電車還沒到央街就停下，他看到有車在路上打滑，三個人下來推車，但輪胎依舊卡在雪堆裡。口袋中的手機又震動了，但打來的不是蘿拉。

「阿華？」雖然兩人不常見面，但吉梵把阿華視為他最好的朋友。大學畢業後兩年，他們一起在酒吧做事，阿華同時準備醫學院入學考，吉梵則是努力成為婚禮攝影師，可惜結果並不順利。後來吉梵跟另一個朋友去洛杉磯幫演員拍照，阿華攻讀醫學院。現在他在多倫多綜合醫院工作，工時很長。

「你看新聞了嗎？」阿華緊張的口氣不太尋常。

「今晚的嗎？還沒，我去看戲了。跟你說，發生了一件難以置信的——」

「等一下，先聽我講。你老實說，如果我告訴你一件非常非常嚴重的事，你會不會恐慌症發作？」

「我已經三年沒發作了。醫生說之前只是壓力暫時引起的。你也知道。」

「好，那你聽過喬治亞流感嗎？」

4 多倫多市區有許多玻璃大樓，人均數量居北美各城市之冠。安大略湖位於多倫多南方，湖畔的電視塔是知名地標，以觀景台的透明玻璃地面著稱。

「聽過，你也知道我會留意各種新聞。」吉梵說。昨天新聞報導，喬治亞共和國傳出新型流感，引發恐慌，染病死亡率和死亡人數眾說紛紜，只有片面消息。媒體所用的名字「喬治亞流感」美麗得讓吉梵卸下心防。

「我加護病房來了一個病患，十六歲，昨天從莫斯科飛來，今天清晨在急診室出現流感症狀。」這時吉梵才聽出了阿華語氣中的疲倦，「她情況不太好。結果到了中午，一共多出十二個相同症狀的病患，原來他們搭同一班飛機，都說在機上就開始不舒服了。」

「這些人是親戚嗎？還是和第一個發病的人有交集？」

「完全沒有任何關係，只是搭同一班飛機從莫斯科出發。」

「那個十六歲的……？」

「我覺得她撐不過去。這是第一批患者，今天下午又來了一個相同症狀的，但是這人沒搭飛機，只是機場員工。」

「我不知道你在——」

「這個人是地勤，他只是指引其中一個病患去搭飯店接駁車，這是唯一的接觸。」阿華說。

「天啊，好像很嚴重。所以你今天也會加班？」吉梵說。路面電車車依然被剛才打滑的車輛擋著。

「你記得SARS嗎？我們以前聊過。」阿華說。

「我記得當時聽到你們醫院被隔離，趕緊從洛杉磯打給你，可是不記得我說了什麼。」

「你都快嚇死了，我還忙著安撫你。」

「這麼一說我就記得了。但我必須說，他們把SARS講得跟什麼──」

「你那時候還說，如果真有流行病大爆發，再打給你。」

「我記得。」

「今天早上到現在，已經有超過兩百名流感患者入院。其中一百六十人是剛剛三小時內才到的，有十五人已經死了。急診室塞滿新病患，床位都排到走廊了。加拿大衛生部也差不多要宣布了。」吉梵這才恍然大悟，阿華的語氣中不只是疲累，還有害怕。

吉梵拉了下車鈴，往後門走。他發現自己不時偷瞄其他乘客：抱著採買紙袋的女人、玩手機遊戲的西裝男子、小聲用印地語交談的老夫妻。有誰是從機場過來的嗎？他開始在意起每一個在他身旁呼吸的人。

阿華說：「我知道你會很慌。相信我，如果這流感沒什麼，我絕不會打給你，可是……」吉梵用掌心拍打車門玻璃。之前還有誰碰過這塊玻璃嗎？司機回頭瞪了一眼，但還是讓他下車。吉梵走入風雪中，車門在身後「呼」一聲關上。

「可是你不認為這次『沒什麼』。」吉梵走過那輛打滑的車，輪子還在雪堆裡空轉，央街就在前方。

「我很確定這次非同小可。聽好，我得回去工作了。」

「阿華，你一整天都在處理這些病人嗎？」

「我沒事的，吉梵。一定沒事。我要掛了，晚點再打給你。」

吉梵把手機放回口袋，穿過積雪，沿著央街往南走向安大略湖，前往法蘭克家。你還好嗎，阿華？我的老友，你會好好的嗎？吉梵心裡實在不安。埃爾金劇場的燈光就在前方，內部一片漆黑，外牆依然掛著《李爾王》的宣傳海報，劇照中亞瑟頭上插著花，瞪視一片藍光，死去的小女兒癱倒在他懷裡。吉梵站了一會兒，看著那些海報。接著他緩緩起步，回想阿華不尋常的來電。街上還有騷動。他停下腳步，在行李箱專賣店門前喘口氣，看著一輛計程車減速行駛在未鏟雪的街上，汽車大燈照亮前方，大雪彷彿困在光線之中。有那麼一刻，吉梵彷彿又置身舞台的風雪布景。他搖搖頭，甩開亞瑟的空洞眼神，疲累的身體踉蹌前行，穿過湖濱高速公路下方的橘光和陰影，走向多倫多南端的玻璃帷幕。來到皇后碼頭，風腳剪過湖面，風雪更加凶猛。終於抵達法蘭克家的時候，阿華再度來電。

「我一直在想你說的事情，是不是真的……」吉梵說。

「聽著，馬上離開多倫多。」阿華說。

「什麼？今晚就走？發生什麼事了？」

「我不知道。我暫時只能告訴你這麼多，我也不知道究竟怎麼一回事。這顯然是流感，但我從沒見過這樣的流感。來得好快，擴散速度太快了——」

「愈來愈嚴重了嗎？」

「急診室都滿了，這很棘手，因為有一半的醫護人員病倒了。」阿華說。

「被病人傳染的？」

在法蘭克家一樓大廳，夜間警衛翻著報紙，他身後的牆上有一盞燈，照亮了一幅紅灰抽象畫。畫作與警衛的身影倒映在打磨光亮的地板上。

「從沒見過潛伏期這麼短的。剛剛有個病患是我們醫院的護理人員，第一批病患進來的時候她也在值勤，當班幾個鐘頭就開始不舒服，提早回家，但兩小時前男友又載她回院，現在已經要靠人工呼吸器。只要接觸到患者，幾小時內就會發病。」

「你覺得會擴散到醫院以外嗎……？」吉梵有點亂了頭緒。

「對，醫院外頭早就失控了。已經全面爆發。連醫院都這樣了，整個多倫多也難逃一劫，這真的前所未見。」

「你說我應該——」

「立刻離開。如果逃不了，起碼儲存一些食物，躲在家裡。我還要再聯絡幾個人。」阿華掛掉電話，警衛又翻了一頁報紙。換作是別人告訴他，吉梵根本不會相信，但阿華是他認識的人當中講話最保守的。如果阿華說流感爆發了，那麼真實情況肯定不只是「爆發」。吉梵忽然一驚，他確定就是此刻，阿華所說的傳染病將成為分水嶺，將他的生命劃分為「事發前」與「事發後」。

他想到時間可能不多了，趕緊轉身離開法蘭克家，走過碼頭上漆黑的咖啡店，經過停滿積雪遊艇的小小港口，來到另一邊的超市。他走進店裡先緩緩心跳，眨眨眼睛適應光線。裡面只有一、兩個客人在走道晃蕩。他也想打電話告訴什麼人，但要打給誰呢？阿華是他唯一親近的好友，而法蘭克稍後就會碰面。爸媽過世了，他也鼓不起勇氣打給蘿拉。

他決定先到法蘭克家，看看新聞是怎麼說的，然後把手機通訊錄上的人統統打過一遍。

店裡的照片沖印機上方擺了一部小電視，無聲播放著有字幕的新聞。吉梵恍惚地走向電視，畫面上的播報員站在飄雪的多倫多綜合醫院前，她頭上的白色跑馬燈說明：這間醫院和多倫多其他兩間醫院皆已隔離。加拿大衛生部證實喬治亞流感爆發，目前暫不公布數據，但已出現死亡案例，並請民眾等待進一步詳情。有人質疑喬治亞和俄國官員刻意隱瞞當地疫情，加國官員則是請民眾保持冷靜。

吉梵對於災難應變的認知完全來自動作片，萬幸的是他看過很多。他先從水開始買起，努力搬運一瓶瓶、一箱箱的水放進超大手推車，能裝多少是多少。死命推著車子去結帳的路上，他突然質疑自己是不是反應過了頭？不過他既然決心這麼做，要回頭也太遲了。店員見狀抬了一下眉毛。

「我的車就停在外面，等等就把推車送回來。」吉梵說。

店員疲倦地點點頭。她很年輕，大約二十出頭，一直用手撥弄擋住眼睛的黑瀏海。吉梵努力把重得要命的推車運到店外，出了店門半推半滑地穿過雪堆。超市出口有個斜坡，通往有盆栽和長椅的空地，有點像個小公園。結果推車下坡時速度加快，深深陷入積雪，撞倒了一旁的盆栽。

那時是十一點二十分，超市再四十分鐘打烊。吉梵盤算著，要先花多少時間把車推到法蘭克家、卸貨、向他解釋情況、讓他相信弟弟沒發瘋，然後再返回超市買其他東西？推車暫時留在這裡沒關係吧？反正路上又沒人。折回超市的路上，他打給阿華。

「情況怎麼樣了?」阿華說話時，吉梵快速在店內穿梭。他覺得物資不嫌多，於是又拿了一箱瓶裝水，還有許許多多的罐頭，鮪魚、豆子、濃湯、義大利麵……架上看起來不會馬上過期的罐頭都拿了。阿華說他們醫院擠滿了流感病患，多倫多其他醫院也一樣。救護車應接不暇，已有三十七人死亡，包括莫斯科班機上所有乘客，還有第一批病患入院時當班的兩名急診室護士。吉梵再度來到收銀台前，店員刷過罐頭和袋裝食品的條碼。阿華說他已經打給妻子，要她今晚就帶小孩出城，但是不能坐飛機。今晚發生在劇院的事，已經恍若隔世。店員手腳很慢，吉梵把信用卡拿給她，她仔細盯著卡片，好像忘了吉梵五或十分鐘前才刷了同一張卡。

「帶蘿拉和你哥一起走，今晚就走。」阿華說。

「今晚走不了，帶著我哥沒辦法。這種時候租不到能載輪椅的箱型車。」然而回應他的，只是一片刻意掩住話筒的聲音，阿華在咳嗽。

「你也病了?」吉梵將推車送到門外。

「晚安，吉梵。」阿華掛掉電話，吉梵隻身站在雪中，覺得自己像是著了魔。下一趟推車裝滿衛生紙，再下一趟是更多罐頭，還有冷凍肉、阿斯匹靈、垃圾袋、漂白水、大力膠布。

「我在慈善機構工作。」第三或第四趟的時候，他這樣告訴店員，但她根本不太理會，只是一直看著照片沖印機上方的小電視，無意識地自動刷過條碼。吉梵買到第六趟的時候打給蘿拉，但依舊是語音信箱。

「蘿拉……蘿拉。」他開始留言，但又想到還是直接對她說比較好，十一點五十分了，時間所剩不多。他又買了一車食物，快速瀏覽有麵包與花香的超市，這即將消失的世界。他想到法蘭克在暴風雪中的二十二樓，會不會正在失眠、煩惱著新書計畫，身旁放著過期的《紐約時報》和貝多芬唱片？吉梵好想立刻趕到哥哥身邊。他本來決定稍晚再打一次給蘿拉，卻又改變心意，趁結帳時撥了家裡的市內電話，同時避免跟店員眼神接觸。

「吉梵，你人在哪？」她聽起來有點盤問意味。他把信用卡遞給店員。

「妳在看新聞嗎？」

「應該看嗎？」

「有流感爆發了，很嚴重。」

「俄國還是哪裡的流感嗎？我知道。」

「已經擴散到這裡了，嚴重程度超乎所有人想像。我剛才跟阿華通過電話，妳一定要快點離開多倫多。」他抬頭，剛好迎上店員看他的表情。

「一定要？什麼啊，你到底在哪裡？」此時他在收據上簽名，碰碰撞撞將車子推出去，離開了秩序井然的店內，迎向狂亂的風雪。他一邊講電話，單手很難控制推車。長椅和盆栽之間已經隨意停了五輛推車，都被雪覆蓋了。

「蘿拉，妳就打開新聞吧。」

「你明知道我睡前不愛看新聞。你是不是又恐慌發作了？」

「什麼？才沒有。我現在要去法蘭克家，確定他沒事。」

「他好好的會有什麼事？」

「妳到底有沒有在聽？我說話妳從來不聽。」吉梵知道在緊要關頭不該提這種小事，但還是忍不住說了，「妳居然把我丟在劇院。就這樣把我一個人丟在那裡，幫死人做CPR。」

「吉梵，告訴我你在哪裡好嗎？」

「我在超市。」十一點五十五分了。最後一趟裝的都是不耐久存的非必需品：蔬菜、水果、一袋袋橘子和檸檬、茶葉、咖啡、餅乾、鹽巴、蛋糕。「妳聽好，我不想吵架。這場流感非同小可，而且來得很快。」

「什麼很快？」

「流感啊！真的很快，阿華說正在迅速擴散，我覺得妳應該離開多倫多。」在最後一刻，他又買了一束水仙花。

「什麼？吉梵……」

「就算能夠健康上飛機，下機隔天就死了。我要跟法蘭克待在一起，妳快去打包吧，先去找妳媽，趁著大家還沒發現事態嚴重。再晚一點馬路就要塞爆了。」

「吉梵，我好擔心你。你好像又恐慌了。抱歉我剛才把你留在劇院，我只是頭痛，我——」

「拜託妳去看新聞，或是上網，或——」

「吉梵，拜託告訴我你在哪裡，我——」

「就去看一下，好嗎？」他說，然後掛掉電話，因為那時他要結最後一次帳，跟蘿拉好好說話的時機也過了。他努力克制自己別去想阿華現在的處境。

「我們要關門了。」店員說。

「這是我最後一趟。妳大概以為我瘋了吧？」

「我看過更瘋的。」他發現自己嚇到了女店員。她聽到他講電話的內容，電視又一直播報令人不安的新聞。

「嗯，我只是想做好準備。」

「做什麼準備？」

「沒人知道災難何時會發生。」吉梵說。

「你是說那件事嗎？」她指著電視說，「看起來很像SARS，他們把SARS講得跟什麼似的，結果不一會兒就過了。」看樣子她不太相信新聞。

「這和SARS完全不同。妳最好也趕緊離開多倫多。」他只是想說實話，或許可以幫到她，但話一出口他就知道自己錯了。她除了害怕，還覺得他精神失常。她刷過最後幾樣商品的條碼，眼神空洞地盯著他。不一會兒，他又回到風雪中。生鮮部的山羊鬍男子在他身後鎖門。他身邊有七大車食物，要穿過雪堆送到法蘭克家。他全身都是汗，而且好冷，覺得自己又蠢又慌，還有一點瘋，腦中每個念頭的邊緣都是阿華。

以下這些動作花了吉梵半個多小時：把七輛推車推過雪堆，送到法蘭克家一樓大廳，付錢賄賂警衛讓他使用貨梯，再把推車送進去，將物資一批批運到二十二樓。

「我在玩生存遊戲。」吉梵跟警衛解釋。

「沒什麼人在玩這個吧。」警衛說。

「這樣才好啊。」吉梵說，口氣有些瘋癲。

「好什麼？」

「好活下來。」

「這樣啊。」警衛說。

吉梵付了六十加幣給警衛，最後獨自一人站在哥哥家門前，走廊上停了一整排推車。他心想，剛剛在超市先打電話過來比較好吧？已經凌晨一點了，又是禮拜四晚上，走廊上門扉緊閉，一片寂靜。

法蘭克開了門，「吉梵，歡迎啊，怎麼忽然來了？」

「我……」他不知該如何解釋，只好退後一步，話也沒說，虛弱地指著推車。法蘭克將輪椅往前推，望向走廊。

「原來你去買東西了啊。」

4

埃爾金劇院現在沒有人，只剩下大廳裡在用手機玩俄羅斯方塊的警衛，以及樓上的製作人。製作人決定從辦公室撥出那些無聊的電話。亞瑟的律師接聽時，他嚇了一大跳，畢竟都凌晨一點了，雖然律師那邊應該是洛杉磯的時區。難道藝人的律師都工作到晚上十點嗎？製作人心想，他們那一行的競爭想必異常激烈。他向律師告知亞瑟的死訊，接著離開劇場。

那位律師向來是個工作狂，早已練就小睡二十分鐘就能充飽電的本事。他花了兩小時仔細看過亞瑟的遺囑和他所有的電子信件，發現心裡有些疑問、文件有些漏洞，便打給亞瑟最要好的朋友（律師曾在一場尷尬的好萊塢晚宴上見過他）。這名好友跟律師講了幾通愈來愈不耐煩的電話，到了早上，他開始打給那幾位前妻。

5

米蘭達接到電話時，人在馬來西亞南岸。她是海運物流公司主管，到大馬出差一週。「視察當地情形。」她的上司是這樣說的。

「當地情形？」她反問。

里昂笑了。他的辦公室就在她旁邊，從室內看出去的中央公園風景完全相同。他們共事許久，超過十年，一同撐過了兩次合併重組、一次搬遷（從多倫多搬到紐約）。他們不算是朋友，起碼不會在下班後繼續見面，不過她認為里昂是個盟友。

「妳說得對，講『當地』很奇怪。我應該說『海上情形』。」

那一年，全球百分之十二的海運船隊都停泊在馬來西亞。經濟崩盤，貨櫃船全都靜止如休眠火山。白天，碩大的船隻成了天邊一排灰褐色的輪廓，一片霧霾之下分不出差異。一艘船配有二到六人，瘦削如骷髏的船員走在空房與走廊上，足音迴盪。

「船上好寂寞啊。」一個船員如此告訴米蘭達，那時她剛下公司直升機，踏在甲板上，身旁跟著口譯員和當地主管。公司有十多艘船在此停泊。

里昂曾說過：「可不能讓那些人閒著。當地主管人不錯，可是我要他們知道一切都在總公司的掌控之中。我老是覺得他們都在海上開趴。」

不過，米蘭達和一名三個月沒上岸的男人聊過，她知道里昂說的那些人其實都認真又保守，而且害怕海盜。

那一夜，在下榻飯店外的海灘上，她突然被一陣自己也說不清的寂寞給擊潰。她原本自認對這一小群船隊很熟悉了，卻在此刻才看出它們是如此美麗。船隻在夜晚點燈避免相撞。她看著海上的船，感覺自己彷彿擱淺了。海面上的光芒既神祕又遙遠得不可思議，宛如童話國度。她手裡一直拿著電話，希望會有朋友打給她，但手機開始震動時，卻不知道螢幕上的號碼是誰。

「喂？」附近一對情侶正說著西班牙文。這幾個月她在學西語，能聽懂他們對話中兩、三成單字。

「米蘭達．凱洛嗎？」是男人的聲音，好像很耳熟，有著濃濃的英國腔。

「我就是，請問哪裡找？」

「妳可能不記得我了，幾年前我們在坎城的宴會見過。我是克拉克．湯普森，亞瑟的朋友。」

「後來我們還見過面，洛杉磯的晚宴你也有來。」她說。

「對了，是的，沒錯，我怎麼忘了……」她聽出克拉克其實都記得，只是故意客氣而已。他清清喉嚨，「米蘭達，我要給妳說件壞消息，或許妳坐下來聽比較好。」

她依然站著，「你說吧。」

「米蘭達，亞瑟昨晚心臟病發過世了。」海上的燈光變得模糊，成了重重疊疊的光圈，「請節哀。我打來先跟妳說，免得妳看新聞才知道。」

「可是我才剛見過他，」她聽到自己說，「兩個禮拜前我在多倫多的時候。」

他再次清喉嚨，「這消息很難接受，很嚇人，很……我們十八歲就認識了，我也很難相信。」

「請問……你還有什麼要說的嗎？」

「其實他……我覺得他死得適得其所，希望妳不會覺得我不尊重死者。他是在舞台上過世的。聽說是演到《李爾王》第四幕忽然心臟病發，很嚴重。」

「就那樣倒下來了嗎……？」

「據說台下有兩個觀眾是醫生，發覺情況不對便立刻跳上台救他，無奈已回天乏術。到院後宣告不治。」

就這樣結束了，電話掛掉的時候她心想。這段對話的平淡無奇讓她感到安慰。在國外接到一通電話，結果原本以為能與之偕老的人，從此消失在世界上了。

那段西語對話依舊在附近的黑暗中持續。海面上船隻依舊閃亮，還是一片平靜無風。紐約現在是早上了，她想像克拉克在曼哈頓的辦公室掛上聽筒的樣子。在電話上按下幾個鈕，就能和地球遠方的人通話，這樣的時代，已經來到最後一個月了。

6

不完整清單如下：

再也沒有底部打著綠光的消毒游泳池可以跳水。再也沒有探照燈柱打亮室外球賽。再也沒有夏夜飛蛾振翅撲向門廊燈光。再也沒有列車在城市地底下的高壓電軌穿梭。沒有城市了。沒有電影了，除非幸運地找到轟隆隆聲響蓋過一半對白的發電機，不過電影也只撐了一陣子，因為兩、三年後汽油變質，發電機沒了燃料。航空燃油撐得久一些，但是很難入手。

觀眾舉起微光閃爍的手機拍攝演唱會舞台，那樣的光景也沒有了。亮著糖果色霓虹燈的舞台也沒有了，電子音樂、龐克、電吉他都沒有了。

再也沒有藥局。再也不知道會不會因為手部擦傷、做晚餐切到指頭或是被狗咬傷而送命。

再也沒有客機。再也不能從機艙窗口瞥見燈火點點的城鎮。再也不能從三萬呎高空鳥瞰，想像此刻那些燈光所照亮的人生。再也沒有飛機，再也沒有人請你收起桌板，豎直椅背；不，正確說來，其實飛機依然存在，四散各處。飛機在跑道和停機棚休眠，用機翼收集雪片。在寒冷的月分，機艙就是最好的食物儲藏室。到了夏天，果園附近的飛機堆滿了一盤盤高溫脫水果乾。青少年偷偷溜到機艙裡做愛，鐵鏽在內部開花、蝕出紋路。

再也沒有國家，國境無人看守。

再也沒有消防隊、沒有警察。再也沒有路面維修，沒人收垃圾。再也沒有太空梭從卡納維爾角、拜科努爾發射場、范登堡空軍基地和種子島發射，衝破大氣層進入太空，後頭拖著濃濃的白煙。

再也沒有網路。再也沒有社群網站。再也無法滑動螢幕瀏覽他人的冗長囈語、集氣貼文、午餐照片、呼救留言、炫耀文字、感情狀態更新（附上心碎或愛心圖樣）、約會地點、請求、抱怨、欲望，以及萬聖節打扮成小熊或辣椒的寶寶照片。再也無從閱讀、評論他人的生活，再也不能藉此緩解一個人的孤寂。再也沒有網路虛擬身分了。

II

仲夏夜之夢

7

航空旅行終結之後二十年，酷熱的白熾天空下，行者交響樂團的篷車隊伍緩步向前。時值七月尾聲，領頭車後方掛的二十五年古董溫度計顯示，現在是華氏一百零六度，攝氏四十一度。團員很接近密西根湖了，但目前還看不到湖面。道路兩旁的樹木緊挨著生長，路面裂縫也竄出枝枒。篷車壓彎了幼苗，柔軟的葉片刷過馬兒和團員的腿。這股熱浪執拗地肆虐了整整一週。

為了減輕馬匹負重，大部分團員都徒步行走，因為馬兒走不了多遠就得在陰影下休息。樂團不熟悉這附近的區域，想趕緊通過，但烈日之下根本走不快。他們手持武器慢慢前進，演員背誦台詞，樂手努力忽略演員的低語，探子負責確認道路前後是否安全。「這不算困難的考驗。」今天稍早導演這麼說。他名叫吉爾，七十二歲，乘坐第二輛篷車，雙腿已不比從前勇健。「如果你在這可疑的地帶都能背誦台詞，上了台一定也沒問題。」

「李爾王進場。」克絲婷說。二十年前（那時的事，她大部分都忘了），她在多倫多劇院匆促下檔的《李爾王》登台演出沒有台詞的小角色。如今，她身穿廢輪胎製成的涼鞋，腰帶插著三把刀，手拿平裝版《李爾王》劇本，書中的舞台指示有黃色螢光標記，她讀道：「已瘋狂，身上雜亂地飾以野花。」

「可是誰來啦？」飾演大臣之子愛德伽的演員說。他名叫八月，最近才開始演戲，之前是樂團的第二小提琴，也是祕密詩人，也就是說除了克絲婷和第七吉他手，團裡沒人知道他會寫詩，「不是瘋狂的人，絕不會……絕不會什麼？」

「把他自己打扮成這一個樣子。」克絲婷說。

「謝了。不是瘋狂的人，絕不會把他自己打扮成這一個樣子。」

樂團的篷車其實是卡車改造的，現由馬匹拉動，裝有金屬輪和木輪。汽油耗盡以後，所有無用的吃油零件都拆了，像是引擎、燃料供給系統，還有一些未滿二十歲的團員從沒見過它們運轉的配備。車頭頂部加裝了長椅供駕駛乘坐，徒然增加重量的部分都拆了，但整體算是完整保留，車門可以關上，難以擊破的車窗也還在，這樣一來若行經險惡地區，就有個相對安全的地方安置孩子們。篷車主要由卡車車床構成，上面架起防水布。三輛車的車篷都漆成槍灰色，用白漆在兩側寫上：「行者交響樂團」。

「不，他們不能判我私造貨幣的罪名。」迪亞特回過頭說。他在練習李爾王的段落，雖然這角色由他來演還太年輕。迪亞特走在其他演員前頭，低聲跟他最愛的馬兒說了些什麼。那匹馬名叫伯恩斯坦[5]，尾巴的毛少了一半，因為上週被第一大提琴拿去做新琴弓了。

「啊，傷心的景象！」八月說。

第三小號手嘀咕：「你知道什麼是『傷心的景象』嗎？就是在熱浪中連聽三次《李爾

5 與知名猶太裔美國指揮家Leonard Bernstein（1918-1990）同名。

王》排演。」

「你知道還有更傷心的景象嗎？連續四天，行走於遙遠的邊緣小鎮之間。」這位是十五歲的亞莉珊卓，團裡年紀最小的演員，襁褓時期在路上被團員撿了回來。

「『傷心的景象』是什麼意思？」奧莉薇問，她才六歲，是低音號和女演員林的孩子。她抱著泰迪熊和吉爾一起搭第二輛篷車。

「大約再兩個小時就會抵達水城聖底波拉[6]，沒什麼好擔心的。」吉爾說。

那場流感有如中子彈[7]在地球表面爆炸，隨之而來的震波使一切崩解。起初那些難以形容的年頭，每個人都在路上行走，最後終於明白怎麼走也找不回從前的生活，只好隨遇而安，找個地方落腳。人們出於安全考量，群聚在公路休息站、餐廳和汽車旅館相依為命。在這面目已非的世界，行者交響樂團來回往返於聚落之間。這是從新元五年開始的，那時指揮召集了她在軍樂隊的朋友們，離開一直居住的空軍基地，往未知之地邁進。

當時大多數人都找到地方住下了，因為到了新元三年，汽油早已變質，又無法靠雙腳永遠走下去。指揮和團員花了六個月走過一個又一個小鎮（「小鎮」的定義變得模糊，有些鎮不過是住著四、五個家庭的休息站），接著遇見了吉爾的莎士比亞劇團。團員是一起從芝加哥逃出來的，在農場工作了幾年，又在路上走了三個月。後來兩團人馬就合併了。

新元二十年，團員依然沒有落腳。他們沿著休倫湖、密西根湖岸往返，最遠曾往西走到密西根州的特拉弗斯、往東北到北緯四十九度安大略省的金卡丁，也沿著聖克萊爾河南行，走到馬林城的漁村和阿爾戈納克，接著折返[8]。這一帶多半都很寧靜，幾乎不會遇見其他旅人，若有人跡，大多是出來採集物品、在小鎮之間載運雜貨的販子。

行者交響樂團演奏古典樂、爵士樂，以交響樂編曲詮釋舊世界的流行歌，也演出莎士比亞的戲。頭幾年，他們表演近代戲劇，但意想不到的是，觀眾竟然沒那麼喜歡近代作品，反而偏好莎劇。

「大家想看世界上最好的戲。」迪亞特說。他這個人很難安於活在當下。他大學玩過龐克樂團，很渴望再次聽見電吉他的聲音。

距離水城只剩不到兩小時路程。《李爾王》第四幕彩排到一半默默解散，大家都累了，火辣的日頭曬得人好焦躁。他們停下來讓馬休息，克絲婷還不想歇腿，於是往前走了幾步，對著樹幹練習射刀。她從距離五步開始射，接著是十步、二十步，聽見刀鋒吃進樹幹的聲音相當滿意。樂團上路時，她鑽進第二輛篷車，亞莉珊卓也在那裡休息、縫補戲服。

---

6 底波拉（Deborah）是聖經故事中的女先知。

7 Neutron bomb，一種核武器，對人的殺傷力遠大過原子彈，長期放射性污染較低，能穿透建築物以放射線殺傷人員。目前不曾在實戰中使用，亦稱「戰神」和「乾淨武器」。

8 此處為美國和加拿大之間的直線邊境。邊界地帶的五大湖包括休倫湖、密西根湖、安大略湖等。休倫湖的出水口為聖克萊爾河，是美國密西根州與加拿大安大略省的界河。故事中行者交響樂團的活動範圍主要都在五大湖地區。

「我說啊，妳在特拉弗斯看到的電腦螢幕……」亞莉珊卓聊起之前的話題。

「怎樣？」

他們不久前才離開特拉弗斯，那裡有個發明家在閣樓拼裝了一套電力系統，規模很陽春，只是一輛固定式腳踏車，拚命踩了半天才能供電給筆記型電腦。不過，那個發明家還有更遠大的目標，他不只是想重建供電系統，還想找回網路。幾個年輕團員聽到他說出「網路」這個概念，不禁有點興奮。他們想起曾經聽聞的 wifi 傳說，還有根本無從想像的雲端技術。不知道網路是不是依舊存在於某處，懸在身邊的空氣中，發出小如針尖的無形光芒？

「妳記憶中的網路就是那樣嗎？」

「其實我不太記得電腦螢幕長什麼樣子。」克絲婷坦白招認。第二輛篷車總是顛簸得厲害，她坐得骨頭都要散開了。

「那麼美的東西，妳怎麼不記得了？」

「我那個時候才八歲。」

亞莉珊卓點頭，一臉不滿，顯然認為要是她八歲時看過發亮的電腦螢幕，鐵定不會忘記。

在特拉弗斯的時候，克絲婷直盯著筆電螢幕上的「此網頁不存在」。她不認為那個發明家能夠找到網路，但是電力令她著迷。她想像茶几上的粉紅色燈罩、胖胖的半月型夜燈、餐桌上方的水晶燈、打滿燈的舞台。發明家死命地踩踏板，好讓螢幕不要熄滅，同時一邊解釋衛星的運作方式。當時亞莉珊卓聽得好入神，螢幕是如此神奇，卻完全沒人記得。八月則是盯著那螢幕，悵然若失。

克絲婷和八月的嗜好是闖空屋，指揮也默許，因為他們不時會找到有用的東西。每次闖空屋，八月總是用渴望的眼神看著電視。他小時候安靜又害羞，很迷古典樂，對運動完全沒興趣，與人相處更是沒轍。也就是說每天放學，八月的兄弟都在屋外打棒球、交新朋友，只有他獨自長時間待在家裡。而所謂的家，不過是時常調動的美軍基地宿舍。電視節目的好處在於走到哪裡都能收看，無論爸媽調到馬里蘭、加州或德州，節目都不會變。流感爆發前，他成天有大半的時間都在看電視、拉小提琴，或者邊看邊拉。克絲婷能想像八月小時候的樣子：九歲、十歲、十一歲，蒼白又瘦巴巴的他，在一抹電視藍光前拉著孩童尺寸的琴，深色瀏海蓋住眼睛，一臉嚴肅，有時根本面無表情。如今他們每次闖空屋，八月都會尋找各期的《電視指南》雜誌，內容幾乎都是過時的資訊，但有些人就這樣看到流感爆發前最後一刻。八月喜歡在安靜的時刻一本一本翻閱，還說他記得每一個節目，像是太空船啦、擺著巨大沙發的情境喜劇、在紐約街頭搜索的警察、一臉嚴厲的法官。他也會尋找比《電視指南》更罕見的詩集，到了夜晚或是跟著團員旅行時，就拿出來讀。

克絲婷找的則是八卦雜誌，因為她十六歲時，曾經從滿布灰塵的茶几拿起雜誌翻閱，發現了自己的過去：

亞瑟．林德父子機場團圓

亞瑟邋遢前往洛杉磯機場迎接七歲兒子泰勒。泰勒的母親是模特兒出身的演員伊莉莎白．柯敦。母子目前同住耶路撒冷。

照片中的亞瑟三天沒刮鬍子，衣服皺巴巴，戴著棒球帽，牽著小男孩。亞瑟對鏡頭微笑，小男孩開心地抬頭看爸爸。距離喬治亞流感爆發還有一年。

「我認識這個人！我給你看的漫畫就是他送我的。」克絲婷激動地告訴八月。八月點點頭，說要再看一次那些漫畫。

世界崩毀前的生活，有許多許多事情，克絲婷已經想不起了。像是家中地址、母親的臉、八月一直講個不停的電視節目，但她卻記得亞瑟．林德。自從那次在八卦雜誌看到他，後來入手的每一本雜誌她都仔細翻閱，就為了找他的消息。她收集剪報，放進夾鏈袋，收在背包裡。剪報中有張照片是亞瑟一人待在海邊，看起來悶悶不樂，外型走樣，還有一張是他與第一任妻子米蘭達。另一張是跟第二任妻子伊莉莎白，她看起來是個營養不良的金髮女子，對著鏡頭笑也不笑。還有一張他兒子的照片，和克絲婷差不多年紀，接著是第三任妻子的照片，看起來和第二任極為相似。

「妳簡直是考古學家。」克絲婷拿剪報給小夏看，結果她這麼說。小夏從小立志成為考古學家，她在樂團擔任第二大提琴，和克絲婷感情很好。

那些剪報所呈現的，都不是克絲婷記憶中的亞瑟。但她又記得什麼呢？亞瑟只是她腦海中一晃而過的印象，人很好，一頭灰髮，曾經塞了兩本漫畫給她。「這個送給妳。」她相當確定亞瑟是這麼說的。她還記得後來的一件事，那是她對於往日世界最清晰的回憶：舞台上，有個穿西裝的男人跟她說話，亞瑟躺在地上，急救人員傾身向前，周圍充滿了人聲與哭泣。人們聚在一起，明明在室內，雪卻下個不停，熾熱的燈光灑在身上。

8

亞瑟給她的漫畫有兩本：「十一博士」卷一，第一集《十一號太空站》和第二集《追求》。沒有任何團員聽說過這套漫畫。到了新元二十年，克絲婷已經把兩本內容都背熟了。

十一博士是物理學家，住在太空站裡。那是個很先進的太空站，模擬行星環境，站內有藍色深海，嶙峋小島以橋梁相連，橘黃到腥紅的漸層天空高掛著兩顆月亮。吹奏倍低音管的樂手在世界崩毀前待過印刷業，聽他說那兩本漫畫的製作成本很高，因為顯色飽滿，用的又是能長期保存的高級無酸紙張，並不是那種大量印刷的漫畫，可能是某個有錢人自己想印的書。那個人會是誰呢？兩本漫畫都沒有介紹作者生平，作者欄只寫著姓名縮寫「M. C.」。第一集內頁用鉛筆字寫著「2/10」，第二集則是「3/10」。有沒有可能這個世界上，每一集都只有十本？

克絲婷費盡心思保存兩本漫畫，但書的邊角都翹起來，紙張邊緣也翻爛了。暮色中，十一博士站在深色岩石上，俯瞰靛色海洋。小舟在島嶼之間移動，地平線上有風力發電機在旋轉。他手握軟呢帽，腳邊站著白色的小動物。（經部分老團員證實，那是一條狗，可是牠跟克絲婷看過的狗都長得不像。牠名叫露利，很像狐狸和雲朵的混種。）漫畫框底下寫著一行字：「我佇立於毀壞的家園之上，設法忘卻地球生活的甜蜜。」

9

接近傍晚，樂團抵達了水城聖底波拉。世界崩毀前，許多小鎮都有這樣的地方——一間加油站，大路上開著幾間連鎖餐廳、一間汽車旅館和一座沃爾瑪大賣場。這裡是樂團旅行路線的西南邊界，再過去有什麼，誰也不知道。

兩年前，團員將小夏和第六吉他手留在這裡，那時小夏懷了吉他手的孩子，他們安排她住在舊加油站旁邊的溫蒂漢堡店，免得她必須在路上分娩。現在團員來到水城北端，遇上一名站哨少年，大約十五歲，坐在路邊的彩虹海灘傘下。團員走近時，他說：「我記得你們。你們可以在沃爾瑪那邊紮營。」

團員刻意放慢腳步走過鎮上，第一小號手吹奏韋瓦第協奏曲的獨奏曲目，奇怪的是路上幾乎沒有人前來欣賞。在特拉弗斯，他們走到哪裡都有人跟隨，最後吸引了將近一百人，但水城卻只有四、五個人在自家門口或建築物門邊觀望，臉上沒有笑容。小夏和第六吉他手不見人影。

沃爾瑪大賣場在水城最南端，附設停車場在烈日下蒸騰。團員把篷車停在壞掉的門邊，依慣例開始照料馬匹、爭執待會兒該演什麼劇目，或是單純只演奏音樂。小夏和吉他手依然不見蹤影。

「他們可能只是在哪裡忙吧？」八月這麼說，但克絲婷覺得鎮上太空蕩了。前方出現海市蜃樓，路上浮現游泳池的幻影，有個男人推著獨輪推車，看起來像是走在水面上。還有個女人扛著一堆衣物在建築之間走動。除此之外，克絲婷誰也沒看到。

「我本來想提議今晚演《李爾王》，但鎮上的氣氛已經夠低迷了。」演員薩伊德說。

「我難得和你看法一致。」克絲婷說。

其他演員還在爭執：要演辛苦排練了一週的《李爾王》（八月好像對此有點緊張），還是已經一個月沒演的《哈姆雷特》？

「《仲夏夜之夢[9]》吧。我認為今天晚上適合小仙子出現。」吉爾打破僵局。

「大夥兒都到了嗎？」

「最好照著劇本上的名單一個個總點名。」傑克森演織工波頓演了十年，今天只有他能丟本演出，就連克絲婷都要看兩遍台詞。她已經好幾個禮拜沒有演仙后緹泰妮亞了。

「不覺得這裡特別安靜嗎？」排演空檔，迪亞特站到克絲婷身邊問。

「真的很怪。你還記得嗎？上次一到水城，就有十到十五個小孩跟著我們到處跑，看我們排演到最後。」

「輪到妳了。」迪亞特說。

「我應該沒記錯吧？」克絲婷一邊說，一邊準備演出，「當時那些孩子把我們團團圍住。」

迪亞特皺眉，低頭望向空蕩的馬路。

「但是讓開路來，仙人，奧布朗來了。」亞莉珊卓演調皮的小精靈帕克。

「仙后也來了，他要是走開了才好。」林演的是小仙子。

「真不巧又在月光下碰見妳，驕傲的緹泰妮亞。」薩伊德演仙王奧布朗，口條帶著皇家氣派，克絲婷曾為此傾心。就算身處熱浪逼人的停車場，T恤腋下都濕了，牛仔褲也磨破，薩伊德依然能展現完美的國王派頭。

「哼，驕傲的奧布朗，」克絲婷盡量穩步向前。她和薩伊德交往兩年，但四個月前她大概一時無聊，跟路上的小販上了床。後來兩人一起排演《仲夏夜之夢》，她再也無法直視他的雙眼。「小仙子，快快走開，我已經發誓不和他同遊同寢了。」一旁傳來竊笑的聲音。薩伊德也偷偷笑了。

「天啊，妳有必要演成這樣嗎？」迪亞特在她背後嘀咕。

「等一等，壞脾氣的女人，我不是妳的夫君嗎？」薩伊德唸出台詞。

---

9 Midsummer Night's Dream，莎翁筆下的浪漫喜劇，以雅典大公忒修斯的婚禮為主軸，描述仙王、仙后與人間的三對戀人在精靈的作弄下，上演一連串愛情追逐。森林裡的仙子操縱戀人的命運，全劇極盡插科打諢之能事，演出時熱鬧非凡。

10

行者交響樂團的煩惱，正是世界崩毀前全天下團體共同的煩惱。這些問題恐怕從史前時期就存在了。

比如，從第三大提琴說起：他已經跟迪亞特打了好幾個月的消耗戰，就因為迪亞特隨口提起在治安差的地區練習可能會有危險，畢竟天氣晴朗的時候樂音傳得很遠。不過迪亞特沒注意到大提琴手在對付他，反而對第二法國號懷恨在心，因為她批評過他的演技。法國號不是沒發現自己被討厭，只是覺得迪亞特很小心眼。但說到她最不喜歡的團員，迪亞特還遠遠落在第七吉他手後頭。

其實團裡的吉他手不滿七人，只是有個規矩：即使吉他手過世或離開，也不調動次序。所以團裡有第四、第七、第八吉他手，第六號目前下落不明。排演完《仲夏夜之夢》，他們合力把舞台布幕掛在篷車之間。團員到水城也好幾個小時了，六號怎麼還沒出現呢？總之話說回來，第七吉他手視力太差，所以維修、打獵等一般團員得做的雜務，他都不能做。要是他找別的活兒幫忙，那倒說得過去，但他偏偏不幫，所以第二法國號覺得他很累贅。第七吉他手個性容易緊張，因為他幾乎算是瞎了。他戴上厚厚的眼鏡還勉強看得見，不過眼鏡在六年前丟了，後來他就一直活在摸不著頭緒的環境裡，眼中只剩下隨季節變換的顏色：夏天是綠色，冬天大多是灰與白。模糊的人影在他的視野游進游出，還摸不清誰是誰就又消失了。他搞不懂自己會頭痛是因為太用力想看清楚，還是因為永遠看不清來者是誰或什麼東西而焦慮。他只知道第一長笛手加劇了他的頭痛，因為每次排演中他看不見樂譜必須喊暫停時，她總是大聲嘆氣。

但比起第七吉他手，第一長笛更討厭第二小提琴。演奏第二小提琴的正是八月，他老是忘記排練時間，總是跟克絲婷不曉得跑去哪兒闖空屋，之前同夥的還有小夏。難道八月以為交響樂團是拾荒大隊，音樂只是副業嗎？第一長笛手跟第四吉他手抱怨過：「他那麼喜歡撿東西，何不加入拾荒大隊？」結果第四吉他手說：「全天下拉小提琴的都一樣。」

八月很討厭第三小提琴老是暗指他和克絲婷之間有什麼。他們一直以來都只是好友，有一次在休倫湖南端某個小鎮，兩人和當地居民在廢棄巴士總站後面喝酒，酒酣耳熱之際還偷偷立誓：「一輩子只做好朋友，沒有別的。」第三小提琴則是看第一小提琴不順眼，因為很久以前兩人為了誰用掉最後一塊擦琴弓的松香而大吵一架。第一小提琴對薩伊德很冷淡，因為他曾經為了克絲婷而拒絕她的示好。克絲婷則是非常受不了中提琴講話愛炫幾句法文的習慣。難道這整個他媽的樂團除了她還有誰懂法文嗎？而中提琴不滿的對象又另有其人。誰討厭誰，誰又跟誰不對盤，樂團的煩惱就是這些。

一群人帶著小嫉小妒、焦慮憂鬱、未經確診的創傷後心理障礙、悶燒的恨意和各種情緒聚在一起，一同旅行、排演，三百六十五天一同登台，永遠與彼此相伴，永遠在路上巡迴演出。團員為何還能互相忍耐？當然是因為共患難的友誼、音樂和莎士比亞，也因為在那些超越日常的美麗與歡樂片刻，誰用了最後一塊松香、誰睡了誰都不再重要。只不過呢，有人（可能是薩伊德）在篷車裡寫了一句話：「哲學家沙特說，地獄即他人。」不曉得誰把「他人」塗掉，改成「長笛手」。

偶爾也會有團員離開，但留下來的人都心照不宣：到了新元二十年，所謂「文明」不過就是群島般的零星小鎮。流感爆發之初，那些淌血的年頭，鎮民曾擊退土匪、埋葬鄰居，生死與共、勉力合作才撐過了低到不能再低的生存機率，活到相對平靜的今日。這些小鎮可不會特別歡迎外來者。

「即使在從前的世界，要融入新的地方也不容易。」有一次八月在凌晨三點這樣說。那是克絲婷印象中唯一一次和人聊到這件事，當時他們在新鳳凰城附近，是個寒冷的春夜，她還只有十五歲，所以八月是十八歲，她才剛入團一年。那段時期她嚴重失眠，常常和守夜的團員一起熬夜。在八月記憶中，從前的人生就是搬家卡車串起的旅程，每到一個地方都不斷有小孩上下打量他，用不同的口音問道：「你不是這裡人吧？」

如果在從前那個出奇簡單的世界，在那個食物放在超市架上、旅行等於輕鬆搭乘汽油發動的交通工具、水從水龍頭流出來的世界裡，適應新環境已經不容易，如今難度豈不是大幅提升？行者樂團的問題讓人難以忍受，地獄是其他長笛手，是其他人，是用了最後一塊松香的人、排演老是不來的人。然而事實上，樂團是他們唯一的家。

*

排演完《仲夏夜之夢》，克絲婷站在篷車旁，雙手緊壓額頭，想趕走頭痛。

「妳怎麼啦？」八月問。

「地獄是演員，也是前男友。」克絲婷回答。

「跟樂手交往就好啦，我們玩音樂的精神比較正常。」

「我去散散步，順便找小夏。」

「我想跟妳去，可是今天輪到我煮晚餐。」

「我一個人也沒關係。」克絲婷說。

將近傍晚，小鎮變得死氣沉沉，濃重的暮色和陰影漸漸掩蓋了街道。這裡的路面和別處一樣正在解體，深深的裂縫和坑洞化為雜草叢生的花園。野花沿著人行道邊緣的小菜園生長，野胡蘿蔔花摩挲克絲婷伸出的手。她經過汽車旅館，住在那裡的是鎮上最早建立的家族。衣物在微風中啪啪翻飛，旅館房門都開著，小男孩在菜園的番茄叢中間玩小汽車。

終於可以獨處，遠離交響樂團的喧嘩了。她可以抬頭盯著麥當勞的招牌，讓視線中只有招牌和天空，盡情想像這裡依然是從前的世界，能夠走進去點個漢堡。克絲婷上次來到水城，IHOP鬆餅店還住著三、四戶人家，沒想到現在店外封上木條，木板橫釘在門前，用銀色噴漆噴上看不懂的符號，像是小寫字母「t」底下多了一橫。兩年前來這裡，鎮上還有一堆孩子跟著克絲婷，但她這次只看到兩個，除了剛剛玩小汽車的男孩，還有個約莫十一歲的女孩在某扇門邊看著她。

戴著反光墨鏡的持槍男子在加油站站崗。加油站窗戶拉上花布床單做的窗簾。大腹便便的年輕孕婦在油槍旁的躺椅上做日光浴，雙眼閉上。小鎮出現武裝警備，表示這裡並不安全。他們最近是不是被搶了？但也沒那麼不安全吧？否則孕婦怎麼會在空曠處做日光浴？情況不太對勁。麥當勞以前住了兩家人，他們去哪了？木板橫釘過麥當勞門口，噴上同樣的符號。

溫蒂漢堡的外觀矮而方正，像是在不重視建築設計的年代拿工具箱隨便拼裝出來的。不過後來重新改裝的前門倒是好看，木料扎實，還有人費心沿著木雕把手刻了一排花朵。克絲婷用指尖摩挲木頭花瓣，然後敲門。

這兩年來克絲婷沒能和好友一起旅行，此刻的重逢，她不知想像過多少次了：她敲敲雕花的門，小夏又哭又笑地帶著寶寶來應門，身旁的第六吉他手笑得露出牙齒。這些日子我好想念妳。然而，來應門的卻是個陌生女子。

「午安，我要找小夏。」克絲婷說。

「抱歉，找誰？」她的口氣不太友善，但從眼神看起來，她並不認識小夏。這女人跟克絲婷差不多年紀，或者再小一點吧。克絲婷覺得她似乎身體不好，蒼白、過瘦，掛著黑眼圈。

「小夏，夏綠蒂．哈里森，她兩年前住在這裡。」

「住在溫蒂漢堡店？」

「對。」唉，小夏，妳到底在哪裡呢？「她是我朋友，拉大提琴，跟先生住在這裡。她先生是第六……本名叫傑洛米。小夏當時懷孕了。」

「我才搬來這裡一年。但其他人搞不好知道，妳要進來嗎？」

克絲婷踏進空氣不流通的走廊，來到後方由餐廳廚房改建的交誼廳。她透過開啟的後門看見玉米田，搖擺的玉米莖綿延十幾碼，再過去就是樹林了。門廊邊有個年紀稍長的女人坐著編織。克絲婷認出她是鎮上的助產士。

「瑪麗亞！」克絲婷喊她。

瑪麗亞背著門外的光線坐，抬頭時依然看不見她臉上的表情。

「我記得妳，妳是交響樂團的人。」她說。

「我要找小夏和傑洛米。」

「抱歉，他們離開這裡了。」

「走了？為什麼？去了哪裡？」

助產士看著剛才開門讓克絲婷進來的女人。女人盯著地板，兩個人都沒回話。

「起碼告訴我是什麼時候的事吧。他們離開多久了？」

「一年多一點。」

「孩子生下來了嗎？」

「生了，是女兒，叫安娜貝爾，非常健康。」

「妳只能透露這些嗎？」克絲婷忍不住幻想自己拿刀抵住助產士的咽喉。

「阿莉夏，」瑪麗亞對那個女人喊道，「妳氣色好差，怎麼不躺著休息？」

阿莉夏消失在門簾後，進了另一個房間。接著助產士立刻起身，靠近克絲婷耳邊低語：「妳朋友拒絕接受先知的提醒。他們必須離開鎮上。別再問了，叫你們的人盡快離開。」她又坐下繼續編織，然後提高音量，讓其他房間也聽得見：「謝謝妳過來。今天樂團表演什麼呀？」

「《仲夏夜之夢》，還有管弦配樂。」克絲婷很難控制自己顫抖的聲線。她從沒想過兩年後再回來，竟發現小夏和傑洛米離開了。「這裡好像跟我們上次來的時候不同了。」

「沒錯，確實完全不同了。」助產士開朗地回答。

克絲婷走出溫蒂漢堡，大門在身後關上。剛才在門邊偷看她的小女孩也跟來這裡，在馬路對面看著她。克絲婷對她點頭，她也點點頭。女孩神情嚴肅，儀容看起來顯然無人照料，頭髮打結，T恤領口也鬆了。克絲婷想喊她，問她知不知道小夏夫妻去了哪裡，但女孩的眼神讓她不知所措。是不是有人叫她盯緊她？克絲婷轉身繼續走，故作輕鬆，裝作只是在路上欣賞夕陽、野花和空氣中滑翔的蜻蜓。她往後一瞥，發現女孩仍隔了一段距離跟著她。

兩年前她和小夏一起走過這條路，兩人都盡量拖延無可避免的最後分離。小夏說：「兩年很快就過去了。」克絲婷仔細想想也確實沒錯。團員最北曾走到安大略省的金卡丁，再沿著休倫湖畔往南，走到聖克萊爾河，留在河邊的漁村過冬，在鎮上的活動中心

（從前的高中體育館）演出《哈姆雷特》、《李爾王》、《冬天的故事》、《羅密歐與茱麗葉》，幾乎每晚都有音樂伴奏。天氣暖和了就演《仲夏夜之夢》，到了春天，團員紛紛得病，發燒又嘔吐，半數團員後來都康復了，除了第三吉他手。他葬在新鳳凰城外的路邊。然後我們繼續前進，就像從前那樣。小夏，這些日子我一直惦記留在這裡的妳。

前方有人快步朝克絲婷走來。此刻的陽光只照到樹頂，街道暗下來，過了一會她才認出是迪亞特。

「差不多要回去了。」克絲婷說。

「我要先帶妳看個東西，妳會有興趣的。」

「看什麼？」她不喜歡他的語氣，聽起來有點慌。兩人一邊走，克絲婷一邊把助產士的話告訴他。

他皺起眉頭，「她說他們走了？妳確定她這樣說嗎？」

「當然確定，怎麼了？」

走到小鎮北端，眼前出現一棟在舊世界終結之際仍在施工的建築，流感爆發前夕剛剛打下地基。建材是混凝土，如今鋼筋外露，藤蔓放肆地生長。迪亞特偏離大路，帶她來到建築後方的一條小徑。

每個小鎮都有墓園，兩年前她和小夏也曾散步到這裡，看來這段時間水城的墓園擴大了不少。現在大概有三百座墳，整齊地排列於樹林和廢棄地基之間。最新的一排墳上，剛漆好的墓牌在草叢間閃著白光。克絲婷從不遠處看見了一些人名。

「不可以，拜託不要是……」她說。

「他們沒事。我一定要帶妳來看這個，不過他們沒事。」迪亞特說。

午後的陰影中，三塊漆著黑字的牌子寫著：小夏．哈里森，傑洛米．梁，安娜貝爾（嬰兒）。三個人名底下寫著相同的日期：新元十九年，七月二十日。

「他們沒事。妳看看地上，墓牌底下沒有埋人。」迪亞特又說了一次。

在這裡看到他們的名字，克斯婷嚇得身體發軟。但她知道迪亞特說得沒錯。墓園較遠處，最早立下的墓牌底下確實埋了人，土堆是隆起的。那一區有三十多個類似的墳，標記日期都在一年半之前，死亡時間相隔不到兩週，顯然是嚴冬時節肆虐的流行病，來得又快又猛。但後來的墓就沒有規則可循，有一半看起來類似之前的墓，但另一半（包含小夏一家人的）只是插進平坦土地的墓牌，地面沒有翻動痕跡。

「好奇怪啊。」克絲婷說。

「可以問問妳背後那個影子。」

跟著克絲婷走遍全鎮的女孩，此刻就站在地基旁的墓園邊界，盯著他們。

「喂！」克絲婷叫她。

女孩後退一步。

「妳認識小夏和傑洛米嗎？」

女孩回過頭，又轉回來對上兩人的目光，接著點點頭，動作輕到幾乎看不見。

「他們是不是……」克絲婷指著墳墓。

「他們走了。」女孩小聲說。

「原來影子會說話呀！」迪亞特說。

「他們是什麼時候……」但是她還沒問完，女孩又膽怯了，一溜煙消失在地基後方。

克絲婷聽見她的腳步聲走到大路上。克絲婷身邊只剩下迪亞特、墓園和樹林。兩人互望，卻無言以對。

他們回到沃爾瑪大賣場不久，低音號也帶著自己的發現回來了。他去找汽車旅館認識的人問話。對方說這裡之前有傳染病，三十人死於嚴重高燒，連鎮長都死了，後來鎮上的管理方式就變了，只是那個人不願進一步說明。不過他又說，傳染病過後有二十戶人家搬走，包括小夏一家。他說沒人知道他們去了哪裡，還叫低音號最好別問了。

「管理方式改變？他們可真是團結。」指揮說。關於墳墓的事，團員已經討論了好一會兒。如果牌子上寫的不是死者，那又是什麼？難道是預先寫好未來的死期？

「我剛才就講了，助產士說鎮上有先知。」克絲婷說。

「是嗎？還真厲害。」薩伊德說著打開一箱蠟燭，沒看著誰。離開的第六吉他手跟薩伊德感情很好。「每個地方都需要先知，可不是嗎？」

「一定有人知道他們去了哪裡。小夏肯定告訴過誰吧？你們還有誰認識鎮上的人？」指揮說。

「我之前認識一個住在鬆餅店的，可是剛才發現店門封起來了。汽車旅館有人說鬆餅店的人去年離開了。都沒人告訴我小夏和傑洛米去了哪裡。」第三大提琴說。

克絲婷想大喊：「這裡的人什麼也不肯說。」但她沒開口，只是看著路面，來回踢著小石頭。

「當初怎會把小夏他們留在這裡呢？」林甩動小仙子的戲服。那是一件閃亮如魚鱗的銀色宴會裝，她的動作在空中揚起一片粉塵。「墳墓啊，我連一步都不——」

「不是墳墓，只是插著牌子。」迪亞特說。

「小鎮變了。」吉爾在第三輛篷車旁拄著枴杖，凝望水城的建築和花園，看著遠方矇矓的路邊野花。最後一抹暮色停在麥當勞招牌上，「誰想得到呢？」

「或許有辦法解釋那些牌子。會不會是他們走了，鎮上有人誤以為他們死了？」第三大提琴懷疑地說。

「鎮上有先知。牌子上寫著小夏的名字。助產士剛才也叫我別問了，趕快離開。這些話我剛剛說過了嗎？」克絲婷說。

「妳剛才連講六遍，我們不是都大聲回答說聽到了嗎？」薩伊德說。指揮嘆氣。「不知道進一步詳情之前不能走。今晚表演照常舉行，結束後再找人問吧。」

篷車以車尾相對的方式停靠，中間垂著《仲夏夜之夢》的布幕。這塊布是幾條被單縫合而成，畫著森林場景，長年旅行下來已經髒髒舊舊。亞莉珊卓和奧莉薇找來一些樹枝和花朵布置，舞台四邊點著一百根蠟燭。

「我剛才跟本團大無畏的指揮談過了。」稍後八月告訴克絲婷。他剛調完音，準備到弦樂部就位，「她覺得小夏和第六吉他手肯定是沿著湖岸走到南方了。」

「為什麼往南走？」

「因為西邊是大片的水域，而且他們也沒有往北，有的話我們路上就會遇見了。」

太陽西沉，水城居民聚在一起看戲。這次觀眾比上次少了許多，不到三十人。大家愁眉苦臉地排成兩列，坐在曾經是停車場的砂礫地面。一隻像狼的灰狗側躺在第一排邊邊，垂著舌頭。跟蹤克絲婷的女孩完全不見蹤影。

「話說回來，南方有什麼嗎？」

八月聳肩。「都是湖岸。這裡和芝加哥之間一定有些什麼吧？妳不覺得嗎？」

「他們也可能遠離湖岸，往內陸走。」

「有可能。但他們知道團員從來不往內陸走。除非再也不想看到我們，否則不會走那裡，那他們為什麼……」他搖搖頭。這些推測都不合理。

「他們生了女兒，叫安娜貝爾。」克絲婷說。

「跟小夏的姊姊同名。」

「各就各位。」指揮喊道，八月回到弦樂部站定。

11

世界崩毀後，失去了什麼呢？幾乎什麼都沒了，什麼人都死了，美卻依然存在。美是這個新世界的暮光。美是來到距離密西根湖半哩遠、有著神祕名字的水城，在停車場演出《仲夏夜之夢》。克絲婷演仙后緹泰妮亞，剪得極短的頭髮上戴著花圈，燭光掩住她顴骨上一半的鋸齒疤痕。觀眾很安靜，身穿西裝的薩伊德繞著她踱步，說：「等一等，壞脾氣的女人，我不是妳的夫君嗎？」那西裝是在東喬丹小鎮附近的死人衣櫃找到的。

「那麼我也一定是你的尊夫人了。」劇中台詞寫於一五九四年，那年倫敦的劇院歷經兩季傳染病肆虐，重新開幕。或者也可能寫於一五九五，再過一年，莎士比亞的獨子離開人世。幾個世紀後，在遙遠的大陸上，克絲婷穿著雲朵似的染色布料在舞台上移步，心中半是怒火，半是愛火。她身上的婚紗是新佩托斯基附近的房子撿來的。雪紡紗和絲質衣料用一組兒童水彩上了色。

「總是被你吵斷我們的興致。」她繼續演。這樣的時刻最能讓她感覺到活著。只要上了台，她什麼都不怕。「風因為我們不理會他的吹奏，生了氣，便從海中吸起毒霧……」

劇團有三個版本的劇本，克絲婷最喜歡的那本裡頭，有人在「毒霧」旁邊寫上「霧會致病」。莎士比亞排行老三，卻是第一個活過襁褓時期的孩子。他有四個早逝的手足，自己生下的龍鳳胎當中，兒子也在十一歲離世。劇場一次又一次因為傳染病而關閉，死亡在眼前忽隱忽現。如今，燭光又一次點亮了暮色，電力的時代來了又走了，緹泰妮亞轉向仙王。「執掌潮汐的月亮，因為再也聽不到夜間頌神的歌聲，氣得臉孔發白，在空氣中播滿了濕氣，人一沾染上就要害風濕症。」

仙王帶著隨行的小仙子看著她。緹泰妮亞似乎在自言自語，忘了眼前的他。她的嗓音高亢明晰地飛越台下安靜的觀眾，越過在左舞台等待指揮下令的弦樂部。「因為天時不正，季候也反了常。」

行者交響樂團有三輛篷車，車身兩側都用白漆寫上團名。不過第一輛篷車還多了一行字：「因為光是生存還不夠。」

12

觀眾起立歡呼。克絲婷彷彿暫時出了神浮在半空。每次表演完她都有同樣的感覺，像是飛得很高卻沒有好好降落，靈魂簡直要從胸口飛出去了。前排觀眾有人眼中帶淚。後排有個她早就注意到的男人，獨自坐在一名女子從加油站替他扛來的椅子上。此人起身穿過第一排，雙手高舉過頭。觀眾的掌聲逐漸退去。

「我的子民，請坐好。」他開了口。此人個子很高，約莫三十歲，金髮及肩，留著鬍子。他跨過蠟燭圍成的半圓，和演員站在一起。躺在前排的狗嚇了一跳，驚坐起來。

「太棒了，真是精采的演出。」他的樣子有那麼一點面熟，但克絲婷想不起是誰。薩伊德皺起眉頭。

「感謝各位，」男子對演員和樂手說，「讓我們再度感謝行者交響樂團的美妙演出，一解平日煩憂。」他輪流對每個團員微笑，觀眾隨之一一為團員鼓掌，但拍得比剛才小聲。「我們受到神的眷顧，」他說著舉起手，這時掌聲馬上停止。他是先知。「我們受到神的眷顧，於是有樂手和演員前來表演。」克絲婷從他的口吻中聽出了什麼，感覺字字句句都帶著陷阱，她好想逃跑。「神的眷顧以各種方式顯現，對不對？所有人類當中，我們得到最深的眷顧，因此存活下來。我們一定要自問：為什麼？為什麼是我們？」他沉默一會兒，看著團員和觀眾，可是沒人回話。他又說：「我認為，在這個世界上，事出必有因。」

指揮站在弦樂部一旁，雙手背在身後。她一動也不動。

「我的子民，今日我為了那場流感、那可怕的傳染病而沉思。請問各位，有沒有想過病毒為何如此完美？」群眾泛起一陣低語和驚呼，但先知一舉起手，他們都靜了下來。「若你們還記得喬治亞流感之前的世界，想想從前那些反覆爆發的疾病吧。那些小病就像從前的流感，我們在兒時注射了疫苗，得以免疫。我的子民啊，還有一九一八年的西班牙流感，那顯然是神要懲罰第一次世界大戰的揮霍與屠殺。而接下來數十年呢？每一季都有流行病，不過致死率很低，只奪去老人、小孩和重病者的性命。接著喬治亞流感像復仇天使般現身，誰也逃不出魔掌。區區微生物消滅了墮落世界的多少人類？統計學家都不在了，但我可以說，百分之九十九點九的人都死了。每兩百五十或三百人之中，只有一個活下來。子民啊，我認為如此完美的死亡使者必然出自神意。我們都讀過末日清洗世界的故事，不是嗎？」

克絲婷越過舞台，和迪亞特眼神交會。他在《仲夏夜之夢》飾演雅典大公忒修斯，正緊張地玩弄襯衫袖口。

「二十年前，人類經歷的流感就是現代的創世紀洪水。經過那一場大清洗，我們心中的光宛如方舟，承載諾亞與同伴渡過惡水。我在此宣布，我們都得救了。」他提高音量，「我們不只要帶來光，還要散播光，成為光。我們會得救，因為我們就是光。因為我們是純潔的。」

汗水淌過克絲婷穿著絲質戲服的背部，她這才發覺衣服有點臭。上次清洗是什麼時候了？先知還在發言，說著信念、光、宿命、他所夢見的神之大計、務必為末日做好準備等等。「我的天使們，我已預見，二十年前的劫難不過是個起頭，篩去不純淨的人。去年的瘟疫進一步證實，更多、更多的篩選將會來到。」布道結束，先知轉頭跟指揮輕輕說了些什麼，她也回了幾句，他聽了大笑退開。

「我怎麼知道呢？人們來來去去。」他說。

「是嗎？這附近還有沒有其他小鎮？往湖岸走，或許還有什麼居民經常往返的小鎮？」指揮質疑道。

「附近沒有別的小鎮，不過……」先知回頭看著靜默的群眾，微微笑，用人人都能聽見的音量說：「當然，在這裡的所有人，只要想走都能走。」

「這個我自然曉得。只是沒料到他們竟然單獨先離開了，畢竟他們很清楚樂團的人還會回來。」指揮說。

先知點點頭。克絲婷靠得更近想偷聽，其他演員默默退出舞台。「我和子民們所說的光，就是秩序。這裡是有秩序的地方。心中混亂的人無法遵守這裡的規矩。」先知說。

「能不能冒昧請問，墓園那些牌子是怎麼回事？」

「不會冒昧，這問題很合理。妳已經旅行了好一段時間吧？」先知說。

「對。」

「從一開始，這些團員就跟著妳嗎？」

「差不多，是從新元五年開始的。」指揮說。

先知突然轉向克絲婷，「那妳呢？」

「新元元年一開始，我就在路上行走。」她覺得自己的答案不太老實，因為她幾乎不記得元年的事了。

「如果旅行了那麼久，如果像我一樣這輩子都在混沌的世界流浪，也像我一樣還記得眼前發生過的種種，妳就會明白，失去生命的方式不只一種。」先知說。

「哦？我倒是看過很多種。」指揮說。克絲婷知道她快按捺不住怒氣了。「溺斃啦，斬首啊，高燒致死啊，其中沒有一種是……」

「妳誤會了，我指的並非這些乏味的肉體死亡。這世上除了肉體之死，還有靈魂之死。我見過自己的母親死了兩次。在鎮上，要是墮落者未經許可而離開，我們會舉辦葬禮，在墓園立起牌位。因為對我們而言，那些人形同已死。」語畢，先知回頭看著亞莉珊卓收拾舞台邊的花朵，接著跟指揮咬耳朵。

指揮退了一步，「當然不行！想都別想。」

先知看了她一會兒才轉身離開。他低聲吩咐前排一名男子（正是早上駐守加油站的弓箭手），兩人一起離開沃爾瑪大賣場。

「露利！」先知回頭一喊，狗兒小跑步跟上。觀眾慢慢散去，不久停車場只剩下交響樂團了。這是他們印象中，表演結束後第一次沒有觀眾留下來和團員聊天。

「動作快！上馬鞍！」指揮說。

「我本來以為可以住個幾天。」亞莉珊卓有點不滿。

「他們是末日邪教組織，」豎笛手解開舞台布幕，「妳剛剛有沒有在聽啊？」

「但我們上次來……」

「這裡已經跟上次不同了。」布幕上的森林疊成一片，無聲地落在路面，「這種地方啊，要等到自己也喝下毒酒，才會發現身邊的人已經一個個毒發身亡了。」克絲婷跪下來幫豎笛手捲好布幕，結果他說：「妳那戲服最好洗一洗。」

「他回加油站了。」薩伊德說。現在加油站兩旁都站了武裝警衛，暮色昏沉看不清楚他們。汽車旅館有人煮飯生火。

樂團沒幾分鐘就上路了，他們走大賣場後面的路，避開鎮中心。道路前方生起小火堆，是站哨的男孩拿樹枝插著一塊肉在烤，應該是松鼠吧。多數小鎮的主要入口都有人配戴哨子看守，若遇上搶劫至少有嚇阻作用。但是看那男孩年紀輕輕，又一副心不在焉的樣子，可想而知這條路並不特別危險。團員經過時，他只是站著，把手中的烤肉移開火源。

「你們離開有得到許可嗎？」他大喊。

指揮向駕駛頭一輛篷車的第一長笛手示意，要他繼續開，而她自己去找男孩談話。

「晚安。」指揮說。克絲婷停下腳步，逗留在不遠處聽他們對話。

「妳叫什麼名字？」男孩狐疑地問。

「大家都叫我指揮。」

「妳就叫指揮？」

「我就用這個名字。那是你的晚餐嗎？」

「你們離開有得到許可嗎？」

「我們上次來的時候，並不需要誰的許可。」她說。

「現在不一樣了。」男孩還沒變聲，聽起來很稚嫩。

「沒拿到許可又會怎樣？」

「沒有的話，我們會舉辦葬禮。」

「要是以後又回來呢？」

「如果已經辦過葬禮……」男孩好像不知該如何說下去。

「這裡根本是受到詛咒的地獄。」第四吉他手小聲說，經過克絲婷身邊時碰碰她胳臂，「小婷，還是快走吧。」

「所以最好是別回來嗎？」指揮問。最後一輛篷車也通過了，殿後的薩伊德抓住克絲婷肩頭，推她往前走。

「妳不要命啦？快走吧。」他用氣音說。

「別告訴我什麼該做、什麼不該做。」

「那妳就放聰明點。」

「你們可不可以帶我走？」克絲婷聽到站哨的男孩這麼問。指揮答了什麼她聽不見，等她回頭時，男孩只顧盯著離開的團員，忘了樹枝上插著的松鼠。

*

離開水城那晚天氣轉涼了。路上只聽見馬蹄在有裂痕的路面喀啦響、篷車嘎吱嘎吱地前進、團員走路的步伐，以及夜晚林間的沙沙聲。空氣中傳來松樹、野花和青草香氣。明亮星空下，路面映著篷車顛簸前行的影子。團員走得匆促，戲服都還沒換。克絲婷撩起仙后的禮服裙襬以免絆倒；薩伊德的仙王造型在路上顯得怪模怪樣，他回頭時西裝裡的白襯衫看起來閃亮亮的。克絲婷快步超過他，去找總是走在第一輛篷車旁的指揮說話。

「妳剛剛跟那男孩說了什麼？」

「我說樂團不能冒險帶走他，鎮民會以為我們是綁架。」

「表演結束後，先知跟妳說了什麼？」

指揮回頭看她，「這件事妳不會說出去吧？」

「大概只會跟八月說。」

「我想也是。那妳不能再告訴其他人，好嗎？」

「好，不跟其他人說。」

「他說如果我們留下亞莉珊卓，他就保證樂團和這座小鎮未來能維持良好關係。」

「留她下來？為什麼要……」

「他說他要再討一個老婆。」

克絲婷立刻跑去告訴八月，他聽完罵了幾句，直搖頭。毫不知情的亞莉珊卓走在第三輛篷車旁，抬頭看星星。

凌晨十二點多，團員停下休息。克絲婷將戲服丟進篷車後方，換上她熱天裡常穿的柔軟棉質洋裝，衣服上到處都是補丁，皮帶上刀子的重量令她安心。傑克森和第二雙簧管各騎一匹馬，往回走了一哩查探，回報無人跟蹤。

月光下，指揮和幾個元老團員在研究地圖。他們走得太匆忙，眼下來到了密西根湖東岸的南邊，有點進退兩難。要走回熟悉路線，只能往回穿過水城，或是接近另一個據說會當場射殺外來者的小鎮，甚至往內陸走，穿過舊世界的國家森林公園預定地，那裡是一片荒野。

指揮皺眉看著地圖，「我們對這座國家公園了解多少？」

「我反對。我知道有個小販曾穿越國家公園，他說那裡一片荒蕪，林子裡還有凶猛的野生動物。」低音號說。

「還真是吸引人。沿著湖繼續往南走呢？」

「什麼都沒有啊。」迪亞特說，「我和去過那裡的人聊過，不過那可能是十年前的事了。當時他說那裡人口稀疏，細節我記不得了。」

「十年前啊。」指揮說。

「我就說了，什麼都沒有。可是妳看，如果繼續向南，我們終究還是要往內陸走，除非妳特別想看看芝加哥現在成了什麼模樣。」

「你們聽說過芝加哥的西爾斯大樓[10]有狙擊手嗎？」第一大提琴突然問。

「我可是親自遇過。」吉爾說，「從這裡往南走，不是有個聚落嗎？我沒記錯的話，就在密西根的塞文市那邊。」

「我也聽過那個謠言。」指揮猶豫了，這很不像她。她又研究一會兒地圖才開口，「這些年我們不是一直說要擴張領域？」

「這麼做很冒險。」迪亞特說。

「活著就是冒險。」指揮摺好地圖，「我丟了兩名團員，但我依然相信他們往南走了。如果塞文市那裡有人，他們搞不好知道從哪裡走回我們的熟悉領域最安全。現在就沿著湖岸往南吧。」

克絲婷爬上第二輛篷車的駕駛座，喝水休息。她取下後背包，那是個兒童尺寸的紅色帆布包，上面畫著龜裂褪色的蜘蛛人。她盡量別裝太多東西在包裡，只帶了兩瓶水（在那失落的文明世界，瓶子曾用來裝立頓紅茶）、一件毛衣、一塊布（闖進滿是灰塵的空屋時拿來蒙臉用）、開鎖鐵絲、裝著剪報的夾鏈袋、十一博士的漫畫，以及一個紙鎮。

紙鎮是光滑的玻璃製成，大約李子大小，裡面下著暴風雪。這東西一點也不實用，只是徒增重量，但她就是覺得漂亮。那是流感即將爆發之際，一個女人送給她的，她卻忘了對方的名字。她把紙鎮放在手中一會兒，接著開始看自己的收藏。

她有時喜歡這樣一張張看剪報，也漸漸成了習慣。這些影像來自陰影般的舊世界，喬治亞流感前的世界。圖片在月光下模糊不清，但克絲婷清楚記得每一張的細節：亞瑟·林德和第二任妻子伊莉莎白在一間餐廳的露臺上，帶著襁褓中的兒子泰勒；幾個月後亞瑟和第三任妻子麗迪亞的合影；亞瑟和泰勒在洛杉磯機場。還有一張比較舊的照片，是克絲婷在一間堆了三十年份八卦雜誌的閣樓找到的，拍攝時她還沒出生。照片中亞瑟摟著膚色蒼白的棕鬈髮女孩（她後來成了第一任妻子），一步出餐廳就被攝影師逮個正著。女孩戴著墨鏡看不清楚模樣，而亞瑟在閃光燈下睜不開眼。

10 Sears Tower，一九七三年落成的摩天大樓，在一九九八年之前曾是全球最高建築。

III

我比較喜歡看你戴王冠

13

八卦小報照片的幕後故事：

照片拍攝前十分鐘，亞瑟和那個女孩在多倫多一間餐廳裡，等著取回寄放的大衣。流感還有很久才會爆發，文明還有十四年才會崩毀。亞瑟整個星期都忙著拍一齣時代劇，有時在攝影棚拍，有時在城市邊緣的公園出外景。那天稍早他還戴著國王的王冠，此時換上多倫多藍鳥隊棒球帽，看起來極為平凡。那年他三十六歲。

「妳打算怎麼辦？」亞瑟問。

「我要離開他。」名叫米蘭達的女孩臉上有塊瘀青，是新傷口。他們音量放得很輕，以免被餐廳的人聽見。

亞瑟點點頭。「很好，」他看著米蘭達塗了遮瑕膏也蓋不住的瘀青，「我正希望妳會這麼說。需要我幫什麼忙嗎？」

「不知道。很抱歉事情變成這樣。總之我是不能回家了。」她說。

「我有個想法——」他打住話頭，因為外套寄放處的女孩拿大衣來了。亞瑟那件質感很好，衣料平滑，看起來很貴。米蘭達的只是穿舊的雙排釦毛呢外套，在二手店花了十加幣買的。她刻意轉身面向餐廳門口穿，以免被人看見內襯破了。不過穿好外套，回頭看見領檯人員臉上的笑容，她就曉得剛才是白費心思了。亞瑟此時早已是個紅透半邊天的明星，他露出最帥的笑臉，塞了二十加幣給寄放處的女孩。領檯偷偷按下簡訊發送鍵，傳給剛剛付她五十加幣的攝影師。外頭人行道上的攝影師收到簡訊：「正要離開。」

「我剛才是說，」亞瑟在米蘭達耳邊低語：「我覺得妳應該過來跟我住。」

「住在飯店？不行……」她小聲回答。

「一定要。只是住在我這裡，沒有任何附帶條件。」

看見寄物處的女孩含情脈脈望著亞瑟，米蘭達一時分了神。「妳不必現在決定，我只是說如果妳想的話，可以過來住。」他說。

米蘭達的淚水在眼眶打轉，「我不知道該怎麼——」

「說『好』就好了。」

「好，謝謝你。」領檯幫他們開門時，她突然想到自己看起來肯定很狼狽，臉上有瘀青，還哭紅了眼。「等一下，」她往包包裡摸索，「抱歉，一下子就好。」她戴上白天一直戴著的超大墨鏡，亞瑟摟著她肩頭，攝影師在人行道舉起相機，兩人走入令人目眩的閃光燈。

「所以說呢，亞瑟。」問話的記者很漂亮，看來平常會花大錢「進廠維修」，毛孔經由醫美微縮，髮型要價四百加幣，妝容無懈可擊，指甲也做得很有品味。她一笑就露出白到不自然的牙齒，亞瑟見了就心煩，雖然他在好萊塢打滾這麼久早該習慣了。「之前跟你走在一起那個棕髮的神祕女子，是不是該對我們交代一下呀？」

「人家她也是有隱私權的，妳說是不是？」亞瑟刻意用笑容四兩撥千斤，想讓這話聽起來很風趣。

「什麼都不能說嗎？一點小事也不可以？」

「她跟我是同鄉喔。」他說完眨眨眼睛。

其實不是同鄉，而是同一座島。「島的形狀、大小就跟曼哈頓差不多。」亞瑟這輩子每次參加派對都這樣介紹，「不過島上只有一千人。」

德拉諾島位於溫哥華島和英屬哥倫比亞之間，在洛杉磯正北方。全島都是溫帶雨林，有著岩石海灘，平時會有鹿衝進菜園或衝到擋風玻璃前，較低的樹枝上長著苔蘚，雪松樹林間傳來風的嘆息。島中央有個小湖，亞瑟一直幻想是小行星撞擊所形成的。湖的輪廓接近正圓，湖底很深。某年夏天，一個背景不明的年輕女子在那兒自殺。她把車停在路邊，留下一張紙條，走入湖水裡。救難人員潛水打撈時，竟然怎麼也找不到湖底，至少當地小孩都是這麼流傳的。他們害怕又興奮地偷偷告訴別人，雖然多年以後仔細回想，湖太深探不到底這種事情根本不可能。可是女人走進一座面積不大的湖，積極搜救了兩週還是沒找到遺體，這倒是千真萬確。此事和亞瑟的童年回憶產生矛盾，甚至留下了以往並不存在的一抹恐懼陰影，畢竟從前那只是一座普通的湖，也是他和所有人最喜歡游泳的地方，因為湖水一年到頭都很冰。亞瑟記憶中，媽媽總是在湖岸樹下看書，弟弟在淺灘玩水，昆蟲自在地降落湖面。通往湖邊的路上，不知為何有個裸體芭比娃娃，下半身埋在土裡。

島上有些小孩整個夏天都打赤腳，頭上插羽毛。他們的爸媽在七〇年代開著福斯小貨車來到島上，後來車子都在林間生鏽。小島每年大約有兩百天下雨，渡船頭附近有個類似村子的聚落，有附設加油站的大賣場、健康食品專賣店、房地產仲介、六十人的小學，還有一座活動中心，前門的兩尊大型美人魚雕刻手牽手形成拱門，並附設小小圖書館。島上其他地方不是岩石就是森林，窄路上開出泥濘車道，盡頭沒入林間。

換句話說，亞瑟在紐約、多倫多或洛杉磯所認識的人，都不可能想像這種地方。每次他聊起德拉諾島，眾人都是一臉難以置信。他一直想好好形容這座島，最後卻總是籠統地說著島上的海灘和植物生態。「羊齒蕨有我的頭那麼高。」他比劃著，而且一年年比得愈來愈高。到了四十五歲左右，他發現自己描述的羊齒蕨已經高達兩百多公分，「現在想想真是誇張。」

「一定很美吧。」人家都這樣回答。

「是啊，真的很美。」然後他會努力轉移話題，因為接下來的部分太難解釋了。是啊，這裡真的很美，是我此生見過最美的地方。美麗絕倫，卻又難以逃脫。我愛這座島，我總想著逃離這座島。

亞瑟十七歲申請上多倫多大學。他申請就學貸款，父母努力為他湊出機票錢，他就這麼走了。他本來想讀經濟，到了多倫多卻發現什麼都想嘗試。他高中很用功，不過大學就漫不經心。課程沉悶乏味，後來他想通，來到多倫多不是為了上學，大學只是他逃離小島的藉口。他是為了這座城市本身而來。不到四個月他就休了學，開始參加試鏡，因為商業入門課有個女孩告訴他，他應該去演戲。

他父母嚇壞了，半夜用電話卡哭著打給他。「我上大學只是為了離開那座島。」他的解釋毫無助益，因為爸媽深深愛著小島，愛著島上的生活。離開學校兩個月後，他在多倫多拍攝的美國電影中得到一個小角色，台詞沒幾句，但是有機會跟主角對戲。接著又在加拿大電視節目演出只有一句台詞的角色。他不覺得自己真懂演戲，於是花錢上起了表演課，在表演班認識了此生最好的朋友，克拉克。他們共度了美好的一年，形影不離，每週有四個晚上拿假身分證上酒吧。兩人十九歲時，克拉克屈服於父母的壓力，回英國讀大學，而亞瑟繼續試鏡，得到紐約一所戲劇學校的入學許可。他在紐約餐廳打工領現金，與四個室友住在皇后區一間麵包店樓上。

戲劇學校畢業後，他無所事事了一陣子才開始試鏡，每天有很長的時間在餐廳端盤子，接著得到影集《法網遊龍》的龍套角色。（哪個紐約演員沒演過這部戲？）後來有經紀人找他，為他爭取到固定演出延伸的相關影集。他拍了幾支廣告、兩部沒後續的試播集。第二個節目的導演來電告知壞消息，並說：「你何不來洛杉磯試試？在我家客房打地鋪住幾個禮拜，參加一些試鏡，看看結果如何？」那時亞瑟已經受夠了北美東岸的冬天，於是就這麼去了。他賣了多數家當，跳上飛往美西的班機。

到了好萊塢，亞瑟參加派對累積人脈，爭取到一部電影的小角色，是個只有三句話的軍人，開演十分鐘就被炸飛，但這次演出幫他拿到了更好的角色，同時派對也「認真」起來，辦在家裡或飯店房間，充滿古柯鹼和肌膚光滑的小妞。後來，那些年的回憶像舞廳躍動的光線閃現在腦海：他坐在馬里布的泳池邊喝伏特加，和一個女孩子聊天。她說她十歲非法從墨西哥來到美國，躲在卡車內的辣椒堆底下穿過邊界。他半信半疑，但覺得她很美，便吻了她一下。她說會再打給他，從此卻再也沒見過。還有他和朋友在好萊塢的山丘開車，他坐在車頂打開的敞篷車上，朋友跟著廣播音樂唱歌，他看著棕櫚樹從頭上一一掠過。還有在旅行者樂團〈別停止相信〉的歌聲中和女孩跳舞，那首是他的最愛，沒跟誰說過。跳舞的地方是某個朋友的夏威夷酒吧，在地下室。一週後，他奇蹟似的又在其他人的派對看到她。在這座無限大的城市，竟能在兩場派對遇見同一個女孩。她半瞇著眼睛對他笑，牽起他的手，帶他到後院看洛杉磯的日出。那時，洛城的新意對他而言已消退了幾分，但是一站上穆荷蘭大道，他便明白，這座城市依然保有幾分神祕，還有他未曾見過的事物，像是城市燈海隨著旭日東昇而退潮，以及女孩指甲輕輕刮過他手臂的觸感。

「我愛這裡。」他說。但是六個月後他們分手時，她用同一句話回敬他：「你愛這裡，但你根本不屬於這裡，更不會成為什麼狗屁電影的主角！」那年亞瑟二十八歲了，時間加速向前，快得他心慌。他在派對上混到太晚，喝到太醉，出過兩次狀況，都是有人酒精和藥物混用進了醫院，最後他在急診室等消息。派對上的人總是那些，旭日照著乏味的墮落畫面，所有人看起來都有些壞掉的樣子。二十九歲生日剛過，他爭取到一部低成本電影的主角，劇情是一起搞砸的銀行搶案，在多倫多拍攝。想到要衣錦還鄉他就開心，他知道這種心態很自大，但是又怎麼樣呢。

一晚，亞瑟的母親打電話來，問他還記得蘇西嗎？就是他小時候在大賣場咖啡店打工的女孩。他當然記得，蘇西端鬆餅上桌的模樣依然清晰。總之，幾年前蘇西的姪女搬回來跟她住，理由沒說，雖然島上的人刻意想挖出來八卦一番。姪女叫米蘭達，十七歲，非常勤奮又能幹。米蘭達最近搬來多倫多上藝術學校，亞瑟要不要找她共進午餐？

「為什麼？我們又不認識，而且她才十七歲，不會很尷尬嗎？」亞瑟說。他最怕尷尬，總是極力避免這種狀況。

「因為你們有很多共同點啊。你們都跳級過一次。」母親說。

「這就算『很多』？」雖然嘴上這麼說，亞瑟卻想到：這女孩了解我成長的地方。他的人生永遠在迷失方向，像是輕微發燒，所有事物都籠罩著同一個疑問：我究竟是怎麼走到今天這一步？有時，他會在多倫多、洛杉磯、紐約的派對上聊起德拉諾島，對方總是露出感興趣卻略帶狐疑的眼神，彷彿亞瑟是在火星長大的。想當然，很少人聽過這座島。他跟多倫多人介紹自己來自英屬哥倫比亞，結果每個人都說他們多麼喜歡溫哥華，好像那座位於家鄉東南方、要搭車四小時再轉兩班渡輪才能抵達的玻璃之城和德拉諾島有什麼關聯似的。他曾在兩個不同的場合告訴洛杉磯人他來自加拿大，結果對方竟問起愛斯基摩人的冰屋。還有一位號稱受過良好教育的紐約人，仔細聽完亞瑟解釋自己的出生地（英屬哥倫比亞西南方的小島，位於溫哥華島和加拿大本土之間），最後非常認真地問：所以你是美國緬因州人嗎？

「打給米蘭達吧，只是吃個午餐。」媽媽說。

十七歲的米蘭達有著異於常人的沉著，又長得好看，蒼白肌膚襯著灰黑眼珠，一頭棕色鬈髮。她挾著一股冷冽空氣走進餐廳，一月的天氣附在她髮間和外套上，亞瑟立刻被她的儀態打動。她的外表比實際年齡還要成熟。

「妳喜歡多倫多嗎？」亞瑟問。他又想了想，認為她不僅好看，而且美麗。那是一種低調的美，沉澱一段時間才會顯現。她完全不同於洛杉磯那些穿著緊身T恤、古銅色肌膚的金髮女孩。

「我愛多倫多。」在多倫多，她終於體會到何謂隱私：走在路上完全沒有人認得她。非小鎮出身的人不可能明白這有多麼美好，不可能知道城市生活的匿名性感覺多麼自由。她說起自己的男友保羅，他也是藝術家。亞瑟逼自己微笑傾聽，心想「畢竟她還年輕」。米蘭達說膩了她的事，開始問起亞瑟的生活。他想解釋自己一腳踏入的世界有多麼超現實，人人都認識他，他卻不曉得那些人是誰。他說他好愛洛杉磯，但這座城市同時也把他榨乾了。他還說想起德拉諾島就感到迷失，而他現階段的人生也同樣迷失。米蘭達從沒去過美國，雖然她畢生都住在距離美加邊境兩百哩的地方。他看得出來她正努力想像他在美國的生活，腦海浮現的可能是電影或雜誌照片拼貼而成的畫面。

「你很愛演戲吧？」

「對啊，大部分的時候。」

「有人付錢讓你做自己熱愛的事，不是很棒嗎？」她這樣說，亞瑟也同意。吃完午餐，她謝謝他請客，然後兩人一起離開。餐廳外頭的空氣很冷，陽光照在髒雪上。後來他每次回想，總覺得那是最好的時光：兩人能夠一同走出餐廳，沒有人在人行道上等著拍照。

「祝你拍片順利。」米蘭達搭上路面電車。

「祝妳在多倫多一切順心。」亞瑟回答，但她早就上了車。接下來幾年，他通常能夠不去想她。她住得那麼遠，又那麼年輕。他有好多電影要忙，有十八個月搬到紐約軋戲，接著又回洛杉磯拍ＨＢＯ的固定角色。他跟其他女人約會，有些是演員，有些不是。其中兩個女人赫赫有名，每次出門，大批攝影師必定像蚊子般一擁而上。等到他下一次回多倫多拍別的片子，出門已經躲不掉鏡頭了。畢竟他的電影戲分愈來愈吃重，表現愈來愈亮眼，再說攝影師都拍慣了他牽著比自己有名的女人出門。經紀人還恭維亞瑟的約會策略。

「哪有什麼策略，我跟誰約會就是喜歡她們啊。」亞瑟說。

「那是當然。我只是說說，沒事的。」經紀人說。

他是真心出於喜歡而和她們約會，或是為了自己的事業盤算？這問題竟然不斷糾纏著他。

亞瑟三十六歲時，米蘭達二十四歲。當時他的聲勢已如日中天，卻一點也不快樂。他不想要名聲。每個人在二十多歲的時候都渴望成名，他也不例外，但現在他真的紅了，卻不知如何是好。名聲帶來的多半是尷尬。比如他入住多倫多日耳曼飯店時，年輕的櫃檯小姐說他大駕光臨真是榮幸，「如果不介意我多說一句，我很喜歡那部偵探電影。」一如往常，在這種場合他不知如何回應。老實說，亞瑟不清楚她是真心喜歡偵探電影或是客套，還是想跟他上床，甚至以上皆是。所以他只是笑著稱謝，緊張到目光不知該往哪兒擺，拿了房卡就往電梯移動，卻感覺她的目光緊盯在後。他裝作有事要辦的樣子，又要裝作沒發現、也不在乎半個大廳的人都盯著他。

一進房，亞瑟就坐在床上。總算能獨處，總算沒人看他了，真是鬆了口氣。然而在這樣的時刻，他卻總是感到迷失，感到莫名洩氣，不曉得如何是好。接著他忽然想到該怎麼做了。他拿起手機，撥了這些年來一直沒刪掉的那支號碼。

14

亞瑟打給米蘭達時，她正在工作。她在「海王星國際物流」擔任行政助理，每天安安靜靜坐在老闆辦公室門外私人接待區的馬蹄形桌子前。老闆是個叫里昂・皮凡的青年，他的辦公室通常關著，因為他時常不在國內。公司鋪著大面積的灰色地毯，米蘭達座位旁有一整片玻璃牆，能看見安大略湖。這裡幾乎沒什麼工作能讓她一口氣忙一、兩個小時以上，所以她常常整個下午都在畫素描（她當時在創作一系列圖像小說）。長長的點心時間，她喜歡在玻璃窗前眺望湖景。站在那裡，她覺得自己在城市上空飄浮著，底下是平靜的湖面、其他玻璃大廈構成的天際線，還有遠方小小的船影。

輕輕一聲「叮」，有電子郵件進來了。從前好長一段時期，米蘭達的職位是由無能的派遣隨便做做（里昂形容那是「令人不快樂的寒冬」），於是里昂把他的旅行計畫外包給下屬漢娜的助理緹雅。緹雅做事的圓滑和合群簡直無懈可擊，這點令米蘭達佩服。緹雅轉寄里昂下個月飛往東京的航班確認信給她。只要緹雅在場，米蘭達便覺得相形見絀。米蘭達一頭髮髮老是亂翹，緹雅的秀髮閃亮俐落。米蘭達的打扮總是不太對，緹雅卻一身完美。米蘭達的口紅不是太俗艷就是太暗，鞋跟不是太高就是太低，絲襪的腳底都有破洞，得用不同的鞋子技巧性遮住，而且每雙鞋跟都磨損了，只能用奇異筆仔細上色蓋過。

衣著很麻煩。米蘭達上班穿的衣服多半從央街的暢貨中心購得，在更衣室燈光下看起來還行，回家一看就都不行了。黑裙子閃著壓克力纖維的光澤，襯衫的人工材質會黏皮膚，很不舒服。每件衣服看起來都很廉價，而且易燃。

那天早上，男友保羅看她試了好幾件內搭衣，想穿在一洗就縮水的襯衫裡頭，忍不住說：「妳是藝術家，何必遵守公司該死的服裝規定呢？」

「因為工作需要。」

「大公司的可憐小寶貝。迷失在機器裡了。」保羅常常用隱喻的說法談「機器」，還會提到抽象的「老大哥」。有時他會把兩件事一起談，好比：「老大哥就是想把我們困在公司這座機器裡。」他們在學校認識，保羅早她一年畢業。起初他的畫家生涯似乎前途在望，所以米蘭達聽他的話辭了服務生的工作。他先是賣出一萬加幣的畫作，後來又賣了一幅更大的，售價兩萬一，儼然一副明日之星的派頭。但接下來突然有一場展出被取消，隔年一幅也沒賣掉，真的一幅都沒有。米蘭達只好跟派遣公司簽約，不久後，就這樣來到了高塔般的大樓，坐在里昂辦公室門外工作。那天早上，保羅看著她的衣服說：「寶貝，再撐一下。妳知道這只是暫時的。」

「當然。」她回答。她跟派遣簽約時，保羅就開始這麼說了。米蘭達沒告訴他，她做完第六週就從約聘轉正職。里昂喜歡她，欣賞她一貫的冷靜，還稱讚她處變不驚。里昂偶爾待在辦公室的時候，都這麼介紹她：「這是我處變不驚的助理米蘭達。」雖然她不想承認，其實聽到還挺樂的。

「我要去賣新的畫作，」保羅半裸躺在床上說，姿態像一枚海星。她起床之後，保羅喜歡伸展，測試自己一口氣能占據多少空間。「妳知道有一筆帳單快到期了吧？」

「當然。」米蘭達放棄那件襯衫，開始翻找看起來還算半正式的T恤，好搭配她二十加幣的西裝外套。

「上一場展出，誰也沒賣掉什麼。」他幾乎是自言自語。

「我知道這只是暫時的。」但米蘭達有個祕密：她其實不想結束這樣的生活。保羅鄙視關於大公司的一切，所以米蘭達一直無法告訴他，比起在家，她更喜歡待在海王星辦公室。家不過是又小又暗的公寓，灰塵絨球愈積愈多，保羅堆在牆邊的畫布讓走廊愈來愈窄，客廳窗戶的下半部還被畫架遮住。米蘭達在海王星的辦公位置線條俐落，配有內嵌燈光，她可以一連好幾個小時畫她永遠不會結束的作品。從前在藝術學校，同學總是把白天的正職工作說得多可怕，她從沒想過，後來工作竟成了自己生命中最冷靜、最不凌亂的部分。

今早，米蘭達收到緹雅寄來的五封電子郵件，要確認里昂亞洲行程的飯店和航班。她花了一些時間看老闆的旅行計畫。先去日本，再去新加坡、南韓。她喜歡看著地圖想像自己也去那些地方旅行。她還沒出過國，因為保羅不工作、不賣畫，她只付得起學貸的最低應繳額，房租也是勉勉強強。她將新加坡到首爾的航班資訊加入行程，反覆確認其他訂位編號，發現那天已經沒別的事情可做了。才九點四十五分。

她瀏覽一會兒新聞，端詳朝鮮半島的地圖，發現自己傻傻盯著螢幕，想著她創作出來的世界、她的圖像小說、連載漫畫，想著畢業之後一直在弄的天曉得什麼作品。她打開辦公桌第一個抽屜，拿出藏在資料夾底下的素描簿。

*

「十一號太空站」這部創作有許多重要角色，但主角是十一博士，他是個出類拔萃的物理學家，外型非常神似保羅，但兩人的共同點僅止於此。十一博士是未來人，他從不隨便抱怨，風度翩翩，有時也會挖苦人，但從不飲酒過量。他什麼也不怕，卻常常栽在女人手上。博士的名字取自太空站編號。來自鄰近星系的敵對文明占領地球之後，以人類為奴，數百名反抗者設法竊取了一個太空站，成功逃亡。十一博士和同事操作十一號太空站穿過蟲洞，躲進了宇宙星途未標記的深遠太空。這是一千年後會發生的事。

十一號太空站大小和月球差不多，設計以行星為藍圖。這個行星還能自動計算穿越星系的路徑，而且無須仰賴太陽提供能源。不過太空站內部的人造天空在戰時受損，如今站內只有日落、黃昏或夜晚。控制太空站海平面的主要系統也壞了，唯一露出海平面的陸地只剩下一串曾是山脈的小島。

太空站內部起了分歧。有一群人看夠了連續十五年的黃昏，一心只想回家，回到地球請求赦免，想在外星人統治下碰碰運氣。這派人馬住在海下區一群網狀連結的輻射屏蔽屋，位處太空站內部的海洋之下，後來人數達到三百人。米蘭達現在畫到十一博士和他的心靈導師羅韓上校一起乘坐小舟。

十一博士：這片水域很險惡，現在要穿過海下門了。

羅韓上校：你應該試著體會海下人的心情。（下一格是上校臉部特寫。）他們只是想再一次見到陽光。你能怪他們嗎？

米蘭達畫完這兩格，決定接著畫一幅跨頁。圖已經完成了，她閉上眼幾乎就能看見那幅畫夾在家中畫架上。有一隻海馬，巨大，鐵鏽色，空茫的雙眼大如茶碟，半動物、半機械，頭側的無線電發射器閃著藍光。海馬靜靜滑過海中，美麗又宛如夢魘。有個海下人跨坐在海馬背上，深藍海水滿溢到畫布最上方。海面上，小舟裡的十一博士和上校在深遠太空的奇異星空下，顯得渺小。

米蘭達再次見到亞瑟那一天的下午，保羅打辦公室分機找她。那時她才喝了幾口下午四點鐘的咖啡，畫了幾格十一博士拚命阻止海下區最新的陰謀行動（他們想破壞太空站的核反應堆，逼迫太空站返回地球）。她一聽到保羅的聲音，就知道這通電話準沒好事。保羅想知道她幾點才會回家。

「八點左右吧。」

「我真不懂，」保羅說，「妳到底都在那邊做什麼？」

她用手指纏著電話線，看著剛才繪製的場景：十一博士在太空站主要核反應堆的地下通道，與海下區反派狹路相逢。博士心想：「這是什麼瘋狂的情景？」

「喔，我整理里昂的旅行計畫啊，」最近她接到許多壞消息的來電，努力當作是練習耐性的機會。「還要報公帳，有時幫他寄電子郵件，偶爾傳個訊息，還有建檔。」

「這樣就要花一整天。」

「也不是啊，寶寶，我們不是說過好幾次了嗎？我其實有很多自己的時間。」

「那空閒時間妳又做了什麼？」

「畫我的作品啊。保羅，你講話何必那麼衝？」其實真正的問題是，她一點也不在乎他的情緒。以前這種對話一定會讓她哭出來，現在她只是在椅子上轉圈圈，看著湖，想著移動中的卡車。她可以請病假，回家打包，幾個小時之內遠走高飛。有時就是需要徹底打破現狀。

他繼續說：「一天十二小時，妳都不在家，八點出門，九點才回家，有時連星期六都去公司，而我就活該要……不知道啦。米蘭達，如果妳是我，妳會怎麼想？」

「等一下，原來你打到公司——」她說。

「怎樣？」

「是要確認我人在辦公室，對不對？所以你沒打我手機。」一股怒氣湧上，意外深沉的怒氣。房租完全是她一個人付的，他還敢打來確認她有在好好工作？

「是確認妳什麼時候在工作。」他讓這句話停留在空氣中，加重指控的意味。

「這樣啊。」她開口。米蘭達很懂得在生氣時保持冷靜的語氣，「我早就說過，里昂可不是腦袋壞了才請我工作。他出差，我就得在工作崗位待到七點。他人在辦公室，我也要在。他週末進辦公室會傳簡訊給我，所以我週六才會來。」

「哼，還會傳簡訊啊。」

現在的問題是，米蘭達對這通電話感到極度厭煩。她也厭倦了保羅和賈維斯街那間公寓的廚房。她知道他此刻就站在廚房裡（那是公寓收訊最好的地方），因為他生起氣來只會從家裡打電話。他倆的共通點之一是討厭別人在街邊哭泣或對著手機大叫，以及在公共場所演出自家的骯髒事。

「保羅，這是公事需要。而且我們需要錢。」

「妳開口閉口都是錢。」

「有錢才能繳房租，這你曉得吧？」

「妳的意思是我都沒賺錢嗎？妳就是這個意思嗎？」

這種話她再也聽不下去了。她輕輕掛回話筒，心想：為什麼沒有早一點發現呢？為什麼八年前，他們剛開始約會的時候，她沒發現保羅其實個性很差？沒過幾分鐘他就傳來電子郵件，標題為「搞屁啊，米蘭達」，內容則是：「怎麼啦？奇怪耶，妳好像很愛攻擊我？還一副愛理不理的口氣，搞什麼？」

她沒回覆就關掉郵件，在玻璃窗邊站了一會兒，看著湖面，想像湖水上升，淹過街道，想像纜車在金融區的高樓大廈之間移動，想像十一博士站在高高的拱橋上。手機響的時候，她還站著，不知道來電號碼是誰。

「我是亞瑟，」接起來之後對方說：「可以再請妳吃午餐嗎？」

「晚餐好嗎？」

「今晚嗎？」

「你很忙嗎？」

「不忙。」他坐在日耳曼飯店的床上，心想不知該如何推掉今晚跟導演的約。「一點都不忙，就晚餐吧。」

她決定了，這種情況下不必打電話告訴保羅。正要搭機赴里斯本的里昂派給她一項小工作，她找到他需要的檔案，寄給他，繼續畫十一號太空站，正畫到海下區。海下人在洞穴般的房間靜靜工作，畢生都在閃爍的光源下度過，總是留意著頭上的深深海水，憎恨著十一博士和他的同事，因為他們讓太空站永遠在幽深的宇宙中航行。（保羅傳來簡訊：「??有沒有收到我的電子郵件??」）海下人永遠在等待。他們窮盡了一生的時光，等待自己的生命真正開始。

過了一會兒，米蘭達才發現她畫起了里昂的接待區。畫中的地毯遼闊如草原，還有書桌、關上的辦公室門、玻璃牆、她桌上的兩個釘書機（她怎麼會有兩個？）、通往電梯和休息室的門。待在辦公室是米蘭達最愉快的時光，她想透過畫筆傳達這裡的寧靜與細膩，不過她把玻璃牆外的風景改為黑色岩石與高聳橋梁。

「妳老是在畫十一號太空站。」大概一週前他們吵架，保羅這樣說。「真搞不懂這是什麼，妳到底在幹嘛？」

保羅對漫畫沒興趣，也不明白認真的圖像小說和週六清晨播放的卡通（睜著大眼睛的金絲雀和四肢胖胖的貓咪）有何差別。神智清醒時，保羅會說米蘭達在浪費自己的天賦。喝醉時，他會暗示她哪有什麼天賦可以揮霍？雖然他事後會道歉，有時還說到哭出來。他上次賣畫已經是一年兩個月前的事了。她想再跟他解釋自己的創作，但是話卡在喉頭。

「你不需要搞懂，這是我的作品。」她說。

她跟亞瑟吃飯的餐廳完全以深色木頭裝潢，燈光柔和。天花板是一道道拱門和圓頂。坐著等亞瑟的時候，她心想可以把這場景畫進去。米蘭達想像餐廳位於海下區，是一座地下城市，以太空站內被水淹沒的森林木材所建成。她好希望素描本就在手邊。八點零一分，保羅傳來簡訊：「我在等妳。」她關上手機扔進手提包。亞瑟氣喘吁吁，帶著歉意步入餐廳，他遲到十分鐘，剛才計程車卡在車陣裡。

「我在畫漫畫。」後來他問起工作的事，她這樣回答，「可能會發展成一系列的圖像小說，現在還不確定。」

「為何選擇這種創作形式？」他似乎是認真想知道。

「我小時候看很多漫畫，你看過《凱文的幻虎世界[11]》嗎？」亞瑟仔細盯著米蘭達，她心想，以三十六歲而言，亞瑟看起來算是年輕。比起七年前的午餐之約，他只老了一點點。

「當然看過，我很喜歡。我最要好的朋友有一疊，我們從小看到大。」

「你朋友也是德拉諾島的人嗎？搞不好我認識他。」

「朋友是女的。她叫維多利亞，十五年前搬到多倫多了。妳剛才說《凱文的幻虎世界》怎麼樣？」

「喔，對，你記得裡面的太空人史畢夫嗎？」

米蘭達特別喜歡有太空人的部分。史畢夫的飛碟滑過外星天空，戴著護目鏡的小太空人在飛碟玻璃罩裡。內容通常很搞笑，有時也很美麗。她告訴亞瑟，藝術學校大一上學期，攝影課的挫敗讓她非常沮喪，那年聖誕節回島上，她開始翻起一本舊的《凱文的幻虎世界》，心想「就是這個」。看到畫中紅色沙漠的景色、兩個月亮的天空，她開始想像作品形式的可能性，想著太空船、星星、外星球，然而又過了一年，她才創作出十一號太空站的美麗廢墟。亞瑟在餐桌對面看著她。那一次晚餐吃到很晚。

「妳還跟保羅在一起嗎？」走出餐廳時，他問。亞瑟揮手叫計程車。兩人心中已經確定了一些事，但誰也沒有說出口。

「要分手了，我們不適合。」大聲說出這句話，聽起來更像事實了。他們上了車，在後座接吻。亞瑟輕輕搭著她的背，帶她走過飯店大廳。她在電梯裡吻他。她跟他走入房間裡。

---

11 Calvin and Hobbes，一九八五至九五年刊載於美國各大報的連環漫畫，主角是小男孩凱文和一隻會說話的老虎布偶，囊括自然、科學、歷史、人文、哲學等主題，因幽默與想像力而大受歡迎。

九點、十點、十一點，保羅又傳了三則簡訊：

「生我的氣？」

「？？」

「？？？」

她回：「今晚住朋友家，早上再回去。我們之後再談。」

他又回：「乾脆別回來了。」

米蘭達看著第四封簡訊，忽然感到一股不尋常的暈眩。她想著自由，想著即將到來的逃脫。她心想：我幾乎什麼都可以扔棄，然後從頭來過，十一號太空站是我的恆星。

六點，米蘭達搭計程車回到賈維斯街的家中。「今晚也想見妳。」她親吻亞瑟時，他這樣說。他們說好下班後在他的旅館房間見面。

公寓裡漆黑安靜，盤子堆在水槽裡，瓦斯爐上的平底鍋黏著食物殘渣。臥房門關著。米蘭達打包了兩個行李箱，一箱衣服、一箱畫具，十五分鐘後她就走了。她在海王星的員工健身房洗澡，換上被行李箱微微弄皺的衣服，化妝時迎上鏡中自己的目光。「我不後悔。」她想起這句不曉得何時在網路上看過的話。她心想：我簡直沒心肝。但內疚歸內疚，米蘭達其實明白這不是真的。她知道外面到處都是騙她流淚的陷阱，她知道自己對世界太心軟，才會每次拒絕街上乞討的人，心中就死去一點點。又或許她只是對這座城市心軟吧，在這裡她感到好渺小。現在她又泛淚了。米蘭達這個人篤定相信的事情很少，但她堅決認為，唯有可恥之人才會在艱難之際轉身離開。

「不知道。」亞瑟在凌晨兩點說。兩人躺在飯店廣闊的大床上。他只來多倫多拍片三週，接下來要回洛杉磯。米蘭達騙自己相信兩人正躺在月光下，但她明知穿過窗戶的光應該只是電燈。「追求幸福是可恥的嗎？」他問。

「跟人同居，卻和電影明星上床，這種行為可不怎麼光采。」

他在床上稍微挪動，對「電影明星」一詞略感不快，親了她的頭頂一下。

「天亮以後我要回公寓再拿幾樣東西。」四點左右，米蘭達帶著睡意說。她想起畫架上還留著一幅畫，是海馬從海底升起的模樣。她和亞瑟一直在聊未來的計畫，事情很快就具體了起來。

「他不會做什麼傻事吧？我是說保羅。」

「不會，他除了大吼大叫什麼也不會做。」她眼睛都快睜不開了。

「妳確定嗎？」

他等她回答，但她又睡著了。他親親她額頭，她咕噥了什麼，但依然沒有醒來。亞瑟拉高床單蓋住她露出的肩頭，關掉電視，關掉電燈。

15

後來他們在好萊塢山丘上有了房子，還有一隻博美狗。米蘭達在晚上喊狗，狗像個小幽靈似的發亮，在院子盡頭的黑暗中化作一個小白點。兩人一出門就有攝影師跟拍，讓她老是緊張又煩躁。如今亞瑟已經是電影片名上方主打的大明星。結婚三週年當晚，整個北美洲的廣告看板上都是他的臉。

今晚他們要辦派對，博美狗露利看著大家在玻璃打造的日光室忙碌，牠剛才因為討剩菜而被趕出去了。每次米蘭達從桌上抬起頭，就看見露利透過法式雙開門偷看裡面。

「你們家小狗看起來好像棉花糖。」葛瑞．海樂說。他是亞瑟的律師。

「牠最可愛了。」伊莉莎白．柯敦說。她的臉在廣告看板上與亞瑟一同出現，紅唇綻放出耀眼的笑容。但是不拍電影時，她不擦口紅，看起來緊張又害羞。她美得讓人一見就忘了原來要說的話，而且輕聲細語的，以致大家總是得傾身靠近聽她說話。

今晚有十個客人，是個親密的小聚會，慶祝結婚週年和電影首週末票房。亞瑟說：「真是一石二鳥。」但那天晚上的氣氛有些不尋常，米蘭達愈來愈藏不住她的不自在。除了夫妻兩人，結婚三週年和其他人究竟有何關係？這些外人到底來我家做什麼？她與亞瑟對坐在長桌兩端，卻發現自己無法直視他。

他跟所有人說話，就是沒和她互動。好像沒人發現她話很少。亞瑟跟她提過一、兩次：「希望妳再努力融入一點。」但米蘭達知道無論多麼努力，她永遠不屬於這裡。這些人跟她不同類。她受困於陌生的星球，雖然心慌，也只能裝作處變不驚。

外燴部隊忙進忙出，在長桌上擺放杯盤。深夜派對結束後，他們想必會在廚房留下自己的大頭照或是一、兩部劇本吧。露利待在門的另一邊，眼巴巴看著律師太太點心上掉落的草莓。米蘭達一緊張記憶力就不好。也就是說，和娛樂圈人士見面或是舉辦晚宴，特別是兩件事同時進行時，她就會當機。雖然她今晚起碼聽過兩次律師太太的名字，卻還是完全想不起來她叫什麼。

「哦，活動真的很緊湊。」律師太太在回應米蘭達沒聽到的話題，「我們待了一個禮拜，每天都在衝浪，真的很有益心靈。」

「衝浪有益心靈？」坐她旁邊的製作人質疑。

「想不到吧？可是每天出了門就是海浪、私人教練和你自己，真的會進入很專注的狀態。你會衝浪嗎？」

「我很想試試，可是最近學校的事情太忙。其實算是孤兒院啦，我去年在海地蓋了一間小學校，重心放在教育，不光是為那些孩子提供住宿……」製作人說。

「不知道，我對他那個計畫沒興趣。」亞瑟和去年合演兄弟檔的演員談得興起，「我沒見過他，但是聽朋友說他喜歡我的作品。」

「我跟他見過幾次面。」那個演員說。

米蘭達不理會在場互相干擾的對話，看著玻璃窗外盯著她的露利。她寧願帶露利去後院待著，直到所有人都離開。

點心盤大約在晚間十二點撤下，但似乎沒人想走。餐桌上瀰漫著一股浸泡在紅酒中的慵懶。亞瑟和律師聊開了，想不起名字的律師太太像發夢般看著頭上的枝形吊燈。

亞瑟交情最久的老友克拉克．湯普森也來了。他是在座除了米蘭達之外，唯一不屬於電影產業的人。

有個叫泰煦的女人問克拉克：「不好意思，你到底是做什麼的？」這女人好像誤以為探人隱私代表她很有研究精神。泰煦年約四十，戴著嚴肅的黑框眼鏡，讓米蘭達不知怎的想到建築師。今晚是米蘭達第一次見到泰煦，卻想不起來她是做什麼的，想必也在電影圈吧，可能是剪接師？米蘭達也搞不懂泰煦是她的名或姓。或者她就叫泰煦，一如瑪丹娜就叫瑪丹娜？人不夠紅的話還能這樣叫嗎？有可能泰煦其實很紅，在座只有米蘭達不知道她是誰嗎？是的，非常有可能。米蘭達就是擔心這點。

「我的工作？恐怕沒什麼特別好介紹的。」克拉克是英國人，又高又瘦，打扮優雅，總是穿著經典西裝搭配Converse帆布鞋和粉紅襪。那晚克拉克帶了禮物過來，是羅馬的博物館禮品店買的漂亮玻璃紙鎮。「我和電影這行完全沒關係。」

「噢，」律師太太說，「好棒喔。」

「的確和我們非常不同，但這樣線索還是太少了。」泰煦說。

「我是管理顧問，在紐約上班，常出差，洛杉磯也有新客戶。專長是修理和保養故障的主管。」克拉克啜一口酒。
「我怎麼聽不太懂？」
「本公司的宗旨是，如果出問題的企業主管在某些方面還有價值，在另一方面卻有瑕疵，而修正瑕疵比換掉主管還划算的話，我們便提供服務。」
「他是組織心理學家啦。」亞瑟從餐桌另一頭的對話中浮現，「他回英國念博士的時候，我記得是研究這個。」
「讀博士啊，真是傳統。那妳……」泰煦說著轉向米蘭達，「妳的工作如何？」
「很順利，謝謝。」米蘭達大部分時間都在畫十一號太空站。她從八卦部落格得知，圈內人都把她當作怪人。身為演員的妻子，竟然每天對著沒人看過的神祕卡通塗塗抹抹。
「我太太不願對外談論自己的作品。」亞瑟在訪談中這樣說。她也不開車，反而喜歡在這個沒人下車走路的地區散長長的步。她唯一的朋友是一隻博美狗，這部分又有誰知道呢？她希望沒有。八卦部落格從來不曾提到米蘭達沒有朋友，這讓她很欣慰。希望別人眼中的米蘭達不像她自己看來那麼尷尬。伊莉莎白又在用那種光芒萬丈的眼神看米蘭達了。她的眼睛好藍啊。
「很精采的作品，我真心這麼認為。總有一天她會拿出來給大家看，然後我們會說早就看出她的才華了。」亞瑟說。
「什麼時候畫完？」
「快了。」這倒是真的，再過不久就結束了。過去幾個月，她一直覺得好像快碰觸到什麼的結局了，雖然故事最後發展出許多走向，像是懸在空中的一團線頭。她努力想看著亞瑟的眼睛，卻發現他望著伊莉莎白。

「完成之後妳要做什麼？」泰煦問。

「不知道。」

「妳應該想要出版吧？」

「這話題對她來說是一言難盡。」亞瑟說。

是米蘭達想太多，還是亞瑟刻意不對上她的目光？

「哦？」泰煦淺笑，挑起一邊眉毛。

「對我而言，重要的是畫畫本身。」米蘭達知道她聽起來很做作，但如果事實的確如此，還是一樣做作嗎？「有沒有出版不要緊。」

「我覺得很棒啊，就好像重點是作品存在於這個世界上，對不對？」伊莉莎白說。

「如果到最後都沒人看過，那究竟為何要創作？」泰煦問。

「因為創作讓我快樂，可以一連畫上好幾個小時，心情很平靜。我其實並不在意有沒有人看見。」

泰煦說：「我好佩服妳這種人。聽妳一說，我想到上個月看過一部名不見經傳的捷克紀錄片，描述被排擠的藝術家在世時拒絕展出作品，她住在布拉哈，還——」

「布拉哈（Praha）是捷克文，我們英文不是都說布拉格（Prague）？」克拉克打岔。

泰煦瞬間失去了言語的能力。

「布拉格很美對不對？」伊莉莎白每次露出笑容，身邊的人也會跟著微笑，那是一種不由自主的反應。

「哦，妳也去過嗎？」克拉克問。

「幾年前我在加州大學洛杉磯分校修過幾堂藝術史，學期結束飛到布拉格欣賞幾幅上課學到的作品。那裡的歷史氛圍真的很濃，對不對？我還想搬過去住呢。」

「為了歷史而搬過去？」

「我是在印第安納波利斯郊區長大的，那裡最老的建築也才五、六十年。住在有歷史的地方不是很迷人嗎？」伊莉莎白說。

「今天晚上啊，」海樂律師說，「我沒搞錯的話，今晚正好就是你們結婚三週年的紀念日？」

「的確是。」亞瑟說。眾人舉杯，「慶祝三週年。」亞瑟的微笑越過了米蘭達左耳上方，她轉頭看後面。等她再回頭，亞瑟又移開了目光。

律師太太問：「你們是怎麼認識的？」米蘭達很早就發現，好萊塢的每個人都像她在海王星的前同事緹雅，人人都有恰當的衣著，恰當的髮型，恰當的一切，而米蘭達只能穿著錯誤的服裝，豎著一頭亂髮在他們後方狼狽追趕。

「這個啊，恐怕沒什麼特別精采刺激的橋段。」亞瑟的聲音透出一絲緊繃。

「戀人相遇的故事都很精采刺激呀。」伊莉莎白說。

「妳人真好，我已經開始沒耐心了。」克拉克說。

「我或許不會用『精采刺激』來形容，但每對情人的邂逅多少都有些甜蜜吧。」律師太太說。

「不，我不是那個意思。我是說，如果事出必有因……」伊莉莎白還在堅持己見，「我個人是相信有的。那麼兩人相遇，就是緣分使然啊。」

這段發言之後的沉默中，外燴人員給米蘭達添了紅酒。

「我們來自同一座小島。」米蘭達說。

「喔，是你說過的島。」電影公司的女性工作人員說，「你說島上有羊齒蕨。」

「所以你們是同鄉，然後呢？」海樂律師看著亞瑟問。其實並不是所有人都在聽，餐桌四周潛伏著話題的水流與漩渦。海樂的皮膚曬成橘色，聽說他晚上都不睡覺。玻璃門另一邊的露利換了位置，想看清楚掉下來的草莓。

「不好意思，我帶狗出去一下。這故事亞瑟說得比我精采。」米蘭達說完便逃出日光室，穿過第二扇法式雙開門，衝到後院草地上。自由了！外頭是安靜的夜晚，露利在她腳踝邊磨蹭了一陣，接著消失在黑暗中。後院不大，他們的房子沿著山丘邊坡而上，樹木擁擠地圍著小平台上的草坪生長。晚宴之前請園丁來家裡整理過，空氣中還有濕潤泥土和青草剛修剪的味道。她轉身面對日光室的餐桌，心知客人倒映在玻璃上的身影會擋住她。她稍微打開兩扇門，想聽他們說些什麼。亞瑟的聲音傳進院子裡。

「於是呢，晚餐進行得很順利，隔天我連續拍了十二小時的片，晚上回飯店房間等米蘭達，想要再請她吃晚餐，連續約會兩晚。當我半癱在電視機前，忽然有人敲了門。哎呀，你瞧瞧！她又出現了。可是這次有一點點不同。」亞瑟刻意停下來製造效果。此時露利又出現在米蘭達的視線中，牠在追蹤草地遠方一股神祕的味道。「這次要是她沒帶著所有的家當過來，我可就慘啦……」

一陣笑聲傳來。故事很有趣，尤其是亞瑟描述的方式。她就這樣帶著兩只行李箱出現在他房門口，先是自信滿滿地走過飯店大廳，任誰都會以為她就是這裡的房客。（像大老闆一樣走進去——這是米蘭達媽媽教給她最受用的建議。）她沒跟亞瑟清楚交代，只說她要搬出來住飯店，晚餐時行李應該可以借放在他這裡吧？已經愛上她的亞瑟情不自禁地獻上一吻，帶她到床上，兩人整晚都沒出門。他要她多住幾天，後來她也沒搬出去，接著就這樣來到了洛杉磯。

亞瑟沒有說出完整經過。沒有告訴桌邊的客人，那天凌晨米蘭達回家想取回她決定保留的畫作（繪圖桌上的一幅水彩畫），結果保羅醒著等她，喝得醉醺醺地在家裡哭。她回飯店時臉上多了一塊瘀青。亞瑟沒有說那天早上他帶米蘭達到片場，謊稱她是他的表妹，也沒說那天米蘭達請了病假，整天躲在他的拖車裡看雜誌，努力不去想保羅。亞瑟中途穿著戲服回車上看她，一身紅絨長披肩，頭戴王冠，看起來氣勢非凡。那天，他每一次注視她，都令她胸口一緊。

傍晚下了戲，他請司機載他們到市中心的餐廳。他戴著藍鳥隊棒球帽坐在米蘭達對面，看起來極為平凡。她看著亞瑟，心想：我比較喜歡看你戴王冠。當然這句話她從來沒說出口。又過了三年半，她站在好萊塢山丘上的院子裡，納悶那些客人看過隔天小報刊登的照片嗎？是他們離開餐廳時拍的：亞瑟摟著她肩膀，她戴深色墨鏡，他被閃光燈弄得睜不開眼。感謝閃光燈把她的臉照得蒼白，照片中的那一刻，瘀青消失無蹤。

「好感人的故事。」不知道誰這麼說，亞瑟也附和。「敬我美麗又傑出的妻子。」他倒紅酒，舉杯敬米蘭達。

然而，米蘭達從門外看清了一切。看見伊莉莎白默默低頭不敬酒，看見亞瑟謝謝所有人大駕光臨，眼神唯獨避過了伊莉莎白，而她在桌下輕碰他大腿。此時米蘭達明白，來不及了，好一陣子之前就來不及了。她一口氣吸不太上來。

「這故事真棒。可是你太太跑哪去了？」海樂問。

她有可能繞到房子前方，溜進正門，神不知鬼不覺地上樓到畫室，然後傳簡訊跟亞瑟說她頭痛嗎？她從玻璃牆邊退開幾步，走到草坪中央陰影最深的地方。從那裡看宴會的情境就像一幅透視畫，白牆襯托金碧燈光，賓客閃耀迷人。她轉過身找露利，發現牠在聞草，杜鵑花叢有個令牠著迷的味道。這時米蘭達聽到身後傳來玻璃門關上的聲音。是克拉克出來抽菸。她本來打算若有人出來，就裝作在找狗，不過他並沒有說什麼，只是拿出菸盒在掌心敲敲，沒有多問就遞菸給她。

米蘭達穿過草地，接過菸，俯身讓他幫忙點火，吸一口菸，望著宴會的情景。亞瑟在笑，手游向伊莉莎白的手腕，稍停留一會兒才幫她倒酒。為什麼伊莉莎白坐他旁邊？為什麼他們如此大膽？

「這畫面不太好看吧？」

她原本想反駁，但克拉克的口氣不知怎的阻止了她。大家早就知道了嗎？「什麼意思？」她問，但聲音很不穩。

他看她一眼，接著轉身背對那幅透視靜物畫，一會兒過後她也轉身了。看著沉船的景象於事無補。

「抱歉剛才對客人不禮貌。」

「你是說泰昫嗎？拜託別為了我而對她客氣。她是我這輩子看過最做作的人。」

「我看過更做作的。」

米蘭達有一陣子沒抽菸了。她想告訴自己抽菸很噁心，但其實抽起來很舒暢，比她印象中更加舒暢。吸一口氣，菸頭在黑暗中閃爍。她最喜歡夜晚的好萊塢，安靜的好萊塢，只有漆黑的樹葉和陰影、黑暗中盛放的花朵，景物的邊緣都變得柔和，淡淡燈光點亮街道，一路往山丘蜿蜒而上。露利在兩人附近奔跑，在草地上打滾。晚上有星星，一點點而已，大部分都被城市光害遮蔽了。

「親愛的，祝妳順利。」克拉克默默說。他抽完菸了，等她轉身。他已經回到派對，在本來的位置坐下。她聽到他回答：「喔，她只是在找狗，我想等等就回來了。」

＊

十一博士也養博美狗。米蘭達之前沒想過，現在才明白為什麼要畫狗。博士沒什麼朋友，如果沒有狗，他會太寂寞。那晚米蘭達在書房畫草圖：十一博士站在突出的岩石上，瘦削剪影戴著壓低的軟呢帽。他看著海浪起伏，小白狗站在身旁，全身毛髮被海風吹得亂蓬蓬。米蘭達畫到一半，才意識到自己給了博士一個露利的化身。遠方地平線上的風力發電機在轉動，博士的露利看著海。米蘭達的露利睡在她腳邊的枕頭上，身體抽動，做著狗狗的夢。

從米蘭達書房窗戶往外看是側院，草坪一路延伸到泳池。池子旁立著一座五〇年代的路燈，黑柱身，頂端一彎新月，擺在那兒像是池水中倒映月亮。這棟房子裡，她最喜歡的就是那盞路燈，只是不懂它為何出現在此。難道是歌劇名伶執意追求永恆的月光，還是哪個單身漢想炫耀給年輕女演員看？通常到了晚上，有一段時間池面會浮著兩個月亮。假月亮因為比較近，也沒被霧遮住，經常比真月亮還亮。

凌晨三點，米蘭達離開繪圖桌，下樓到廚房泡第二杯茶。除了某一個人之外，客人全都走了。最後所有人都醉了，但還是奮力爬上昂貴轎車離開。只有伊莉莎白，她靜靜喝酒，執意喝酒，完全不帶樂趣地喝酒，最後醉倒在客廳沙發上。克拉克拿走她手中的酒杯，亞瑟拿走她包包裡的車鑰匙，丟進壁爐架上的不透明花瓶裡。米蘭達替她蓋上毯子，留了一杯水在旁邊。

「我覺得我們該談談。」伊莉莎白以外的客人都走了以後，米蘭達跟亞瑟這麼說，但他揮手要她走開，自己跌跌撞撞朝臥室前進，爬上樓途中說了什麼明早再談之類的話。

屋裡靜了下來，她覺得自己在這裡像個陌生人。「這房子從來不屬於我們，」她跟博美狗低聲說。露利跟著她，從這間房到那間房，搖搖尾巴，用濕潤的棕色眼睛看著她。

「從頭到尾都是借來的。」

客廳裡，伊莉莎白還是不省人事。即使醉倒了，她在燈光下依然像一幅畫。廚房流理台上擱著四張大頭照，米蘭達趁煮水時看看照片，發現都是今晚的外燴部隊，只是照片比較年輕、露出比較不為人知的那一面。她在玻璃日光室穿上夾腳拖，走到外面的涼爽晚風中，端著茶到泳池邊，用腳噗啦噗啦打水花，看著月亮倒影泛起漣漪，接著破碎。

街上傳來聲響，有車門關上的聲音。米蘭達告訴露利：「別跑。」狗狗坐在池邊，看她開門走到車道上。伊莉莎白的敞篷車停在那裡，黑色車身微微發光。米蘭達經過時用指尖滑過車身，黏起一層厚厚的灰塵。飛蛾紛紛撲向車道盡頭的街燈。兩輛車停在路上，其中一輛有人靠著，還抽菸。另一輛車的駕駛座睡了一個人。兩人她都認得，因為他們是跟拍最勤的狗仔。

「嘿！」抽菸那個打招呼，準備拿相機。他跟她差不多年紀，留鬢角，黑髮垂落眼前。

「不准拍。」她嚴厲地說。他猶豫了。

「這麼晚妳出來做什麼？」

「你要拍我是不是？」

他放下相機。

「謝謝。聽著，我只是出來看看你還有沒有菸。」米蘭達說。

「妳怎麼知道我會有？」

「因為你每晚都在我家門口抽菸。」
「一週六天而已，禮拜一我休假。」那個人說。
「你叫什麼名字？」
「吉梵．喬希利。」
「吉梵，你有菸嗎？」
「有啊，來。我不知道妳會抽。」
「最近才又開始抽的。借個火？」
米蘭達點菸之後，他問：「那麼……這算是第一次？」
她不理他，抬頭看著房子。「從這裡看挺美的，是吧？」
「是啊，妳家很漂亮。」這句話是在酸她嗎？她不確定，也不在乎。她向來覺得這房子很美，只是如今知道自己要離開，它看起來又更美了。以一個名字出現在電影片名上方的大明星而言，這種房子算是樸實，但對米蘭達而言，卻是超乎想像的奢華。接下來，我的人生中再也不會有這樣的房子了。
「妳知道現在幾點嗎？」他問。
「不知道，三點？三點半？」
「為什麼伊莉莎白的車還停在那裡？」
「因為她是個死酒鬼。」
吉梵雙眼大睜，「真的？」

「她醉到沒辦法開車，別說是我說的。」
「當然不會。謝啦。」
「不客氣，八卦不就是你們的生命嗎？」
「不是。我靠這些八卦過活，因為它可以幫我繳房租。但我的生命是為了別的事物而活。」
「為了什麼？」
「真和美。」他板起臉。
「你喜歡這份工作嗎？」
「不討厭。」
米蘭達快要哭了，危險。「所以你喜歡跟蹤別人嗎？」
他笑了，「這麼說吧，這份工作符合我對工作的基本想像。」
「我不懂。」
「妳當然不懂，妳不必工作也能活。」
「拜託，我這輩子都在工作，一直都是半工半讀，這幾年反常，才沒工作。」話雖這麼說，米蘭達卻不由自主想起了保羅。她靠他養了十個月，後來才意識到身上的錢在保羅賣出下一幅畫之前就會花光。米蘭達下定決心，人生下個階段一定要完全獨立。
「當我沒說。」
「別這樣，我是真心想知道。你對工作的想像是什麼？」

「工作是戰鬥。」

「也就是說，目前做過的工作你都討厭？」

吉梵聳聳肩。他分神看著手機上的什麼，沒在聽她說話，螢幕照得他臉發藍。米蘭達又回頭看房子，感覺到一種置身夢中，卻隨時會結束的不真切。但她不確定自己是努力想要醒來，還是繼續做夢？伊莉莎白的車在夜裡反光，車身彷彿布滿長長的波浪與線條。米蘭達想著洛杉磯的生活結束以後，她能去什麼地方？令她訝異的是，第一個想到的竟是海王星。她想念那裡的秩序、那份她能夠全然掌控的工作，想念里昂辦公室的涼爽空氣，還有湖面的平靜。

「喂！」吉梵突然大叫。米蘭達轉頭，菸還叼著，意外被他的閃光燈逮個正著。接下來連閃五次，她把菸丟在人行道上，快步離開，輸入密碼從側門溜進家裡。她眼前浮現自己被第一道閃光燈捕捉到的驚悚畫面。她怎麼可以放鬆戒備？她怎麼會這麼笨？

隔天早上，她的照片會出現在八卦網站上：「天堂夢醒？亞瑟爆發出軌疑雲，妻子凌晨四點遊蕩街頭，哭著抽菸。」接著刊登的就是那一張照片，她被逮著的瞬間，凌晨三、四點，米蘭達獨自一人，眼中含淚，被閃光燈照得臉色發白，一頭亂髮，手指夾菸，嘴巴張開，洋裝滑落肩頭，露出了內衣肩帶。

但在她面對這些事以前，還有眼前這晚要度過。米蘭達關門，在泳池邊的石頭長椅坐了很久。她在發抖，露利跳上來坐在旁邊。最後米蘭達擦乾眼淚，和狗一起回到屋裡。伊莉莎白還在睡，米蘭達上樓，停在臥房門外，聽見亞瑟打呼。

她打開他的書房門。那裡和她的書房不同，也就是說管家可以進去打掃，乾淨得要命。四疊劇本擺在桌上，桌子是鋼和玻璃材質。他還有人體工學椅和品味很好的檯燈。檯燈旁則是皮製扁平檔案夾、以緞帶拉開的抽屜。米蘭達打開抽屜，發現了她在找的東西：黃色橫線筆記本。她看過亞瑟在本子上寫東西。不過現在紙上只有一行字，是他最近寫給童年好友的片段：

「親愛的V，最近真奇怪。覺得人生就像電影。一直想著未來的事。我很……」就停在這裡。亞瑟，你很怎樣？寫到一半電話響了是吧？頁面上方寫著昨天的日期，她把筆記本放回原處，用裙襬擦掉桌緣的指紋，目光落在克拉克今晚帶來的禮物上，是個霧濛濛的玻璃紙鎮。

她把紙鎮拿起來，那重量放在掌心的手感很舒服。看著它就像看著一場暴風雪。她關燈時告訴自己，把紙鎮帶回書房是為了素描，但她明知自己會永遠留著。

她回到書房時已經快天亮了。工作進度：十一博士，外星風景，狗狗，格子底下有博士的內心獨白對話框：「羅韓過世以後，生命中的一切都變得難以應付。連自己都覺得自己陌生。」她擦掉那句話，改成：「羅韓過世以後，我覺得自己成了陌生人。」這句話的感情對了，但是不太適合畫好的場景。前面還要再畫一格，是海下區刺客在羅韓屍體上留下的紙條特寫：「我們不適合這個世界，讓我們回家吧。」

下一格，十一博士握著那張紙條，站在突岩上，狗狗站在他穿著靴子的腳旁，博士心想：「刺客紙條上第一句話說得沒錯，我們的確不適合這個世界。我回到我的城市，我被摧毀的人生，我殘破的家園，我的寂寞，設法忘卻地球生活的甜蜜。」

太長了，而且太像連續劇。她擦掉，用2B鉛筆寫上：「我佇立於毀壞的家園之上，設法忘卻地球生活的甜蜜。」

身後傳來聲音，伊莉莎白從門口探頭，雙手捧著裝水的玻璃杯。

「抱歉，不是故意打擾妳，只是看到房裡燈亮著。」

「進來吧。」米蘭達意外發現自己對她的好奇心大過一切。還記得在日耳曼飯店的第一晚，躺在亞瑟身旁，意識到事情即將開始。現在，讓事情結束的人站在門口，半醉半醒，穿著窄管牛仔褲，腿細得像煙囪刷子。她儀容不整，睫毛膏在眼下暈開，鼻子浮著一層汗，但依然很美，而且是洛杉磯同類美女之中最美的。米蘭達知道自己永遠不會成為像她那樣的人，不管她在洛杉磯住多久、多麼努力都是枉然。伊莉莎白往前走，突然摔倒在地上。拜某種小奇蹟所賜，水竟然沒灑出來。

「抱歉，我有點暈。」

「我們不都是嗎？」米蘭達說。但是一如往常，每次她想開玩笑，對方總是無法抓住笑點。伊莉莎白和狗都看著她。「拜託妳不要哭好不好？」米蘭達告訴閃著淚光的伊莉莎白，「拜託不要哭，我是認真的，妳太誇張了。」

「對不起。」伊莉莎白第三次道歉，聲音細小到令人發火。她面對鏡頭的表現聽起來像另一個人。

「別再道歉了。」

伊莉莎白眨眨眼。「妳在畫祕密作品嗎?」她環顧房間，安靜下來。過了一會，米蘭達屈服於好奇心，跟伊莉莎白一起坐在地上，從她的角度看房間。牆上釘著素描與繪畫，故事架構和劇情進展的筆記貼滿一大塊板子。窗台上用膠帶貼著四張故事大綱。

「接下來會怎樣?」米蘭達問。並肩而坐、不看著伊莉莎白的時候，比較容易跟她交談。

「我不知道。」

「妳不知道。」

「真希望能讓妳明白我有多抱歉，但妳已經要我別再道歉了。」

「做這種事真的很爛。」

「我不覺得自己是爛人。」伊莉莎白說。

「誰會覺得自己是爛人?真正的爛人更不會那樣想。人的生存機制就是這樣。」

「事情會變成這樣是有原因的。」伊莉莎白非常輕柔地說。

「妳當作這是在演戲嗎?」米蘭達說。她很累，話中也不是刻意帶刺，只是時間已過了四點，不管從哪一方面來說，都已經太遲了。伊莉莎白什麼也沒說，只是將雙腿收到胸前嘆氣。

三個月後，米蘭達和亞瑟會帶著各自的律師坐在會議室，檢視離婚協議書的最終條文。同一時間，狗仔在外面的人行道上抽菸，伊莉莎白打包搬進泳池邊有新月光芒的家。

四個月後，米蘭達會回到多倫多，成為二十七歲的離婚女子，攻讀商業學位，贍養費都花在昂貴服飾和造型顧問，因為她領悟到衣裝就是武裝。米蘭達會打電話給里昂詢問工作的事，並在一週後回到海王星。她會在顧客關係部門幫里昂做事，工作內容比從前有趣。她升遷迅速，四、五年後開始長期在海外出差，往來十多個國家，一只登機箱填滿生活所需。那時，她的人生像是自由的，偶爾跟樓下的鄰居上床，不肯和任何人約會。從倫敦到新加坡，她會在上百個飯店房間裡，對鏡中的自己說「我不後悔」，並且在早晨換上無懈可擊的衣裝。生活中空虛和失望的時刻會縮到不能再小，到了三十五歲，她自認很有能力，在這世上終於或多或少自在了些。她在頭等艙貴賓室研讀外語，坐在舒適的座位上越過海洋，與客戶見面，把工作當作生活，當作空氣，直到再也分不清哪裡是自己、哪裡是工作。她大多時候都愛著自己的人生，但是通常寂寞，晚上在飯店房裡畫《十一號太空站》。

然而在那之前，還有眼前此刻、亮著檯燈的房間要度過：米蘭達和伊莉莎白一起坐在地上，女演員呼出濃濃的紅酒氣息。米蘭達往後靠，直到脊椎抵著門框才覺得踏實安心。伊莉莎白咬住嘴唇，輕輕哭著。她們一起看著釘在每一面牆上的素描和繪畫。狗站著戒備，望向窗外。剛才有一隻飛蛾撲打窗玻璃。有那麼一會兒所有事物都沉靜了，十一號太空站環繞著她們。

16

以下為馮蘇瓦．迪耶羅所主持的訪談逐字稿。馮蘇瓦是新佩托斯基的圖書館員，亦為《新佩托斯基報》發行人兼編輯。訪談時間為米蘭達和亞瑟於洛杉磯家中最後一場晚宴的二十六年後，即喬治亞流感爆發後十五年。

馮：謝謝妳今天願意花時間跟我聊聊。

克：不會。你在寫什麼？

馮：這是我自己發明的速寫法。

克：比較快嗎？

馮：快很多。我可以即時記錄訪談內容，之後再重新寫出報導。好，感謝妳今天下午過來。昨天談到我最近辦了一份報紙，訪問所有行經新佩托斯基的人。

克：也不曉得我有沒有什麼新聞能說。

馮：如果妳能說說自己曾經走過哪些小鎮，對我們來說就是新聞了。如今，每個人生活的範圍就是他的全世界，不是嗎？當然，我們依然會從往來的小販口中聽到消息，不過大部分的人再也不會離開自己的小鎮。關於文明崩毀之後還去過其他地方的人，我認為讀者有興趣知道他們的故事。

克：好吧。

馮：除此之外，辦報也讓我充滿了活力，接著我就想，除了辦報一定還要做些別的，那麼何不記錄屬於我們這個時代的口述歷史，文明崩毀以後的口述歷史？妳同意的話，下期我就會刊出這次訪談片段，然後將完整版保存在我的檔案裡。

克：好啊，這計畫很有趣。我知道是你要訪問我，但我可以先問你一個問題嗎？

馮：當然。

克：你當圖書館員當了那麼久……

馮：新元四年開始的。

克：我剛剛給你看的漫畫書，有太空站的，你以前看過嗎？或是見過同系列的其他集？

馮：從來沒看過，我曾找到一些漫畫系列，可是沒見過這一套。妳說這是有人送給妳的禮物？

克：是亞瑟．林德給我的，就是我跟你說過的那個演員。

17

喬治亞流感爆發前一年，亞瑟和克拉克相約在倫敦共進晚餐。亞瑟要去巴黎，順路經過倫敦，而克拉克剛好回倫敦看爸媽。他們約好在市區某處碰面，剛好是克拉克不太熟悉的一帶。他提早出門，一踏出地鐵站，眼前就浮現手機留在父母家廚房流理台上的畫面，螢幕顯示地圖應用程式。克拉克以為自己很熟倫敦，但他成年後幾乎都在紐約度過，安然活在路癡也不怕的曼哈頓棋盤狀街道。今晚倫敦糾纏不清的巷弄顯得特別高深莫測，他要找的小巷子偏偏不肯現蹤。漫無方向之下，時間愈來愈晚，只好又氣又惱地循原路走回，試著在不同的地方轉彎。路上下起雨，他叫了計程車。

「真是這輩子最好賺的兩英鎊！」聽完克拉克報上地址，司機這麼說。他連續兩個快速左轉，餐廳就到了，克拉克發誓他十分鐘前經過那條小巷根本沒看見餐廳。司機說：「自己都搞不懂要去哪裡，當然找不到啦。」克拉克進餐廳時，亞瑟已經在後方的小包廂等候，天花板的軌道燈直接打在他身上。曾經有一段很長的時間，亞瑟在餐廳的座位從來不面對用餐區域。唯有背對其他客人，並祈求沒人認出他駝背的模樣和昂貴的髮型，才能好好吃一頓飯。然而在那當下，克拉克明白，亞瑟希望有人看見他。

「你好啊，湯普森博士。」

「林德先生。」看見與他同齡的人變得如此蒼老，克拉克感到一陣迷惘。記憶中青春的臉龐猛然撞上了眼前鬆弛的臉頰、眼袋和意想不到的皺紋。他驚覺這就是年華老去的模樣。你還記得我們曾經年輕又光采嗎？克拉克好想這麼問。還記得從前一切都彷彿沒有極限嗎？你記得以前，我們覺得你不可能成名，我不可能拿到博士嗎？但是這些話他都沒說，只是祝福朋友生日快樂。

「原來你還記得。」

「當然了。我喜歡生日總是固定不動，待在月曆上同一格，年復一年。」克拉克說。

「但是你有沒有發現，每一年過得愈來愈快？」

他們先點酒和開胃菜。談話之間，克拉克只想著亞瑟有沒有發現隔壁桌情侶一邊看他一邊竊竊私語？如果他發現了，那他表現得真是無動於衷。不過鄰桌的關切讓克拉克相當緊張。

「你明天去巴黎？」在第一杯馬丁尼和開胃菜之間，克拉克問。

「去看兒子。伊莉莎白這禮拜帶他去巴黎度假。克拉克，我今年真是有夠慘了。」

「我知道，好可憐。」克拉克說。亞瑟第三任妻子最近遞上離婚協議書，而第二任又把兒子帶到耶路撒冷了。

「何必帶到以色列？我真不懂，明明有那麼多地方可以去。」亞瑟可憐兮兮地說。

「她大學是不是主修歷史？耶路撒冷是一座充滿歷史的城市，所以她才選那裡吧。」

「我要來一份鴨肉。」亞瑟說。剛才是他們最後一次提到伊莉莎白，其實也是最後一次聊到任何有意義的話題。「我一直以來真是幸運得不像話。」稍晚第四杯馬丁尼下肚，亞瑟說。他最近常把這句話掛在嘴邊。克拉克要不是一、兩個月前正好在《娛樂週刊》專訪中讀到一模一樣的話，本來是不會介意的。

這間餐廳很大，又刻意營造昏暗的燈光，角落就像沒入陰影中。克拉克矇矇矓矓在不遠處看到一個小綠點，代表有人正用手機錄下亞瑟。克拉克渾身愈來愈僵硬，察覺到周圍湧現的耳語、鄰桌投射過來的目光。亞瑟聊起代言什麼的，是男用手錶吧。他姿態放鬆，活靈活現地描述他是如何跟錶商老闆見面、在董事會議上鬧了烏龍笑話。亞瑟在演戲。克拉克原以為今晚是和認識最久的老友共進晚餐，但他想通了，亞瑟並不是和朋友吃飯，而是和觀眾。他感到一陣噁心。一會兒過後離開餐廳，他發現自己漫無目的，雖然明知道身處何地，也知道怎麼走回地鐵站。路上下著冷雨，人行道濕滑閃亮，輪胎滑過濕漉漉的地面發出嘶聲。克拉克想著歲月在十八和五十歲之間形成的駭人鴻溝。

18

馮：接下來我還會問妳亞瑟．林德和漫畫的事。妳現在要不要自我介紹？

克：你認識我呀。這些年我們都會經過這座小鎮。

馮：對，我當然認識妳，但有些讀者可能不知道妳是誰，也不曉得交響樂團的事。我一直分送《新佩托斯基報》給小販在路上發放。妳從很小就開始演戲了，對嗎？

克：很小就開始了。我三歲的時候拍廣告。你還記得廣告是什麼嗎？

馮：很遺憾，我還記得。妳的廣告賣什麼？

克：其實我記不太清楚了，我是說關於「廣告」這件事本身。但我記得哥哥告訴我是寶寶餅乾。

馮：我也記得寶寶餅乾。後來妳還拍了什麼廣告？

克：其實我不記得。不過哥哥跟我說過一些。他說我後來又拍了幾支廣告，六、七歲的時候固定在電視的什麼……電視節目上出現。

馮：妳記得是什麼節目嗎？

克：真希望我還記得，可惜什麼也想不起來了。之前提過我有記憶障礙。文明崩毀之前的事幾乎都忘了。

馮：事發時還是兒童的話，這種情況其實很常見。來談談交響樂團吧，妳跟著他們旅行一陣子了，對吧？

克：從十四歲開始。

馮：他們在哪裡發現妳？

克：俄亥俄州。我們離開多倫多之後在那裡落腳，我是指我和哥哥。後來他死了，我自己過活。

馮：我不知道樂團會到那麼南邊的地方。

克：也只有那麼一次，那次是拓展領土失敗。他們想開發新路線，那年春天沿著莫米河走，經過托利多廢墟，再沿著奧格萊士河進入俄亥俄州，最後走到我住的小鎮。

馮：為什麼說那次是拓展領土失敗？

克：他們經過我住的小鎮，我永遠心存感激，但那趟路程對團員而言是一場災難。他們抵達俄亥俄州時，團裡已經有一個演員病死在路邊，看起來像瘧疾。樂團還在不同的地方遭到三次槍擊，有個長笛手中彈差點送命。後來他們……我們就再也不離開熟悉路線了。

馮：這樣的生活聽起來很危險。

克：不會，那是多年前的事了。現在比從前安全多了。

馮：妳經過的其他小鎮，跟這裡很不一樣嗎？

克：往返超過一次的小鎮都和這裡很像。有些地方經過一次就再也沒回去，因為看得出來有些不尋常。鎮上的人都很驚恐，或者有些人衣食無虞，其他人卻在挨餓；或是看到十一歲就懷孕的女孩，那種地方不是無法無天，就是落入了什麼邪教之手。有些小鎮看似合乎常軌，管理很有系統，結果兩年後再經過卻天下大亂。每個小鎮都有自己的傳統，像你們這個鎮對過去很感興趣，還有圖書館——

馮：對舊世界了解愈深，愈能明白當時一切是怎麼崩毀的。

克：大家都曉得出了什麼事。發生新型豬流感，還有那輛從莫斯科起飛的班機，載滿已知感染的乘客……

馮：無論如何，我相信有了解歷史的必要。

克：好吧。像我剛才說的，有些小鎮像這裡一樣，鎮民想討論過去發生了什麼事。其他小鎮是不允許談論過去的。我們去過一個地方，那裡的孩子並不知道從前的世界不一樣，雖說看到生鏽的汽車和電話線，他們總會想到什麼吧？有些鎮比較容易進去，有些還有民眾或代表團選出的鎮長。有些小鎮由邪教接管，那些地方是最危險的。

馮：怎樣危險？

克：你猜不到他們會做出什麼事。他們遵循的是完全不同的處事邏輯，根本不可理喻。比如我們就到過一個全鎮都穿白衣的地方。我想到了，還有一個只去過一次的小鎮，在平常的熟悉路線外圍，金卡丁北方。鎮民自稱他們逃過喬治亞流感、熬過世界崩毀的動盪，是因為他們比一般人高貴，而且純潔無罪。你能說什麼呢？這說法不合邏輯，也不知道怎麼跟他們吵。你只會忍不住想起自己失去的家人，不是悲從中來，就是想殺了這些人。

IV

星艦

19

有時候，行者交響樂團認為他們的作為是很高貴的。團員圍著營火，有人慷慨激昂地說著藝術的重要性，那晚大夥兒就會比較好睡。又有些時刻，團員覺得巡迴演出討生活既艱辛又危險，而且根本不值得，尤其是必須在不同的小鎮紮營、在窮山惡水被槍口逼迫掉頭的時候，還有樂手和演員都帶著槍和十字弓、馬兒呼呼吐出白煙、在雨雪交加之際行經險境，甚至是團員又冷又怕、雙腳濕透的那些日子。還有熱浪逼人的此刻。整個七月宛如壓在他們身上，在無止盡的樹林包夾之下，一連走好幾小時的路，還得擔心精神錯亂的先知或他的手下緊追在後。這種時刻大家只好鬥鬥嘴，藉以暫時拋開恐懼。

離開水城已經十二小時了，走在克絲婷和八月身旁的迪亞特開口：「我只是說，要是第一輛篷車上寫的那句話不是出自《星艦迷航記》，會比較有深度。」

「光是生存還不夠」。十五歲時，克絲婷把這句話刺在左前臂，此後迪亞特就為了這刺青跟她吵個沒完。他對刺青很反感，還說他見過有人因為刺青傷口感染而死。克絲婷右手手腕背部還刺了兩把黑刀，不過迪亞特倒是沒那麼討厭黑刀，因為圖案比較小，且是為了特殊事件而刺。

「嗯。你的意見我都知道了，不過『光是生存還不夠』依然是我最愛的一句話[12]。」克絲婷說。她把迪亞特當作最好的朋友之一，而且刺青這話題吵了那麼多年，早就傷不了她，兩人的爭執只是家常便飯。

上午十點左右，陽光還沒照到樹頂。團員幾乎整晚都在趕路，克絲婷雙腳發痛，累到糊塗了。她心想真是怪了，先知的狗竟然叫「露利」，和漫畫裡的狗一模一樣。她這輩子從沒聽過這樣的名字。

「妳看吧，這就是問題所在。這一帶最傑出的莎劇女演員，最喜歡的台詞竟然出自《星艦迷航記》。」迪亞特說。

「什麼問題？」克絲婷已經累到彷彿置身夢境，好想沖個冷水澡。

「那句話是有史以來最棒的影集台詞！你看過那一集嗎？」八月問。

「似乎想不起來。我向來不是星艦迷。」迪亞特說。

「克絲婷呢？」

她聳肩，不確定到底是記得星艦的事，還是聽八月講過太多次，開始在腦海中模擬他說過的故事。

「《星艦迷航記：航海家號》，別說妳沒看過這系列影集喔。」八月一副滿懷期待的口氣，「有一集演博格人消失，九之七也有登場。記得嗎？」

---

12 克絲婷喜愛的台詞原文為「Survival is insufficient.」，出自劇中的人類女性角色「九之七」。博格人是半人半機械的虛構種族，九之七曾遭到同化，後來被聯邦星艦航海家號的船員解救。

「講給我聽，複習一下。」聽克絲婷這麼說，八月的臉亮了起來。他介紹劇情的時候，克絲婷任由自己幻想她還記得：客廳裡擺著電視，星艦駛過有如黑夜的寂靜太空，哥哥在身旁一起看影集，爸媽也在附近。如果還記得他們的臉就好了。

下午一、兩點，樂團停下來休息。先知會不會派人追趕？或者其實團員已經獲准離開？指揮派探子回頭調查，克絲婷爬上第三輛篷車的駕駛座。森林傳來慵懶的蟲鳴，疲憊的馬兒在路邊吃草。從駕駛座看過去，路邊野花模模糊糊的，像是粉色、紫色、藍色的點點畫在草地上。

克絲婷閉上眼，腦海浮現幼時的回憶。那是世界崩毀以前的事了：她和朋友坐在草地上玩遊戲，閉眼集中意念，讀對方的心。克絲婷一直覺得，如果能把自己的意念遠遠傳出去，或許能找到彼方也在等待的誰吧？如果兩人同時送出意念，或許就能在中途相會？她至今仍不曾完全放棄這個想法。小夏，妳到底在哪裡？她知道想用意念找到小夏很傻。她睜開眼睛，身後的路依舊空蕩，奧莉薇在不遠處摘花。

「還要再走一段。」指揮在前方下坡的某處說。馬匹又上了馬鞍，篷車喀啦喀啦動了起來，累壞的團員繼續在熱浪中前行，又走了幾個小時才停在路邊紮營。這麼多年過去，此時還記得舊世界的人，依然渴望冷氣。

「冷氣是從出風口出來嗎？」亞莉珊卓問。

「應該是吧，我累到無法思考。」克絲婷說。

離開水城已經十八小時了，團員只休息了五個鐘頭，其他時間都在走路。他們日夜行走，漫長午後也趕路，盡全力與先知拉遠距離。有些人輪流去篷車上睡覺，其他人只是走著走著，走到思緒像死去的星星一個個燃燒殆盡，走到陷入神遊狀態，所有要緊的、曾經存在的，只剩下樹木、眼前的路、腳步和馬蹄聲交錯的節奏。月光化作黑夜又化為夏日清晨，烈日曝曬之下，篷車的防水布出現幽魂似的波浪紋路。眼前這當下，團員東一個西一個倒在路邊，陷入等晚餐的半崩潰邊緣。半數團員兩兩結隊去打兔子。炊火升起一道白煙，像是畫向天空的標記。

「沒錯，冷氣是從出風口吹出來的，按下按鈕，『咻』一下，冷風就出來了。我的臥室也裝過一台。」八月回答剛才的問題。

克絲婷和八月在架帳篷，亞莉珊卓的已經架好了，她躺著看天空。

「喔，所以冷氣是吃電力，還是瓦斯呢？」亞莉珊卓問。

低音號抱著半昏睡的女兒奧莉薇，八月看著他。稍早奧莉薇說太睏了不要吃晚餐，爸爸講了美人魚的床邊故事給她聽，媽媽去架帳篷。

「電力。冷氣都是吃電。」低音號說著歪頭看女兒，「她睡著了嗎？」

「應該是吧。」克絲婷說。這時她聽見第三輛篷車傳來一陣驚呼：「搞什麼鬼？」又有人說：「老天，這又是什麼啊？」她站起來，剛好看到第一大提琴從篷車裡拉出一個女孩。奧莉薇坐起來眨眨眼。

「坐順風車偷渡的呢！好幾年沒有偷渡客了。」八月笑著說。他自己從前也搭過順風車。

偷渡客正是在水城跟蹤克絲婷的女孩。她滿身是汗，還一直哭，而且裙子吸滿了尿水。第一大提琴把她拎到地上。

「她躲在戲服底下啦，我剛剛上車要找帳篷。」第一大提琴說。

「給她喝水。」吉爾說。

指揮低聲罵了幾句，看向身後的道路遠方，團員紛紛圍了過來。第一長笛手把自己的一罐水給了女孩。

「對不起，真的很對不起，拜託不要把我趕回去……」女孩說。

「我們不能收小孩，這可不是什麼收容蹺家小孩的馬戲團。」聽到指揮的話，女孩一臉困惑，她不知道什麼是馬戲團。指揮轉身對團員說：「順帶一提，我們每次動身前都要檢查篷車是有原因的。」

「我們這次走得很匆忙。」有人嘀咕。

「我非逃不可，對不起，真的很對不起，我什麼都會做，只要……」女孩說。

「為什麼非逃不可？」

「我被許諾給先知。」

「妳被怎樣？」

女孩哭了起來，「我別無選擇。我會變成他的下一個新娘。」

「天啊，這該死的世界。」吉爾說。奧莉薇站在低音號身旁揉眼睛，爸爸抱起她。

「他不只一個老婆？」亞莉珊卓問。她依然保有無知的幸福。

「他有四個，都住在加油站裡。」女孩吸著鼻子。

指揮從口袋掏出乾淨手帕遞給她，「妳叫什麼名字？」

「伊蓮諾。」

「伊蓮諾，妳幾歲？」

「十二歲。」

「他為何要娶十二歲的女孩？」

「他夢見神告訴他要『繁衍增多』。」

「完全不意外，先知都會做這種夢吧。」豎笛手說。

「對呀，我向來覺得，成為先知的先決條件就是會做這種夢。天啊，假如我是先知……」薩伊德說。

「妳爸媽不反對嗎？」指揮問，同時示意薩伊德和豎笛手閉嘴。

「他們死了。」

「真是遺憾。」

「妳在水城是不是暗中監視我？」克絲婷問。

女孩搖頭。

「沒人叫妳跟蹤我們？」

「沒有。」

「那妳知道小夏和第六吉他手嗎？」

女孩皺眉，「妳是說小夏和傑洛米？」

「對，妳知道他們去哪裡了嗎？」

「他們去……去了文明博物館。」她很小心地說出「博物館」三個字，像是唸出不熟悉的外國語彙。

「去了哪裡？」

八月輕聲吹口哨，「是他們跟妳說過要去的？」

「小夏說要是我能逃出來，之後可以去那裡找他們。」

「我以為文明博物館不過是個謠言。」八月說。

「那是什麼？」克絲婷從來沒聽說過那個地方。

「據說是有人在機場建立的博物館。記得好幾年前，有個小販跟我說過。」吉爾攤開他的地圖，一雙近視眼眨呀眨。

「反正我們也要往那個方向走，不是嗎？應該在密西根的塞文市外緣。」指揮從吉爾身後看地圖，她指著地圖上一點，位於湖岸的極南之地。

「那邊有什麼？還有人住嗎？」低音號問。

「不曉得。」

「搞不好是陷阱，她要把我們引過去。」他嘀咕。

「我懂。」指揮說。

該拿伊蓮諾怎麼辦？團員知道留著她可能會被鎮民指控為綁架。他們長久以來謹守原則，行經任何地方都不干涉小鎮的內部事務。但是把娃娃新娘送回去給先知，後果會如何他們也不敢想像。她的名字是不是已經寫在牌子上，插在土裡了？如果她回去，鎮上會不會掘好一座墳在等她？團員束手無策，只好帶著她，繼續沿著密西根湖東岸前行，深入未知的南境。

＊

晚餐時，團員想讓伊蓮諾打開話匣子。她已經習慣保持小心翼翼的靜默，那是孤兒特有的警戒心。她之前躲在第一輛篷車後頭，還有其他篷車作掩護，若有人從後方追趕團員，她也不會第一時間被看見。伊蓮諾態度有禮，臉上不帶微笑。

「關於文明博物館，妳知道些什麼？」團員問。

「只有一點點，有時會聽到人家講。」

「小夏和傑洛米也是聽小販說的嗎？」

「先知也是從那裡來的。」

「他在那裡有家人？」

「不知道。」

「跟我們說說先知的事。」指揮說。

團員把小夏他們留在水城之後不久，先知來了。他領導一群流浪教團。起初教團住進沃爾瑪大賣場，把園藝用品區改造為共用營地。教團跟鎮民說，他們沒有惡意。這群新來的人們模糊提到，他們從前在南方旅行，也就是舊世界的維吉尼亞州，也去過更南方，這讓一部分鎮民感到不安。聽說極南之地特別危險，到處都有槍擊。這些人為了在南方生存，曾做出什麼事呢？然而，眼前這批新人既友善又能自給自足，會分享打獵的食物，也會幫忙雜務，貌似無害。教徒共十九人，通常只跟自己人打交道。

過了一段時日，鎮民發現，其中的金髮高個兒像是領導，只知道他叫先知，還有三個老婆。「我是使者。」他這麼自我介紹，沒人知道他的本名。他說是神的異象和徵兆引導著他，還自稱會做預知夢。先知的追隨者說，他來自一個名為「文明博物館」的地方，為散播光的福音，從小開始旅行。教徒還說了一個故事：他們曾在清晨出發，沒走幾個小時便停下，因為先知看到三隻烏鴉飛過前方道路。其他人誰也沒看見烏鴉，但先知仍堅持不走。隔天教團繼續走，行經一座斷橋，在河邊看到葬禮，女人的歌聲飄過三塊裹屍布。原來橋在前一天斷裂，三人落河而亡。「你還不明白嗎？若不是先知預見異象，死的就是我們了。」追隨者說。

後來冬季流感肆虐水城，鎮長過世，先知娶了鎮長太太為第四任妻子，與教徒一起搬進鎮中心的加油站，誰也不清楚這群人握有多少武器。接下來，他們在南方所做過的一切漸漸明朗了。不出一個星期，小鎮顯然已落入先知手中。伊蓮諾不明白他的狗為何叫作露利。

20

離開水城兩天後，團員走到一座燒得荒蕪的度假村。幾年前，大火橫掃此地，燒成如今一片有著焦黑廢墟的草地。粉紅花海浮現於殘破的建築之間，外牆燻黑的飯店沿湖林立，往內陸再走幾條街還有一座磚造鐘塔，時間永遠停在八點十五分。

團員手持武器行走，全面戒備。安全起見，奧莉薇和伊蓮諾待在第一輛篷車後面，但此地毫無人類活動的跡象。只有鹿兒在青草蔓生的馬路上覓食，兔子在灰燼般的陰影中挖洞。團員射了兩隻鹿留作晚餐，把箭身從鹿的肋骨拔出，再用繩子把鹿綁在前兩部車的頂篷。龜裂的湖岸路面和野草形成了一塊凌亂的拼布。

團員來到小鎮另一頭，看出當年的火勢在此終止。這裡的樹比較高，花草也長得不一樣。一過火場邊緣，他們就發現一座舊棒球場，便停下來讓馬吃草。半倒的露天座位摔進草堆，從前的球場有三座燈柱，如今倒了兩座。克絲婷跪下來撫摸巨大燈具的厚玻璃，她想像裡頭曾有電力通過，燈光流瀉。一隻蟋蟀跳到她手上又跳開。

「以前那些燈光很強喔，完全無法直視。」傑克森說。他沒那麼喜歡棒球，不過小時候看過幾次現場比賽，孝順地陪爸爸坐在看台。

「妳要在那裡站一整天嗎？」薩伊德問。克絲婷瞪他一眼，又回去幹活。團員為馬匹割了一些草帶在路上吃，免得接下來找不到草地。伊蓮諾獨自坐在第一輛篷車的陰影下亂哼歌，把草編成辮子又解開。團員找到她以來，她都很少開口。

探子回報找到一間學校，就在球場邊的樹林後面。指揮交代八月和克絲婷：「帶兩個人去學校找些有用的東西。」他們帶了傑克森和中提琴出發。樹蔭遮蔽下，林子裡比外頭低了一、兩度，腳下的針葉觸感柔軟。

「離開棒球場真是開心。」中提琴說。她年輕的時候曾有過不同的名字，但是一切崩毀之後，她就只用自己演奏的「中提琴」為名。她默默吸鼻子，因為她對草地過敏。樹林派出了小樹當先遣部隊，潛入學校停車場邊緣，從路面破裂的縫隙突圍而出。幾輛車停在停車場上，輪胎都沒氣了。

「先觀察一下。」八月說完，他們站在樹林外緣看了一會兒。微風吹動停車場的小樹幼苗，此外別無動靜，除了鳥兒和空氣中閃動的熱浪。學校又黑又靜，克絲婷用手背揩去額頭汗水。

「我覺得學校沒人，這地方很荒涼。」最後是傑克森開口。

「不知道，我總覺得學校都很陰。」中提琴小聲說。

「那妳還自願要來？」

「因為我討厭割草。」

起先他們繞著學校外圍走，從窗戶往裡面瞧，只看到牆上有塗鴉的廢棄教室，打開的後門通往體育館。陽光灑入天花板的破洞，地上有光照到的地方，幾根雜草在碎片縫隙裡生長。這裡以前曾是避難所，或是野地醫院，角落高高堆著許多行軍床。後來，在天花板的洞口下方，有人用殘破的舊物和動物骨頭生起火堆。不難大略想像這間體育館的歷史，本來是避難所，接著成了眾人煮飯的地方，然而一如往常，其餘細節仍不得而知。這裡有多少人待過？他們是誰？去了哪裡？體育館對面的門通往走廊上一整排教室，陽光從盡頭那扇壞掉的前門照進來，灑滿整個走廊。

這是一間小小的學校，有六個教室，地上都是碎玻璃、看不出原貌的垃圾、課本和資料夾的殘骸。四人小心翼翼在教室之間搜尋，卻只見損壞的物品和一片狼藉。塗鴉一層一層畫滿了黑板，造型圓胖的文字畫出顏料往下滴的樣子，寫著難以辨認的名字和舊訊息：「潔絲敏，看到留言請前往我爸的湖邊小屋。班。」桌子翻倒，教室一角被火燻黑，可能有人撲滅火勢，或是被燒死了。樂器室很好找，因為歪七扭八的譜架就倒在地上，樂譜不見了，可能是拿去體育館煮飯生火。室內沒有樂器，不過中提琴在櫃子裡找到一罐松香，克絲婷從垃圾堆下找到長笛吹嘴。北邊的牆上有人噴漆：「一切在此終結。」

「簡直像地獄一樣陰森。」中提琴說。

傑克森出現在門邊，「男廁有骷髏。」

八月皺眉，「死很久了嗎？」

「很久了，骨頭上有彈孔。」

「你跑去男廁做什麼？」

「本來想找肥皂。」傑克森說。
八月點點頭，消失在走廊上。
「他要幹嘛？」中提琴問。
「他喜歡為死者禱告。」克絲婷蹲在地上，用斷尺戳垃圾，「離開前陪我去看看學校的置物櫃。」
但是所有櫃子都清空了，門板斜斜地搖晃。克絲婷撿起兩個發霉的文件夾，端詳上面的貼紙和黑色簽字筆的鬼畫符：「Lady Gaga 超讚」、「伊娃＋傑森 直到永遠」、「我♡克里斯」。如果天氣涼一點，她會在這間學校待得更久，像平常那樣興致高昂地尋找線索，想了解那個失落的舊世界。但這裡的空氣又臭又悶，加上暑氣難耐。八月走出男廁時鬆了一口氣，終於能重見外頭的陽光，吹吹微風，聆聽蟋蟀的聲音。
「老天，你們倆怎麼能夠成天待在這種地方？」傑克森說。
「嗯，首先，我們不會踏進公廁。」八月說。
「我只是想找肥皂。」
「好啦，不過亂闖廁所真的很傻。人都是在那種地方被殺的。」
「對啊，所以我才說，真不知道你們如何能忍受？」
克絲婷心想：我們可以忍，是因為一切結束的時候，我們比你們年輕，卻沒有因為年幼而不復記憶。我們可以忍，是因為時間所剩無多，因為所有屋頂都在崩壞，很快地，老舊建築就不再安全了。我們總想趁著所有線索消失之前，尋回從前的世界。然而要解釋這些想法似乎又嫌多餘，於是克絲婷聳聳肩，沒有回話。

團員在路邊樹下休息。大部分都在打瞌睡，伊蓮諾教奧莉薇做小雛菊花圈，豎笛手慵懶地做著一系列瑜伽動作，指揮和吉爾在研究地圖。

「吹嘴！」看到八月拿出他們找到的東西，第一長笛手歡呼。平常她最看不順眼的團員就是八月，此刻卻忍不住鼓掌叫好，雙手環著他脖子。

「學校有什麼？」亞莉珊卓問，同時馬匹又上了馬鞍，樂團再度出發了。亞莉珊卓好想跟八月和克絲婷一起闖空屋，但是克絲婷從來不准她跟。

「沒什麼值得一提的。」克絲婷說。她小心不讓自己想起男廁的骷髏，眼睛看著路面，「只有長笛吹嘴和一大堆碎片。」

21

新元十五年，訪談（續）：

馮：繼續吧。喬治亞流感爆發，世界開始崩毀的時候，妳一定還很小吧？

克：我才八歲。

馮：抱歉，我很有興趣和妳這樣的人聊聊，就是世界崩毀時年紀還小的人。我不確定該怎麼問……但我想知道，妳從小到大看著世界就這樣改變了，有什麼感想？

克：（沉默）

馮：或許我該這麼說——

克：你的問題我懂，但我不想回答。

馮：這樣啊，好吧。我對妳的刺青很好奇。

克：手臂上那句話嗎？「光是生存還不夠」？

馮：不，是另外一個，右手腕那兩把黑刀。

克：你明知道這種刺青代表什麼。

馮：但或許妳想談談——

克：馮蘇瓦，我不談這個，而且你也知道不該問。

22

每次克絲婷想著世界是怎麼改變的，念頭轉呀轉，最後總是想到亞莉珊卓。她懂得射擊，但如今的世界愈來愈溫和，克絲婷想到，她很有可能這輩子都不需要殺人。亞莉珊卓今年十五歲，克絲婷和她同齡的時候已經成熟許多。

此刻亞莉珊卓靜靜走路，悶悶不樂，因為大家剛才不准她跟去學校探險。團員到了晚上繼續趕路，雲層聚集，氣壓漸升，克絲婷汗流浹背。快入夜時，天空黯淡低垂，他們穿過鄉村地區，沒有柏油路，路上到處是生鏽的車，棄置於汽油耗盡的地點，樂團篷車在車輛間小心前行。起初遙遠的閃電和雷聲漸漸靠近。昏暗天色中，團員站在路邊等雨停，接著將帳篷丟在濕濕的地上。

「昨晚我夢見自己看到飛機。」迪亞特悄聲說。黑暗中，他和克絲婷躺在他的帳篷裡，相隔幾呎。他們一直沒有超乎朋友的關係（克絲婷懵懵懂懂把他當作家人），不過一年前，她那頂三十年老帳篷解體了，還沒找到新的來頂替。她顯然不能跟薩伊德睡，而迪亞特的帳篷是團裡最大的，於是她就住進去了。克絲婷聽到外面傳來輕柔話語，是低音號和第一小提琴在守夜。三輛篷車把馬匹圍在中間以策安全，牠們不安分地躁動。

「我好久沒有想到飛機了。」

「那是因為妳很年輕，妳什麼都不記得。」他聽起來有點生氣。

「我記得，當然記得，那時候都八歲了。」

世界結束時，迪亞特二十歲。他和克絲婷之間最大的差別在於他什麼都記得。她聽著他的呼吸。

「以前我常常觀察飛機，想著海洋另一邊的國家。有沒有哪一國倖免於難呢？如果能看到飛機，就代表某個地方依然有航班起飛。流感爆發後的十年，我一直看著天空。」他說。

「你做的是好夢嗎？」

「我在夢裡好開心，一抬頭就看到飛機終於來了。原來在某個地方還有文明啊。我跪下來開始哭，開始笑，然後就醒了。」迪亞特低語。

帳篷外傳來人聲，有人喊他們。迪亞特輕聲說：「第二哨，換我們了。」

第一哨的人準備就寢，沒報告任何異狀。「除了他媽的樹跟貓頭鷹，什麼都沒有。」低音號嘀咕。第二哨行動一如往常：迪亞特和薩伊德巡視後方半哩路，克絲婷和八月看守營地，第四吉他手和雙簧管巡視前方半哩路。探子各自出發，留下克絲婷和八月。他們繞營地一圈，站在路上聽看動靜。頭上雲朵散去露出星空。有隕石劃過的短暫火光，或者那其實是墜落的衛星？晚上的飛機看起來就像那樣嗎？在空中留下一道光帶？克絲婷知道飛機的時速是數百哩，但她不確定那樣的速度看起來會是如何。森林充滿細小的噪音：雨水從枝頭滴落、動物的腳步，還有微風吹拂。

她不記得飛機飛起來是什麼樣子，但她記得坐在機艙裡的感覺。對於從前的世界，就屬搭飛機的回憶最為清晰。她認為這段往事一定很接近世界終結的時刻，也就是在她七、八歲時。那時她和媽媽去紐約，雖然也不記得是為了什麼。她記得晚上飛回多倫多，媽媽喝著有冰塊的飲料，冰塊吭啷吭啷還反光。她記得飲料，卻不記得媽媽的臉。她額頭抵著機艙窗戶，看見黑暗中群聚或一個個極小的光點，彷彿四散的星座，有些獨立存在，有些由發亮的道路串連起來。光的美麗，光的孤寂。她想著人們在燈光下各自過著生活，每一盞門廊的燈火都是一戶人家，一個家庭。二十年後，在這林間道路，烏雲散開、月光忽然灑下的瞬間，八月看著她。

「我後頸的汗毛都豎起來了。妳覺得這裡只有我們嗎？」八月低聲說。

「我什麼也沒聽到。」他們又慢慢繞了營地一圈，只有一、兩頂帳篷中傳來幾乎聽不見的聲響，馬匹深深呼息，輕輕移動。他們聽著，看著，路還是一片沉寂。

「每當這種時候，我就會想停止這種生活。妳想過嗎？」八月低語。

「你是說再也不旅行？」

「妳考慮過嗎？一定能找到更安穩的生活方式。」

「那是自然，不過哪一種生活能讓我演莎士比亞？」

就在此刻，一陣聲響擾亂了黑夜，彷彿投石入水。一聲大喊硬生生中斷，有人在叫嗎？若是獨自一人，克絲婷肯定會以為是自己在胡思亂想，但是她看向八月，他點頭。聲音從前方道路遠處傳來，是他們剛才過來的方向。兩人靜止不動，繃緊神經細聽，但一無所獲。

「得去叫醒第三哨。」克絲婷從腰帶抽出最利的兩把刀，八月消失在帳篷間。克絲婷隱約聽見他說：「不知道，反正有聲音，可能在前面。換你們站哨，我們去查個清楚。」兩個人影來頂替他們的位置，打著呵欠，腳步不穩。

八月和克絲婷盡可能安靜迅速地出發，朝著聲音來源前進。道路兩旁，黑壓壓的樹林彷彿擁有生命，發出無法解讀的窸窣暗語，大片墨色陰影襯著耀眼月光。貓頭鷹在前方的路面低飛而過，過了一會兒傳來小翅膀撲打聲，鳥兒從睡夢中驚醒，羽翼揚起塵埃，在星空下盤旋。

「鳥兒被什麼給嚇到了。」克絲婷附在他耳邊輕輕說。

「是貓頭鷹嗎？」八月也放低聲音。

「剛才那隻貓頭鷹飛行的方位不同，我說的這群鳥在北邊。」

「再等等看。」

他們在路旁樹影中等著，保持靜靜呼吸，同時觀看四方。這片森林讓人有幽閉恐懼症。眼前幾棵樹還看得清楚，呈現樹影和月光單調的黑白對比。再過去，一整片未受人為干擾的原始林延伸到陸地邊界，這一帶幾乎無人造訪。八月和克絲婷看著道路和樹林，但若真有人在監看他們，黑暗中也難以察覺。

「我們再走遠一點。」八月悄聲說。

他們繼續小心尋路，克絲婷刀握得很緊，掌心傳來了自己的脈搏。他們超過了探子負責偵察的距離，走過兩、三哩，想尋找蛛絲馬跡。第一道黎明曙光出現時，他們循原路回去，在喧鬧的鳥鳴世界裡不發一語。路上完全沒有探子來過的蹤跡，樹林邊緣什麼也沒有。沒有腳印，沒有大型動物的行跡，沒有明顯的斷枝或血跡。迪亞特和薩伊德像是憑空從世界上消失了。

23

「我真是不懂。」低音號說。搜救進行了數小時，目前是上午十點左右。所有人都不懂，都沒有回應他的話。他們怎麼可能就這樣消失，找不到任何蹤跡？團員四人一隊，帶著陰鬱神情有系統地搜救，但是樹林太茂密，地面又長滿灌木叢。團員可能與近在眼前的兩人擦身而過，卻不知情。前幾個小時，克絲婷發現她在幻想這只是哪裡出了錯，以為他們倆昨晚在黑暗中和她錯身而過，不知怎的走錯路。他們隨時會再次現身，向團員道歉。可是探子沿路來回找了好幾哩。克絲婷一次又一次在林中停下腳步細聽。是不是有人在看她？剛剛是不是有人踩到樹枝？然而，現場只有其他隊伍發出的聲音，每個人都感覺遭到監視。團員每隔一段時間在樹林或路口重新集合，卻只是看著彼此，一言不發。太陽慢慢爬過空中，熱浪蒸騰下，路面的空氣彷彿在波動。

夜幕低垂，他們聚集在第一輛篷車旁。它從前是一輛福特加長型小卡車。「因為光是生存還不夠」，車篷上漆著這句話，回答團員上路以來縈繞心頭的疑問。夜色漸漸籠罩，那行字顯得特別白。克絲婷站在迪亞特最喜歡的馬兒伯恩斯坦旁邊，手掌貼在牠側腹。馬睜著巨大的黑眼看她。

「我們一起走過這麼多的路。」指揮說。光線中的某些特質讓歲月變得模糊。有時克絲婷和八月一起在黎明站哨，太陽升起時，她彷彿能在那一瞬間看出小時候的八月是什麼模樣。此刻站在路上，指揮看來竟比一個小時前衰老許多。她用手梳過灰髮，說：「四次。這些年來，團員曾有四次走散。但是每一次，大夥都會遵循走散準則，最後在目的地重新會合。亞莉珊卓？」

「我在。」

「妳來唸走散準則好嗎？」每個團員都把準則牢記心中。

「沒有目的地決不出發。若團員走散，必須自行前往目的地等待會合。」

「現在目的地是哪裡？」

「塞文市機場的文明博物館。」

「沒錯。」指揮默然看著團員。樹林籠罩在陰影中，但路面上方狹長的天空仍有些微光芒，最後一抹粉紅暮色染上雲朵。「我旅行了十五年，薩伊德跟我走了十二年，迪亞特更久。」

「打從一開始他就跟著我了，我們是一起從芝加哥走路逃出來的。」吉爾說。

「我真不甘心撇下他們，但又不能冒險讓你們在這裡多待一天。」指揮濕了雙眼。

那一晚，他們增加看哨人手，兩人一班換成四人一班，隔天天未亮就出發。林間道路空氣潮濕，頭上的雲朵看似灰白大理石紋路，空氣中有松樹的味道。克絲婷走在第一輛篷車旁，努力讓自己什麼也不想。感覺像是困在一場惡夢中。

全團在傍晚前停下。本世紀的夏天熱度堪稱不可思議，有如高燒。樹叢間可窺見閃亮的湖面。他們來到一個曾是郊區、卻不算很郊外的地方，介於市區和市郊之間，房子都建在林地上。距離機場只剩下三天路程。克絲婷坐在木頭上，雙手掩著臉，心想：你們在哪裡？你們在哪裡？你們在哪裡？沒人過來打擾她，直到八月走到一旁坐下。

「真是遺憾。」他說。

「我覺得他們被抓走了。而且我一直想著先知在水城說的話，他說什麼光的。」她頭也不抬地說。

「我好像沒聽到。那時候我在打包。」

「他們自稱為光。」

「然後呢？」

「如果自己是光，敵人就是黑暗吧？」

「應該是。」

「如果你是光，而敵人是黑暗，那麼任何行為都能合理化了。為了存活，你什麼事情都做得出來。」

八月嘆氣，「我們只能保持樂觀了。必須先假設情況會漸漸明朗。」

然而，那天四組隊伍出去尋覓晚餐，只有三組半回到營地。

「我一轉頭她就不見了。」傑克森指的是豎笛手雪梨。傑克森獨自回到營地，全身發抖。他說他們找到一條小溪流，離這裡大約四分之一哩，就在樂團來時的方向。他跪在河岸裝水，抬起頭的時候，她已經消失了。她是不是落水了？不，他說如果落水，會聽到水聲，而且他在下游，她會漂過他面前才對。那不過是一條小溪，岸邊也不陡峭。他周圍都是樹木，有種遭人監視的感覺。他喊雪梨的名字，但她就是不見蹤影。他還發現，那時鳥叫聲都停了，林子瞬間安靜下來。

傑克森說完，好一陣子沒人開口，團員緊緊圍在他身邊。

「奧莉薇呢？」林突然問。原來她在第一輛篷車後面玩布娃娃。林低聲對她說：「妳要待在媽媽看得到的地方，而且是我伸手就能碰到妳的地方，知道了嗎？」

「她跟迪亞特很好。」第一雙簧管說的是豎笛手雪梨。這話說得沒錯，團員都靜下來，一邊想著她，一邊在記憶中搜尋線索。她最近有沒有反常的舉動？沒人能夠確定。在這難以形容的年頭，什麼算是反常的舉動？所謂「正常」又是什麼？

「是不是有人在追捕我們？」亞莉珊卓問得有理。克絲婷回頭看著林間陰影。團員組了一支搜救隊，但已經沒有天光，生火又似乎太危險了。所以他們不出發，先吃儲備乾糧、兔肉乾和蘋果乾充當晚餐，度過不安的一晚。隔天他們晚了五個鐘頭才出動搜救，但是沒找到豎笛手。團員再度啟程，邁入灼熱的另一天。

「薩伊德、迪亞特和豎笛手有可能都是被抓走嗎？」八月走在克絲婷身旁。

「有誰能夠無聲無息地制伏他們？」克絲婷的喉頭哽著什麼，話很難說出口，「搞不好他們是離開了。」

「棄我們於不顧嗎？」

「對。」

「他們為何要這麼做？」

「不知道。」

當天稍晚，有人想到要搜查豎笛手的物品，結果找到了那張紙條。是一封信的開頭：

「各位朋友，我已經無比疲憊，決定在林中休息。」紙條寫到這裡，從底下的日期看來，可能是豎笛手十一個月前寫下的，或者她根本不曉得如今是何年何月了。兩種情況都不太合理，因為這年頭很少用到確切日期，必須投入極大心力才能持續記錄。這張紙條對摺再對摺，摺痕處都發軟了。

「這看起來只是說說而已，可能她一年前寫一寫，後來又改變心意。並不能證明什麼。」第一大提琴說。

「假設這是她一年前寫的，那就沒錯。但也可能是一週前寫的。我覺得她有自殺意圖。」林說。

「一年前我們在哪裡？有人記得嗎？」

「密西根的麥基諾城，接著是新佩托斯基、東喬丹，都是湖岸的小地方，前往新薩尼亞市的路上。」八月說。

「我不記得一年以前她有什麼不同。她那時憂鬱嗎？」林說。

沒人能夠確定。大家都後悔沒有多關心她。探子回報，前後路上都沒有其他人。團員實在無法相信此刻沒有人在樹林中監視他們。

沒了迪亞特、豎笛手和薩伊德的行者交響樂團，會是什麼樣子？克絲婷把迪亞特當作哥哥，她現在想想，應該是表哥之類的，是她人生和樂團生涯中的固定班底。說不出為什麼，但很難相信樂團沒有他還能繼續走下去。克絲婷和豎笛手不熟，但是她一不在，那空缺特別顯眼。如今克絲婷和薩伊德一開口就是吵架，但想到他遭遇不幸，她依然深深哀傷。她的呼吸很急很淺，眼淚默默流個不停。

當天稍晚，她在口袋發現對摺的紙條，是八月的筆跡：

短詩致友，

若妳的靈魂離開此地，我必追隨尋找，

悄悄地，我的星艦懸於夜空。

克絲婷從未讀過他的詩，感動得一塌糊塗。「謝謝。」後來她告訴他。他點點頭。

*

前方道路更顯荒涼，房舍愈來愈少。團員三度停下來移開倒塌的路樹。他們使用兩人對拉的大型鋸子，努力加快動作，汗水浸濕了衣服。團員分頭在路上站哨，監視道路和樹林的動靜，一聽到些微聲響立刻拿武器瞄準。克絲婷和八月不顧指揮反對，走到前面一點的地方，那裡離篷車半哩遠，一片起伏的平原映入眼簾。

「是高爾夫球場，這個妳知道。」八月說。他們曾經在球場俱樂部找到兩瓶滿滿的蘇格蘭威士忌和裝飾雞尾酒的橄欖罐頭，竟然奇蹟似的還能吃。八月一直希望能重演那次奇遇。

眼前的俱樂部位於長長車道盡頭的一排樹木後方，慘遭火焰吞噬，塌陷的屋頂像布料般掛在僅剩的三面牆上。球車翻倒在草地上，天空轉為黑沉。暴雨將至的天色下，看不清俱樂部內部，只有曾是窗戶的位置閃現碎玻璃反光。屋頂半塌，進入室內太危險。他們在較遠處找到一座小小人造湖，還有腐朽的碼頭，湖面下有東西在閃動。兩人走回篷車拿釣魚工具，第一和第三大提琴鋸著最後一棵倒下的樹。

球場人工湖有很多魚，光是用漁網就能從擁擠的水裡一舉捕獲。魚小小的，帶棕色，觸感不好。遠方傳來雷聲，不一會兒落下第一滴雨。八月總是隨身攜帶小提琴，他從背包拿出一塊塑膠墊包住琴盒。兩人在大雨中繼續努力，克絲婷把漁網拉出水面，八月負責殺魚和清洗。他知道克絲婷不敢看到取出魚內臟的畫面，可能是她在新元元年逃出多倫多的路上看過什麼吧。那印象一閃而過，她記的不是很清楚，但一回想起來便作嘔。八月體諒她這點。克絲婷隔著雨水，幾乎看不清八月的身影。有那麼一會兒似乎能忘掉樂團有三人失蹤的現實。最後暴雨終於退去，他們把網子塞滿魚，沿著稍早經過的車道回去。路面熱氣蒸騰，他們找到剛才清理路樹的地方，但是團員已經動身了。

「肯定是還在釣魚的時候跟他們錯過了。」八月說。這是唯一合理的解釋。兩人帶著漁網回到人工湖之前，曾和指揮確認過路線。湖距離路邊很遠，因此他們不會看見團員走過。俱樂部那麼隱密，腳步聲想必也被大雨蓋過了。

「他們行動很快。」克絲婷說。她肚子餓得痙攣，八月玩弄著口袋的零錢。剛才的推測並不完全正確。團員為何要在大雨中前行？難道有什麼緊急狀況？暴雨沖去了足跡，路面殘留的枝葉形成渦旋狀，熱度持續上升。此刻的天空像是裂了開來，雲朵和藍天是一塊一塊補丁。

「熱成這樣，魚會壞的。」八月說。

眼前真是左右為難。克絲婷全身每個細胞都急著想跟上團員，但若要生火煮飯，白天倒比較安全，何況那天早上他們只吃了一、兩片兔肉乾。兩人撿柴生火，但是當然什麼都濕掉了，努力很久才冒出一點點小火星。火堆竄出好多煙，煮飯時眼睛刺得發痛，但至少煙燻蓋過了身上的魚腥味。他們盡量吃飽，剩下的魚就裝在網子裡，昏昏沉沉地繼續趕路。他們走過高爾夫球場，走過顯然在幾年前慘遭洗劫的住宅區，壞掉的家具散落在草地上。兩人不久就把高溫下餿掉的魚都丟了，全力加緊趕路，但眼前依舊沒有團員的蹤影。照理說走到現在，應該會有他們留下的行跡，像是馬蹄、腳印、車輪印什麼的。兩人都沒有說話。

快到黃昏，道路在高速公路底下交叉。克絲婷爬上天橋想看得更遠，希望看到樂團或許就在前方，但路轉了個彎，通往遠方閃爍的湖光，消失在樹木後。公路上停滿永恆的車陣，小樹在車輛之間生長，數千片擋風玻璃反射天空。離他們最近的車裡，駕駛座躺著一具骷髏。

他們睡在天橋附近的樹下，肩並肩躺在八月的塑膠墊上。克絲婷輾轉反側，每次醒來都注意到地貌是如何空無，身邊沒有人，沒有動物，沒有篷車。地獄，是想見的人不在身邊。

24

沒有團員的第二天，克絲婷和八月看到一排車輛停在路肩。時間將近中午，熱度開始上升，一片靜默籠罩地表。兩人已經看不到湖了。車輛在路面投下彎曲的影子。這些車經過整理，後座沒有人骨，也沒有被捨棄的物品。這表示有人就住在附近，曾走過這條路徑。一小時後，兩人走到路邊的加油站，是個低矮的獨立建築，黃色殼牌標誌依然矗立，擁擠的車輛一輛挨著一輛等待加油。其中有輛車是融化奶油的顏色，側面漆著黑字，克絲婷發現那是芝加哥的計程車。最後關頭，有人在陷入騷亂的城市裡叫了僅存的計程車，喊價逃往北方。駕駛座車門有兩個乾淨俐落的彈孔。突然傳來狗吠聲，兩人僵住，手放在武器上。

一名男子帶著黃金獵犬從加油站側邊出現，大約五、六十歲，灰髮剪得很短，行動僵硬，看起來身負舊傷。他的來福槍拿在身側，臉上有個形狀複雜的疤。

「有事嗎？」他的口氣並非不友善。這就是活到新元二十年的好處：日子平靜多了。若是在世界崩毀的頭十年、十二年，這男人可能一看到他們就開槍。

「我們只是路過，沒有惡意，要去文明博物館。」克絲婷說。

「往哪個方向？」

「塞文市機場。」

八月默默站在克絲婷身旁。他不喜歡和陌生人交談。

男子點頭，「那裡還有人嗎？」

「希望我們的朋友會在。」

「你們走散了？」

「對，走散了。」克絲婷說。八月嘆了一口氣。團員顯然沒走這條路，其實他們稍早就發現了。土地很軟，一路走來卻沒看到一點痕跡，沒有馬糞，沒有剛經過的輪胎痕或是足印。沒有任何跡象顯示有二十多個人、三輛篷車、七匹馬在他倆之前經過此地。

「喔，運氣真背，遺憾哪。我叫費恩。」男子搖搖頭說。

「我叫克絲婷，這是八月。」

「那是小提琴琴盒嗎？」費恩問。

「對。」

「你們從管弦樂團偷跑出來？」

「是其他團員跑走了。」克絲婷馬上回嘴，因為她看到八月的手在口袋裡握拳。「你一個人在這裡嗎？」

「當然不是。」費恩說。克絲婷馬上發覺說錯話了。即使世界平靜了不少，但誰會承認自己落單呢？男子目光落在克絲婷的刀上。她很難不去注意他側臉的疤痕，雖然從這個距離難以確定，但那形狀似乎是故意刻出來的。

「這裡不算小鎮吧？」

「我不認為是。」

「抱歉，只是好奇才問的。我們很少遇見像你這樣的人。」

「像我這樣？」

「不住在小鎮的人。」克絲婷說。

「喔，原來如此。這裡很安靜。妳剛剛提到的……博物館，那是什麼樣的地方？」

「我不太清楚，但我們的朋友打算過去。」

「聽說那裡收藏著舊世界的藝品。」八月說。

男子笑了，笑聲有如狗吠。黃金獵犬一臉擔心地抬頭看主人。「舊世界的藝品？年輕人，我這樣說吧，這整個世界就是一座收藏舊文物的博物館啊。你們什麼時候看過新車了？」他說。

八月和克絲婷互看一眼。

「算了，不講了。加油站後面有汲水器，想裝水可以去裝。」費恩說。

兩人向費恩道謝，跟他走到後方。加油站後面有兩個孩子在削馬鈴薯，是一對看不出性別的紅髮雙胞胎，大約八、九歲。雙胞胎沒穿鞋子，但是衣著乾淨，頭髮修剪整齊，看到陌生人靠近便盯著瞧。克絲婷每次看到小孩總會思忖，流感過後出生的孩子，除了眼前世界以外，其他世界一概不知，這究竟是好是壞？費恩指向土堆中固定於基座的手壓汲水器。

「我們以前見過吧?對不對?兩年前你是不是在水城?我記得這對紅髮雙胞胎，當時我在鎮上散步，他們還跟著我。」克絲婷說。

費恩繃緊神經，她看出他手臂青筋暴起，正準備舉槍開火，「是先知派你們來的嗎?」

「什麼?不，不是，完全不是。我們只是剛好經過這裡。」

「我們可是飛也似的逃離水城。」八月說。

「我們是行者交響樂團的人。」

費恩笑了，「難怪你帶著小提琴。我記得你們的團。好吧，」他鬆開握住來福槍的手，危險的一刻過去了，「我不敢說自己喜歡莎士比亞，但你們的音樂是這些年來我聽過最棒的。」

「謝謝。」八月說。

「先知接管小鎮之後，你就逃出來了嗎?」克絲婷問。八月壓汲水器，克絲婷湊著水柱裝水，冷水嘩嘩流過手上。

「他真是我這輩子遇過最瘋癲的傢伙，極度危險。我們有些人帶著孩子逃跑了。」

「你認識小夏和傑洛米嗎?」克絲婷轉緊瓶蓋，把瓶子裝進自己和八月的背包。

「他們是樂手吧?女的是黑人，男的是亞裔?」

「對。」

「不太熟，但是會打招呼。在我逃走前幾天，他們帶著小孩先走了。」

「你知道他們去了哪裡嗎?」

「不知道。」

「那你可以告訴我們這條路前面有什麼嗎？」

「好幾哩路都沒有東西，只有幾座廢棄的小鎮，據我所知沒人住了。再過去只有塞文市和湖。」

「你去過那裡嗎？」他們走回路上，克絲婷看著費恩的側臉，突然看懂了那個疤，是小寫t底下多一橫，跟水城某些建築物上的噴漆一樣。

「去塞文市？世界崩毀之後就沒去過了。」

「住在這個遠離小鎮的地方，感覺怎麼樣？」

費恩聳聳肩，「很安靜。換作八、九年前，我可不敢冒險搬出來。話說回來，除了先知以外，這十年來都挺平靜的。」他說著猶豫了一下。「那個啊，剛才沒跟你們說實話，其實你們說的那個地方我知道，就是那座博物館。那裡人應該不少。」

「你離開水城的時候，沒想過去那裡看看嗎？」

「先知恐怕就是從那裡出來的。要是機場的人都是他的同夥怎麼辦？」

路上，克絲婷和八月幾乎不發一語。一隻鹿闖過馬路，看他們一眼，接著消失在樹叢間。如此美麗，這個近乎無人的世界。若說地獄即他人，那麼，幾乎沒有人的世界又算什麼呢？或許人類會就此默默消逝吧，但是克絲婷並不為此哀傷，反而感到平靜。那麼多物種出現在世界上，接著消失，再有一族滅絕又如何？況且現在又剩下多少人呢？

「他的疤……」八月說。

「我看到了。大家究竟去了哪裡？為何要改變路線？」八月沒有回答。團員偏離原定路線的理由可能有很多，像是受到某種脅迫，決定改走更迂迴的路。或是經過深思熟慮，認為另一條路線比較快，希望最後和克絲婷他們在機場會合。又或許團員拐錯了彎，消失在這片土地上。

那天下午稍早，八月找到一條車道。那時兩人在樹蔭下休息，他起身走到馬路對面。克絲婷其實早已注意到那裡的小樹叢，但是她太累，加上熱昏了頭，沒去思考那種景象代表什麼。八月單膝跪下，戳戳地面。

「碎石子。」他說。

那是一條車道，上頭長滿了植物，幾乎看不見原來的路面。林子後方出現一處空地，有棟兩層樓的房子，還有兩部生鏽的汽車和一輛卡車斜斜倒下，輪胎都沒氣了。兩人等在樹林外圍觀察了一會兒，沒有偵測到任何動靜。

前門上了鎖，這件小事很不尋常。兩人繞著屋子走，但是後門也鎖著。克絲婷把鎖撬開，一踏進屋裡，他們便明白這裡沒人來過。沙發上整整齊齊擺著抱枕，茶几上的遙控器蒙上一層灰。兩人互看，蒙住臉的破布上方，眉毛以同樣的角度挑起。他倆已經好幾年沒闖過這種房子了。

在廚房，克絲婷抹過碗架上一排盤子，帶走幾根叉子備用。樓上有間兒童房，房間的主人還在那裡，成了床上一具空殼。克絲婷拿被子蓋住他。八月還在樓下檢查浴室。牆上有相框，照片裡是小男孩和爸媽，三人都笑容滿面，充滿生命的光輝。男孩穿著小聯盟棒球制服，爸媽跪在他左右。她聽見八月的腳步來到身後。

「妳看我找到什麼？」

是《星艦迷航記》的聯邦星艦「企業號」，金屬製的。八月對著陽光舉起企業號，它閃閃發光，尺寸只有蜻蜓大小。這時克絲婷才發現床頭貼著太陽系海報，地球是靠近太陽的一枚藍色小點。這男孩熱愛棒球和太空。

「該走了。」一會兒過後克絲婷說。八月的目光落在床上，於是她先離開讓他禱告，雖然她也不知道那算不算是禱告。八月在死者身旁低聲呢喃的時候，似乎是只對著他們說話。有時她聽到他說：「希望到了盡頭，一切都很平靜。」或是：「你家真的很漂亮，抱歉拿了你的靴子。」還有：「不管你在哪裡，希望你家人也在。」他對床上那孩子輕聲細語，她聽不清說了什麼，只聽到：「在星空……」她快步移動到主臥室，免得讓他發現自己在偷聽，但她發現八月也來過這個房間。男孩的爸媽死在床上，一團灰塵在他們上方的空中飛舞，因為八月剛才拉被子為他們遮住臉。

在主臥室的浴室，克絲婷按下電燈開關時閉了一下眼睛。當然什麼也沒發生，然而在這種時刻，她總是努力回想電燈到底是如何運作的：走進房間，按下開關，滿室燈光流瀉。問題在於她不確定自己是真的記得，或只是出於想像。她摸摸浴室洗臉台上的青花瓷盒，欣賞裡面一排排的棉花棒，最後全部裝進口袋。棉花棒看起來很適合清理耳朵和樂器。克絲婷抬頭，對上鏡中的自己。該剪頭髮了。她微笑，接著調整一下嘴型，讓最近剛掉的牙齒空洞不那麼明顯。她打開櫃子，看著一疊乾淨的毛巾。最上面那條是藍底繡黃色小鴨，毛巾一角還縫了兜帽。如果全家人都病了，爸媽為何沒有把小男孩帶到他們床上？或許他們先死了吧。克絲婷不願再想下去。

客房的門關著，窗戶開了一條縫，地毯雖然壞了，衣櫃裡的衣服卻逃過死亡氣息。克絲婷找到一件喜歡的洋裝，柔軟的絲質附口袋藍裙。趁著八月還在男孩的臥室，她換上那件洋裝。衣櫃裡還有婚紗和黑西裝，她拿了想當戲服。

一直以來，樂團都在努力施展舞台魔力，戲服能派上很大用場。團員接觸到的人們都過著艱辛的日子，工作到精疲力盡，所作所為都是為了生存。有些演員認為演出莎劇時，若與觀眾一樣穿著滿是補丁的褪色衣裳，更能引起共鳴，不過克絲婷認為，看見仙后穿禮服、哈姆雷特穿西裝打領帶，其實別有意義。低音號也抱持相同看法。

他曾經說過：「新世界的問題在於缺乏優雅，極度缺乏。」低音號曉得什麼是優雅。世界崩毀前，他和指揮在軍樂隊演奏，有時他會說起軍中舞會的情形。現在低音號又在哪裡呢？不要想起行者交響樂團，不要想，眼前只有這裡，克絲婷告訴自己，眼前只有這棟房子。

「衣服很好看。」八月說，那時克絲婷在樓下客廳找到他。

「之前那件聞起來有煙燻臭魚味。」

「我在地下室找到幾個行李箱。」他說。

他們離開時各拿了一只行李箱，裝著毛巾、衣服和一疊雜誌，克絲婷打算待會兒看。他們還從廚房拿走一盒未開封的鹽、幾樣或許派得上用場的物品。離開前克絲婷在客廳逗留，看看書架，而八月找起了《電視指南》或詩集。

「妳特別想找什麼嗎？」八月放棄尋找之後問克絲婷。她看得出來他在考慮要不要帶走遙控器，他一直握在手中，沒事就把所有按鍵都按過一遍。

「當然是十一博士的漫畫，但如果有《親愛的V》也很好。」

《親愛的V》是她兩、三年前不小心忘在路邊的書，後來一直想再找一本。以前那本是她媽媽的，購買於世界終結前夕。完整書名是《親愛的V：亞瑟·林德私人生活》。書名上方有一排白色文字宣稱它是暢銷冠軍。書封是一張亞瑟上車前回頭望的黑白照片。臉上的表情可以做任何解讀：或許憂心忡忡，或許那時剛好有人喊他，他回頭去看。整本書都是他寫給不知名友人「V」的信件。

克絲婷和哥哥離開多倫多時，他說背包裡可以帶一本書，只能帶一本，所以她拿了這本，因為媽媽不准她看。哥哥看到她還的書，眉毛挑了一下，但是不做評論。

25

書中信件摘錄：

親愛的V，

多倫多好冷，但是我喜歡現在住的地方。唯一不習慣的是這裡老是烏雲密布，一副要下雪的樣子，而且天空還是橘色的。橘、色、的。我知道這不過是大城市反射的燈光，但還是很奇怪。

最近我走了很多路。因為房租要錢、投幣洗衣機要錢、採買也要錢，我沒法再多付轉車的錢了。昨天我在水溝裡發現一枚閃亮亮的銅板，就把它當作幸運符，附在這封信裡。這麼亮的銅板很不常見吧？昨晚為了慶祝十九歲生日，我花了五元去市中心的酒吧跳舞。我在餐廳打工沒幾個小時，這樣亂花錢實在很不負責任，但是管他的，我就是愛跳舞，儘管根本不知道自己在跳什麼，看起來應該很像癲癇發作吧。後來我和朋友克拉克走路回家，他說他看過一場實驗表演，演員戴著紙漿面具演戲，我說聽起來很酷，但有點做作。結果他竟然說我的髮型才做作。雖然他不是故意酸我，但我隔天一早就幫某個室友做早餐，交換他免費幫我剪頭髮，還不難看。室友是讀美髮學校的。所以我的馬尾剪掉囉！妳一定認不得我了！我喜歡又討厭多倫多，好想念妳。

A

親愛的V，

昨晚夢見我們又回到妳家，跟妳媽媽打麻江（是這樣寫嗎？）。實際上我們應該只打過那麼一次，而且我知道我們那時都嗑昏頭了。但我很喜歡麻江，小小的，像磁磚一樣。好啦，今天早上我想起來，我最喜歡妳家的地方，就是那裡會讓人產生錯覺。從客廳看出去，海洋好像就在前院草坪的盡頭，但是真的走出去，會發現草地和海水之間還有一道懸崖，我每次爬那個搖搖晃晃的梯子都快嚇破膽了。

我不是真的想家，但也不是不想家。我常常跟克拉克在一起，他是我表演班的同學，我覺得妳也會喜歡他。克拉克留了剃半邊的龐克髮型，沒剃的那邊染成粉紅色。他爸媽要他念商學院，或起碼念個有用的學位，但克拉克跟我說他還寧可去死。聽起來好像很偏激，但話說回來，記得我以前也覺得寧可去死也不要留在島上，所以我說我明白他的感受。今天晚上的課很棒，希望妳一切都好，快快回信。

A

親愛的V，

記得我們以前會在妳的「懸崖之家」房間裡聽音樂嗎？我在想，那段時光真是美好，雖然當時我快離開小島去多倫多了，所以其實也挺悲傷的。我記得從妳房間窗口看出去，看到樹葉，想像自己其實在看摩天大樓，想著那究竟會是什麼樣的光景？我會不會想念這些樹葉……之類的問題。接著我來到多倫多，新家窗口就有一棵樹，看出去全都是樹葉。那是銀杏，跟我在西岸看過的樹都不一樣。銀杏很美，樹葉像小扇子。

A

親愛的V，

我是個爛演員，多倫多冷得要命，我好想妳。

A

親愛的V，

妳記得有天晚上我們熬夜看彗星嗎？看百武彗星。那是三月，晚上真的很冷，草地都結霜了。我記得我們一直小小聲喊著：「百武、百武。」我覺得彗星很美，星光一直掛在空中。總之我只是忽然記起這件事，不知道妳是不是跟我一樣還記得那天晚上。這裡沒什麼星星可以看。

A

親愛的V，

有件事沒告訴妳。上個月的表演課，老師說我有點平板。換句話說就是我演得很爛。

他大略說了什麼演技是很難進步的，聽起來還有那麼一點誠懇。結果我說，你看著吧。他聽了好像很訝異，還對我使了個眼色，接下來三週都把我當空氣。但是昨晚我表演獨白，一抬頭發現他在看我，看得很認真，還跟我說了幾週以來久違的晚安。我覺得又有希望了。我像是坐著輪椅看其他人跑步。我看得出來怎樣才算演得好，雖然還沒到那個程度，但有時會覺得很靠近了。V，我真的很努力。

我在想島上的事。那座小島好像成了過去式，像我曾經做過的夢。我走在多倫多街頭，去公園溜達，去俱樂部跳舞，心裡想著：「我曾經跟最好的朋友V沿著海灘散步，曾經跟弟弟在森林蓋祕密基地，曾經眼前所見都是樹木。」這些真實的事聽來反而虛假，像是跟誰聽來的童話故事。我站在多倫多街角，等紅綠燈變換，感覺整個地方，我是說整座島，像外星球。我沒有別的意思，但是想到妳還在島上，就有點怪。

A

親愛的V，

這是最後一封信了，因為妳已經四個月沒回我信，五個月以來頂多只寫過明信片。今天我走到外面，看見春花盛放。我是不是曾夢見妳和我一同走過這些金燦燦的街道？（抱歉，我室友回家後慷慨提供了一些頂級大麻，加上我又有點精神失常和寂寞。妳不知道離家這麼遠是什麼感覺吧？因為妳永遠不會離開，對吧，V？）之前我在想，要了解這座城市，一定要身無分文，因為那樣一來（真正身無分文喔，連搭地鐵的兩塊錢都沒有）你去哪裡都非得走路，步行最能了解這座城市。不說了，反正我要成為演員，很厲害的演員，這才是最重要的。我想做些不同凡響的事，但我還不曉得是什麼。昨晚我把這想法告訴室友，他大笑說我果然還年輕。但是我們都在變老，而且老得好快，我已經十九歲了。

我在考慮申請紐約的表演課程。

最近我還在想，這說出來可能有點直接，我也很抱歉。就是，妳說妳永遠都是我的朋友，其實並不是吧。說真的，妳是嗎？我最近才明白，妳對我的人生沒有興趣。

這些話聽起來很尖酸，但我並無此意，只是陳述事實：除非我先打給妳，不然妳不會打給我。妳發現了嗎？如果我打給妳留言，妳會回電，但是妳從來不曾主動找我，從、來、沒、有。

V，朋友是這樣當的嗎？我覺得這種行為很糟糕。我每次都主動找妳，妳也都說妳是我朋友，卻從來沒找過我。我想我不該聽妳說了什麼，而是要評估妳做了什麼。克拉克覺得我對友誼期望太高，我卻覺得是他想錯了。

保重了，V，我會想念妳的。

A

親愛的V，

上次寫信給妳已經是好幾年前了（或者好幾十年？），但我還是常常想到妳。聖誕節見到妳很開心。我不知道我媽會邀客人來家裡，我每次回家她都這樣，我覺得可能是想拿我來炫耀吧。雖然要是由她來決定我的人生，我根本就不會離開島上，而是開著我爸的剷雪車。忽然要同處一室真是尷尬，但是能看到妳、過了這麼久之後又跟妳說上一些話，感覺真好。生了四個小孩啊，好難想像。

我也好多年沒有寫信了，其實我誰也不寫，不只是沒寫給妳。坦白說我已經不太會寫了。但我有個消息想告訴妳，大消息喔，我想第一個告訴妳：我要結婚了。事情很突然，聖誕節的時候我沒說，因為那時還不能太確定。但我現在確定了，感覺對極了。她叫米蘭達，也是島上出身，不過我們在多倫多認識。她是藝術家，會畫些奇異而美麗的連環漫畫，下個月她要和我搬到洛杉磯了。

V，我們是怎麼變老的？我記得五歲的時候，還跟妳在森林裡蓋祕密基地呢。我們可以繼續當朋友嗎？我真的非常想念妳。

A

親愛的V，

最近真奇怪，覺得人生就像電影。V，我好迷失，不知怎麼告訴妳。在突如其來的時刻，我會納悶自己是如何走到今天這一步？我在人生中達成了什麼？當我回顧過往一連串的經歷，會有今天的結果似乎很不真實。我認識許多比我更有才華的演員，卻沒有我現在的地位。

我遇到一個人，陷入愛河，她是伊莉莎白。她如此優雅、美麗，更重要的是，她身上有一種光。我現在才知道自己欠缺那種光輝。她不當模特兒或不拍電影時，會上藝術史課程。V，我知道自己這樣很有問題，我想克拉克也察覺了。昨晚的聚餐（事後回想，在家裡辦那種活動真是尷尬又不智，但本來覺得是個好主意，說來話長啊），有一次我抬頭對上克拉克，那眼神就像在說我讓他失望了。我明白他的確應該失望，因為我也對自己很失望。V，我真的不知道，我的心好亂。

妳的
A

親愛的V，

克拉克昨晚過來吃晚餐，半年以來他首度拜訪。見面之前我很緊張，有一部分的原因是我發現他不像十九歲時那麼有趣了。（我這麼說真是不厚道，但我們難道不能承認人就是會變嗎？）還有一個原因是，上次見面我的妻子還是米蘭達，伊莉莎白不過是餐會客人。但現在伊莉莎白烤了一隻雞，努力演出五〇年代的賢妻風範。克拉克被她迷住了，我覺得。她整晚擺出最耀眼的模樣，簡直能迷倒眾生。那天她總算沒喝過頭。

妳記得以前我們高中英文老師瘋狂迷戀詩人葉慈嗎？他那股熱情似乎感染了妳。有一陣子，妳湖畔家中的臥房牆上貼了一張葉慈名言，我最近一直在想那句話：「愛情有如獅子牙齒。」

A

26

「請告訴我妳在開玩笑。」克拉克說。當時伊莉莎白打電話告訴他關於那本書的事。她並沒有開玩笑，雖然她還沒看到書（還有一週才正式發行），但可靠消息來源指出，克拉克和她都出現在書中。伊莉莎白怒火中燒，想提起訴訟，卻不曉得要告誰。告出版社嗎？告V？她的結論是無法合理控告亞瑟（儘管她很想），因為他之前顯然也不知道這本書。

「書中說我們什麼？」克拉克問。

「不知道，但他顯然鉅細靡遺地談論他的婚姻和交友狀況，我朋友用『毫不留情』來形容。」伊莉莎白說。

「毫不留情……這可以有很多種意思。」克拉克說，但他認為大概都不會是好事，因為不可能有人「善良得毫不留情」。

「看起來他很喜歡描述生活中遇到的人。我打電話給他的時候，他還有臉內疚。」電話線傳來沙沙聲。

「書名叫《親愛的B》？」克拉克拿筆記下來。距離流感爆發還有三週，他們還有難以想像的餘裕關心書信集出版。

「《親愛的V》，對方是他的朋友維多利亞。」

「現在應該不是朋友了。明天我會打給亞瑟。」克拉克說。

「他只會開始胡說八道、轉移目標，把你搞糊塗。又或許他是跟我講話的時候才會這樣？你跟他聊天會不會覺得他在演戲？」伊莉莎白說。

「我要走了，早上十一點有個訪談。」

「我最近會去紐約。搞不好我們可以見個面，討論討論。」

「嗯，好。」克拉克好幾年沒見到她了。「請妳助理跟我的行政人員聯絡，約個時間吧。」

掛掉電話，他滿腦子都是《親愛的V》，離開辦公室時不敢對上任何人的目光，不知何故羞愧到無法跟同事說話。（有誰已經看過書了？）他走到二十三街，想要立刻追查那本書的下落，他知道一定有誰可以先弄一本給他，但是訪談即將開始，他沒有時間，要去中央車站幫一間水利工程顧問公司執行「三百六十度全面評估」。

過去幾年，全面評估成了克拉克的專業。評估對象是委託公司認為有待改進的主管，他們稱為「箭靶」，但沒有諷刺意味。目前克拉克的箭靶包括：為公司賺進上百萬，卻對下屬大吼大叫的業務；工作到凌晨三點，卻不知何故永遠趕不上死線的優秀律師；處理客戶的技巧和帶人能力同樣糟糕的公關主管。每一場評估，都要訪問在箭靶身邊工作的十來位員工，再提供箭靶一連串匿名意見報告。先看正面意見，才能緩和後續衝擊，接著在最後階段，箭靶要接受幾個月的輔導。

二十三街並不繁忙，離午餐人潮湧現還有一段時間，但是僵住不動的低頭族一直擋住去路。只有克拉克一半歲數的年輕人做夢般晃來晃去，眼睛黏著螢幕。他故意撞了兩個人，走得比平常更快，卻落入純然沮喪的狀態，像是奮力捶牆、全速衝刺或是橫掃舞池之後那樣空虛，雖然他已經二十年沒跳舞了。亞瑟跳起舞來老是差一點點就要漏拍。有個年輕女子忽然在地鐵階梯頂端停下來，害克拉克差點撞到她。他擦過她身旁時狠狠瞪了一眼，但她被螢幕吸住了，沒注意到。電車門關上的瞬間他剛好上車，算是那天第一個微小的恩典。他一路生悶氣直到中央車站，抵達後一步爬兩階，來到車站大廳一側的大理石通道，迅速穿過中央車站市場的香料氣息，從站內通道往下，來到格雷霸大廈。

「抱歉遲到了。」克拉克跟訪談對象道歉。她聳聳肩，請他在訪客席坐下。

「如果你覺得晚兩分鐘就算遲到，那我們大概合不來。」她是不是有德州口音？這位叫「大理花」的職員看起來接近四十或四十出頭，髮型的輪廓剪得很俐落，戴著襯托唇色的紅框眼鏡。

克拉克開始進行一如往常的簡介，說明三百六十度評估的功能，告知大理花這回的「箭靶」是她老闆，而他會訪談十五個人，受訪者為匿名，接著將意見拆開來重新分類，製作成代表下屬、同僚、上司的三組報告，每一組起碼包含三個意見等等。克拉克聽著遠處傳回自己的聲音，發現聽起來相當穩定，這讓他很高興。

「所以重點是，如果我沒搞錯的話……是要改變我老闆嗎？」大理花說。

「這麼說吧，是要設法改善他潛在的弱點。」克拉克說。此刻他又想起《親愛的V》，畢竟行為不檢正是「弱點」最好的定義，不是嗎？

「那就是要改變他。」大理花笑著堅持己見。

「這樣想也可以。」

她點頭，「我不相信人有可能變得完美。」

「喔。」他說，同時心想：講這種哲學系大學生會說的話，她不覺得自己有點太老了嗎？「那如果有可能進步呢？」

「不知道。」大理花往後靠在椅子上，雙手抱胸思考這個問題。大理花語調輕快，但是克拉克明白她並不輕浮。他想起之前的訪談中，大理花的同事隨口說了一些感想。那時他問到團隊相處如何，有人說她「有點不一樣」。他記得還有人說「很嚴肅」。「你剛剛說這一行也做了好一段時間？」

「二十一年。」

「你輔導過的這些人，最後真的改變了嗎？我是說，有沒有任何持續而顯著的改變？」

克拉克猶豫了。這其實是他自己也在思考的問題。

「他們的行為改變了，有些人啦。通常，大部分的人只是不明白自己在某些方面需要改善，可是看到報告之後……」

她點頭，「你認為改變行為和改變人是不同的。」

「那是當然。」

「我這樣說好了，你一定可以成功輔導丹，他說不定會有什麼改變，展現出具體的進步，但他依舊是個不快樂的王八蛋。」

「不快樂？」

「不是，等一下，剛剛那個不要寫，我重新講一次。好，假設他會稍微改變，假設啦，如果你來輔導的話。但他依舊只是不快樂的成功人士，每晚工作到九點，因為他婚姻非常不幸福，不想回家。你不要問我為什麼知道，每個人都知道誰婚姻不幸福，因為那就像口臭，靠近就聞得到。而且你曉得，好吧，可能只是我自己想太多，但是我想說，他這個人似乎很想改變人生中的某些決定，實際上幾乎是一切都想重來吧。這樣講會不會太多餘？」

「不會，請繼續。」

「好，我喜歡自己的工作，不是因為老闆會看到這個訪談意見喔。順帶一提，無論有沒有匿名，我不認為他會不知道誰說了什麼。總之，有時我觀察身邊的人，這聽起來可能怪怪的，但是我覺得大公司似乎充滿了鬼魂。事實上……換個說法好了，我爸媽是學術界的，我可是坐在第一排親眼見過那些妖魔鬼怪。我知道學界和其他公司沒什麼分別，所以公平一點的說法應該是：成年的路上充滿鬼魂。」

「抱歉，我不太懂……」

「我的意思是，有一種人，他們捨棄了某一條路，活出另一種人生，最後卻非常失望。你懂我意思嗎？他們達成了別人的期望之後，想開始嘗試不一樣的生活，但已經不可能了。房貸啦、小孩啦，諸如此類的事情困住了他們。丹就是那樣的人。」

「那妳的意思是，他不喜歡自己的工作？」

「沒錯，但我想他本人並沒有了解到這一點。你可能很常遇見像他這樣的人，工作能力強，但活得像在夢遊。」

這番話不知觸動了什麼，克拉克竟覺得想哭。他點頭，盡量把她說的都抄下來。「妳覺得他會認為自己工作不快樂嗎？」

「他不會。我覺得像他那樣的人都把工作當作無聊的苦差事，快樂只是極為偶然的點綴。不過我說的快樂，主要是指會讓人分心的東西。你懂嗎？」

「不懂，請多說一點。」

「好，假設你現在進了休息室，有幾個像你這樣的人待在裡面，有人說了笑話，你稍微笑一下，感到融入，大家都很有趣。接著你回到座位，心裡有種感覺，怎麼說呢？大概是美好的餘溫吧。你帶著餘溫回座位，但是到了四、五點，那天又變成普通的一天。你繼續工作，盼望五點下班，盼望週末，盼望兩、三週的帶薪年休。日子來了又走，這些構成了你的人生。」

「沒錯。」克拉克說。那一刻，他心中充滿了一種難以言喻的渴盼。前天他走進休息室，聽同事聊起對脫口秀節目《每日秀》的感想，笑了五分鐘。

「或許該說，對多數人而言，這些就是人生，就是快樂。像丹那樣的人彷彿在夢遊中工作，什麼也叫不醒他們。」

他問完剩下的問題，和她握手，踏出大廈的拱形大廳，走到萊辛頓大道。空氣很冷，但他渴望待在外面，遠離人群。他繞遠路轉向東邊兩條街，來到較為安靜的第二大道。

克拉克想著《親愛的V》，想著大理花說的夢遊，突然有個奇怪的念頭：亞瑟有沒有看過他夢遊？會不會在寫給V的信中提到？因為克拉克明白，自己其實一直在夢遊，半夢半醒地過活，已經有好一段時間，甚至好幾年了吧。他並沒有特別不快樂，然而，上一次在工作中真正感受到喜悅是什麼時候？上一次發自內心地感動又是什麼時候？上一次體會到驚嘆或啟發呢？真希望有什麼辦法能回去找他稍早故意推撞的低頭族，跟他們道歉：對不起，我剛剛才明白，原來我和你一樣，是這個世界上小到不能再小的存在，我無權評斷你。他還想打電話給每個三百六十度評估的箭靶，跟他們道歉，因為出現在別人的報告中其實很難受。被當作箭靶有多傷人，他現在知道了。

V

多倫多

27

雖然回想起來不太可能，然而在地球上曾有那麼一刻，光是替名人拍照、訪問就能謀生。那一刻在整個人類史上極為短暫，差不多是眨個眼的時間。世界終結七年前，吉梵．喬希利曾經約訪過亞瑟．林德。

在那之前，吉梵當了幾年狗仔，日子還算過得去，但他恨透了躲在人行道花圃後方跟蹤名人，也討厭躺在停好的車上等待，因此想改行當娛樂記者。這工作還是很低賤，但沒有狗仔那麼賤。「這人我認識。」吉梵跟找他買過幾張照片的編輯喝酒，話題聊到亞瑟時，他說，「他所有電影我都看過，有些還看了兩次。我到處跟蹤他，拍過他好幾任太太。我有辦法讓他跟我說上幾句。」編輯答應讓他試試，於是在約好那天，吉梵開車到飯店，將身分證和相關證明文件交給駐守在頂樓套房門外的年輕女公關。

「你有十五分鐘。」她說完帶他進去。套房鋪著鑲木地板，燈光明亮。其中一個房間桌上擺著小點心，裡頭有幾個記者盯著手機。亞瑟在另一間房裡。吉梵心目中當代最棒的演員坐在窗邊的扶手椅，窗外看出去就是洛杉磯市中心。好眼力的吉梵從窗簾的重量感、扶手椅的絲滑織布和亞瑟的西裝剪裁看得出來，這一切價值不菲。吉梵一直告訴自己，亞瑟怎麼可能知道偷拍米蘭達的人是他？但的確有可能。吉梵滿腦子都在懊悔那一晚笨到把本名告訴米蘭達。現在看來，他想當娛樂記者的主意顯然是大錯特錯。吉梵走過鑲木地板時，腦中胡亂想著他要假裝忽然病發，或是趁著亞瑟抬起頭之前速速溜走，可是來不及了，女公關為他們介紹彼此，亞瑟已經笑著伸出手。吉梵這名字對亞瑟而言似乎無足輕重，表情看起來也不認得他。吉梵費了一番工夫改變外表，剃掉鬢角，還捨棄隱形眼鏡改戴普通眼鏡，好讓自己看起來更專業。他坐在亞瑟對面的扶手椅，在中間的咖啡桌上擺好錄音機。

前兩天，吉梵重看了亞瑟所有電影，還做了大量的額外調查。但亞瑟不想談論當時正在拍攝的片子，不想提他受過的演員訓練或是影響過他的人，不談自己當初投身藝術的動機，也不想說明他為何自認不是「圈內人」（他在出道不久的早期訪談中說過）。吉梵頭三個問題，他都只回了幾個字，整個人看起來似乎有點茫，還在宿醉。看樣子他很久沒有好好睡一覺了。

經過一段長到令吉梵不自在的沉默，公關趕緊遞上一杯卡布奇諾，接著亞瑟開口了：「你來說說看，人怎麼會變成娛樂記者呢？」

「這難道是什麼後現代劇場嗎？主客易位，換你訪問我，像是有些名人會反過來拍狗仔？」吉梵問。他提醒自己要小心點。亞瑟愛理不理的回應讓他很失望，那股失望凝結為敵意，敵意之下又潛伏著讓他昨晚輾轉反側的龐大問題：採訪演員總好過跟蹤演員，但是娛樂記者這種工作又算哪門子記者？哪門子人生？有些人努力去做真正有意義的事。有些人正在阿富汗為路透社擔任戰地記者，像是吉梵的哥哥法蘭克。吉梵並非特別想成為像法蘭克那樣的人，但他不免覺得，自己的人生相較之下拐錯了許多彎。

「不知道，我只是好奇罷了。你怎麼開始做這一行的？」

「漸漸接觸，然後突然就開始了。」

亞瑟皺眉，好像努力在回想什麼。「漸漸接觸，然後突然就開始了。」他重複吉梵的話，接著沉默了一會兒，又忽然開口：「不，說真的，我一直很想知道你們這些人工作的動機是什麼？」

「大致說來，是為了錢。」

「那是當然，但總有更容易賺到錢的工作吧？整個娛樂新聞產業……我的意思不是說你跟狗仔沒兩樣，我知道兩者工作性質不同，但我看過有人……」吉梵心想：幸好你沒發現我當過狗仔。亞瑟抬起手，暫時不說，喝下半杯卡布奇諾，注入咖啡因之後眼睛稍微睜開了些。「我竟然看過有人爬到樹上。不是開玩笑，就在我準備離婚，大概是米蘭達搬出去的時候。我在洗碗，看到窗外有人揹著相機在樹上動來動去。」

「你會洗碗？」

「對啊，管家私下提供消息給媒體，被我開除。洗碗機又壞了。」

「真是屋漏偏逢連夜雨。」

亞瑟咧嘴一笑，「你這個人我喜歡。」

吉梵微笑，這話讓他心花怒放，感到很不好意思。他說：「這一行很有趣，會遇到很有意思的人。」其實有時也會遇到全地球最無聊的人，不過他想諂媚一點也無妨。

「我向來對人很感興趣，人為了什麼而努力、為了什麼而感動，諸如此類的。」亞瑟說。吉梵端詳他臉上有沒有挖苦的神情，但亞瑟看起來完全真誠。

「其實我也是。」

「我會問你問題，是因為你感覺和其他來訪問的人不一樣。」亞瑟。

「是嗎？真的？」

「我是說，你一直以來都想走娛樂嗎？」

「我以前是攝影師。」

「拍些什麼？」亞瑟喝完咖啡了。

「婚紗照、人像照。」

「接著轉行來為像我這樣的人寫訪談？」

「沒錯，就是這樣。」

「為什麼？」

「我討厭參加婚禮，而且這一行薪水比較高，也沒那麼麻煩。你為什麼想問？」

亞瑟伸手關掉錄音機，「一直講我自己的事，你知道我有多累嗎？」

「你的訪問的確很多。」

「太多了。別寫我說過這句話。只演舞台劇或電視的時候比較單純，偶爾做個人物報導、特輯或訪談什麼的。可是一旦在電影界出了名，天啊，那完全是另外一回事了。」亞瑟拿起咖啡示意續杯，吉梵聽見女公關的鞋跟叩叩叩從他身後遠離。「抱歉，擁有這種工作還抱怨，我知道聽起來很不誠懇。」

吉梵心想：你根本什麼都不懂。你非常有錢，一輩子都會這麼有錢。你想要的話，今天起就可以永遠不必再工作。「但是你已經拍了這麼多年的電影。」吉梵盡量讓自己聽起來不帶任何立場。

「對啊，但我想我還是不習慣，對於那些目光還是有點尷尬。我都跟人家說我已經不會注意到身旁的狗仔了，但其實不是。我只是沒辦法直視他們。」

吉梵心想：還好你沒辦法。他發現自己的十五分鐘逐漸流失，於是舉起錄音機讓亞瑟看到，接著按下錄音鍵，放在兩人中間的咖啡桌。

「你成就非凡，後果可想而知就是失去一部分隱私。你覺得被放大檢視很難受，可以這樣說嗎？」

亞瑟嘆氣，雙手交握，吉梵覺得他好像在恢復力氣。「你知道，」亞瑟清楚爽朗地說。他換上一派輕鬆的嶄新人格，重播的錄音絕對聽不出他此刻臉色蒼白，掛著嚴重睡眠不足的黑眼圈。「我認為這不過是等價交換，懂嗎？我們能爬到這個位置太幸運了，我指的是『我們』這些做演員的，而且老實說，我覺得抱怨隱私被侵犯實在很虛偽。因為說到底，我們不就是想成名？投身這一行之前，不是早就知道會這樣了？」講出這些話似乎抽走了亞瑟體內的什麼，他明顯變得更加憔悴，又從公關手下接過一杯卡布奇諾，點頭道謝。接著是一陣尷尬的沉默。

「你剛剛才從芝加哥飛抵洛杉磯嗎？」吉梵有點困惑。

「沒錯。我問你，你剛才說你叫什麼名字？」亞瑟又伸手關掉錄音機。
「吉梵．喬希利。」
「吉梵，如果我告訴你一件事，這件事多久會見報？」
「這個嘛，你想說什麼？」
「一件沒人知道的事。但二十四小時後才能公開，無論是透過任何管道。」
「亞瑟！」公關從吉梵背後喊他，「現在是資訊時代，他還沒走到停車場，消息就會登上最大的八卦網站了。」
「我說到做到。」吉梵說。眼下人生漫無目標，他自己也不確定這是不是真的，但就這麼相信也好。
「意思是？」亞瑟問。
「我答應的事，必定遵守。」
「好，那麼，如果我告訴你……」
「保證獨家？」
「保證，不會再跟別人說，條件是你要等二十四小時。」
「成交。我會等二十四小時之後再發布。」
「不是發布，是二十四小時後才能跟別人說。我可不希望你那家不知道什麼媒體的實習生走漏消息。」
「好，二十四小時後我再跟別人說。」兩人之間的密謀讓吉梵很雀躍。

「亞瑟，讓我先跟你談談好嗎？」女公關說。
「不好，這件事我一定要做。」
「你什麼都不需要做，別忘了你現在在跟誰說話。」她說。
「我說到做到。」吉梵又說。講第二遍聽起來蠢了點。
「你可是個記者。」公關插嘴，「亞瑟，別傻了——」
「好，我要說了。我今天一下飛機就直接到飯店。」亞瑟說。
「嗯。」
「我提早兩小時到，其實應該是三個小時，因為我不想先回家再過來。」
「為什麼不……？」
「我要離開我太太，跟麗迪亞．馬科斯在一起。」
「噢，天啊。」公關說。
麗迪亞是亞瑟最近合作的女演員，片子剛在芝加哥殺青。吉梵拍過一次她從洛杉磯某俱樂部走出來的樣子，雙眼炯炯有神，凌晨三點依然不可思議地神清氣爽。她就是那種喜歡狗仔跟拍、有時還會事先打電話通知的人。當時她給了吉梵一個迷死人的笑容。
「你要離開伊莉莎白？為什麼？」吉梵問。
「我不得不。我愛上別人了。」
「為什麼要告訴我？」
「我下個月就要搬去跟麗迪亞同居，伊莉莎白還不曉得這件事。上週我跟劇組告假一天，特地飛回洛杉磯，就是為了告訴她，可是卻怎麼也說不出口。我跟你說，關於伊莉莎白這個人，有件事你一定要知道：她的人生從來沒遭遇過什麼壞事。」

「從來沒有？」

「這件事不要寫進去，其實我也不該說的。重點是，我一直沒辦法告訴她。每次我們通電話，我都說不出口，今天也沒辦法講。但如果你確定這篇報導明天刊出，就會逼得我不得不說，對吧？」

「報導內容有點棘手。你和伊莉莎白還是朋友，你衷心祝福她，但不願多做評論，並且希望在這段艱難時期尊重她的隱私。要我這樣寫嗎？」

亞瑟嘆氣，突然看起來比四十四歲還要蒼老，「為了她好，可以寫成分開是雙方決定嗎？」

「分開是雙方共同的決定，而且……嗯，是和平分手。你們還是朋友，你們相當……相當尊重彼此，兩人都同意分開是最好的決定。你希望保有隱私，在這個……欸，艱難時期？」

「很好。」

「你要我提到那個……？」吉梵沒把話說完，但其實也沒必要。亞瑟皺起眉頭，看著天花板。

「要。要提到我們的小孩，沒什麼好避的。」他聽起來很緊張。

「你會把兒子視為最重要的責任，你和伊莉莎白承諾共同扶養泰勒。我會寫得沒有剛才說起來那麼尷尬。」
「謝謝。」亞瑟說。

28

亞瑟向他道謝，接下來呢？亞瑟過世八天後，吉梵躺在法蘭克位於多倫多南端高樓的沙發上，盯著天花板，試著回想那件事後來怎麼了。女公關是不是給了他一杯卡布奇諾？沒有，她沒有，有的話就好了。（吉梵很想念卡布奇諾，那是他的最愛之一。他想到，如果情況就像電視新聞上說的那麼嚴重，此後可能再也喝不到卡布奇諾了。我們所執著的事物啊，他想著。）總之，後來公關送他到門口，不看他一眼就當面關上門。採訪亞瑟竟然已經是七年前的事了。

吉梵躺在沙發上，回憶東一件西一件閃過。他想著卡布奇諾和啤酒，而法蘭克正在撰寫他最近一本為人代筆的書，是個慈善家的回憶錄。按合約規定，法蘭克不能透露對方的名字。吉梵一直想著女友，想著他在椰菜鎮的房子，不知道還能不能再看見房子和蘿拉？那個時候，手機已經無法使用，法蘭克家也沒有室內電話。外面，世界正在終結，雪還在下。

29

吉梵還是說到做到了。這是他職業生涯中少數能感到自豪的時刻。專訪過後二十四小時，他沒對任何人提起亞瑟和伊莉莎白分手的事。一個人也沒說。

「你笑著在想什麼？」哥哥問。

「想亞瑟．林德。」

在人生的其他階段，吉梵曾在亞瑟家門外站了好幾個小時，抽菸、看窗戶，無聊地放空。還有一晚，他設局拍下了亞瑟第一任妻子的難看照片，最後賣了很多錢，可是他至今依然覺得難受。米蘭達看著他的樣子，手裡拿著菸、驚嚇又悲傷的樣子，洋裝肩帶滑落的樣子，在冬天的多倫多想起這件事，感覺好奇怪。

30

「拜託你別再唱了。」法蘭克說。

「抱歉，不過這首歌完全是我們現在的處境。」

「的確是，但你唱歌很難聽。」

他們知道這是世界末日了！[13]這首歌一連好幾天在吉梵的腦海徘徊不去，從他帶著推車來到哥哥家門口就開始播放。他們有一段時間完全在電視機前過日子，調低音量看新聞沉悶地持續描述各種惡夢，最後氣力用盡、頭暈目眩地在昏睡與清醒間浮沉。這麼快就死了這麼多人，怎麼會呢？數字看起來簡直不可思議。吉梵用透明膠帶封住家中所有通風孔，不確定這樣做夠不夠，病毒會不會穿過膠帶或從縫隙溜進來，傳到他們身上？他拿法蘭克的浴巾遮住窗戶，以免晚上屋子裡透出餘光。他還把哥哥的衣櫃移到門前擋好。外面不時會有人敲門，兄弟倆就保持沉默。自己以外的人，他們都怕。曾經兩度有人想闖進來，用金屬工具在門鎖附近刮擦，兄弟倆掙扎著保持不動，默默等待，但是門閂撐住了，

13 美國搖滾樂團R. E. M.於一九八七年發表的知名歌曲〈我們知道這是世界末日了（而我感覺不賴）〉（It's the End of the World as We Know It〔And I Feel Fine〕）。

沒被撬開。

日子過著過著，新聞報著報著，開始變得愈來愈抽象，像是到不了結局的恐怖片。新聞主播的口吻通常是麻木而不帶感情，但有時也會哭泣。

法蘭克的客廳位於建築邊角，可以看到市景和湖景，吉梵比較喜歡湖景。若把法蘭克的望遠鏡轉向市景，會看到高速公路，讓人心情低落。頭兩天，車輛帶著拖車、塑膠桶和綁在車頂的行李箱龜速前進，到了第三天早上，車陣完全動彈不得，人們開始在車輛間行走，帶著行李、孩子和狗狗。

＊

到了第五天，法蘭克開始續寫代筆回憶錄，拒看新聞，因為他說再看下去兩個人都會瘋掉。而且播報的已經不是主播，只是電視台工作人員，看起來很不習慣待在鏡頭的前方。電視上的攝影師和助理對著鏡頭結結巴巴，國家開始陸續走入黑暗，城市一個接一個失去消息，起初是莫斯科，再來是北京，接著雪梨、倫敦、巴黎……社群網站灌滿了歇斯底里的謠言，國內新聞最後真的只剩下在地消息，電視台一一停播。最後只剩一個頻道仍在播報，畫面上只有攝影棚，工作人員輪流站在鏡頭前，傳播他們僅有的任何消息。有一天，吉梵凌晨兩點睜開眼，發現攝影棚已經沒人了，大家都走了。他對著螢幕上空蕩蕩的攝影棚看了好久。

當時，其他頻道都只剩雪花或測試卡的畫面，有些電視台反覆播放政府的緊急廣播，徒勞地呼籲民眾待在室內，避免前往擁擠區域。過了一天，終於有人把無人的攝影棚畫面關掉，又或是攝影機自己停了。再過一天，網路也斷了。

多倫多變得死寂。每一天早上，那片死寂又變得更加深沉。城市永恆的低鳴逐漸消退。吉梵跟法蘭克提起這件事，哥哥說：「因為大家的汽油都用完了吧。」然而，當吉梵看著高速公路上靜止的車輛，他明白，就算還有汽油也去不了任何地方，因為到處都被棄車擋住去路。

法蘭克還是繼續寫書，慈善家的回憶錄即將完成。

「他搞不好都死了。」吉梵說。

「有可能。」法蘭克附和。

「那你何必繼續幫他寫書？」

「因為我已經簽了約。」

「但是簽約的其他人……」

「我知道。」法蘭克說。

吉梵對著窗戶舉起已經沒用的手機，螢幕上閃著「無訊號」。他鬆手讓手機掉在沙發上，看著窗外的湖景。可能會有船開過來，可能……

在公寓的安靜午後，吉梵會想著這座城市是多麼體貼，一切都是那麼人性化。我們總是抱怨現代世界太過冷漠，但吉梵現在覺得那都是謊話。城市從不冷漠。眾人組成巨大而細膩的基礎網絡，在我們身邊默默工作，要是人們停止工作，整個網絡便逐漸停擺。沒人送油到加油站或機場，車子動彈不得，飛機無法起飛。卡車停在原來的定點。食物無法送達城市，超市一一關門。上了鎖的商店遭人搶劫。發電廠、地下鐵沒人上班，倒塌的路樹壓住電線卻無人移開。吉梵站在窗邊時，電燈滅了。

有那麼一、兩個瞬間，他愣愣地站在大門旁邊，反覆扳動電燈開關。上上下下，開開關關。

「別弄了，快被你煩死了。」法蘭克說。他就著百葉窗透進來的灰暗光線，在手稿頁緣做筆記。吉梵發現法蘭克藉由寫書逃避現實，但他無法責怪哥哥的做法。如果吉梵手邊有工作，他也會這樣逃避。

「可能只有我們停電而已，搞不好是地下室保險絲燒斷了？」吉梵說。

「哪可能只有我們，電力能撐到現在已經很了不起了。」

「這裡感覺很像樹屋。」法蘭克說。這大約是第三十天，幾天以前停水了。他們不說話度過許多日子，其中卻有種無法解釋的平靜。吉梵從來不曾感覺與哥哥如此親近。法蘭克寫回憶錄，吉梵閱讀，一天花數個小時用望遠鏡觀察湖面，但是水上空中什麼也沒有。沒有飛機、沒有船隻，網路究竟消失到哪裡去了？

吉梵很久沒有想起樹屋了。樹屋蓋在兩兄弟小時候位於市郊的家中後院，他們會帶著漫畫在樹屋待好幾個小時，收起爬上來的繩梯，阻擋可能的入侵者。

「我們還能撐一陣子。」吉梵說。他在檢查儲水量，看來還堪用。尚未停水前，他用家中所有容器裝滿水，最近也在陽台用鍋碗瓢盆裝雪。

「對啊，但又能怎樣呢？」法蘭克問。

「嗯，可以一直待在這裡，等電力修復，等紅十字會或什麼機構來救我們。」最近吉梵很容易陷入電影般的白日夢，腦中翻滾的影像彼此重疊。他最喜歡的一幕是早上被大聲公吵醒，軍隊進城，宣布一切已經結束，流感病毒全面清除，疫情妥善控制，世界再度恢復正常。吉梵會推開家門前的大衣櫃，下樓到停車場，或許會有軍人給他一杯咖啡，拍拍他的背。他想像眾人向他道賀，稱讚他很有遠見，懂得儲存糧食。

「你為何覺得電力還會恢復？」哥哥頭也不抬地說。吉梵想回嘴，卻無言以對。

31

新元十五年，新佩托斯基圖書館員兼《新佩托斯基報》發行人馮蘇瓦・迪耶羅與克絲婷・雷蒙的訪談（續）：

馮：請原諒我，我不應該問妳小刀刺青的事。

克：我原諒你。

馮：謝謝。那麼，不知道可不可以問妳關於世界崩毀的事？

克：當然可以。

馮：那時妳在多倫多吧？跟父母在一起嗎？

克：沒有。最後一晚，就是多倫多災後第一天，或者第一晚，怎麼稱呼都行。總之當時我在演《李爾王》舞台劇，主角死在台上。他叫作亞瑟・林德。幾年前我們聊過這件事，你收藏的報紙上還有他的訃聞。

馮：如果妳不介意，為了方便本報讀者了解……

克：喔，好。如我之前所說，他在舞台上心臟病發去世。我對那段時期的記憶並不多，所以不太清楚關於他這個人的細節，但我對他還留有某種印象，如果那算得上是印象的話。我知道他對我很好，我們有點像是朋友，他去世那天晚上我還記憶猶新。那時我和劇中另外兩個小女孩在台上，我背對他，看不到他的臉。但我記得台下前排有騷動，接著就聽到「砰」一聲，是亞瑟的手打中我頭旁邊的三合板柱子。他腳步不穩，揮舞著雙手往後退，然後觀眾席有人爬上台衝向他……

馮：就是那位會做CPR的神祕觀眾，《紐約時報》的訃聞提到了這個人。

克：他當時也對我很好。你知道他叫什麼名字嗎？

馮：也不曉得有誰會知道。

32

到了第四十七天，吉梵看見遠方升起煙霧。他心想雪那麼大，火勢燒不遠，然而在此之前，他從未想過城市起火卻沒有消防員會是什麼樣子。

有時候，吉梵會在晚上聽到槍響。捲起來的毛巾、塑膠袋或大力膠布都擋不住從走廊滲透進來的腐臭味道，所以兩兄弟一直開著窗戶，再穿上厚厚的衣物。為了取暖，他們一起睡在法蘭克的床上。

「我們最後終究要離開這裡。」吉梵說。

法蘭克放下筆，越過吉梵看向窗戶，看著湖，看著冰冷的藍色天空，說：「我不知道還能去哪，也不知道我要怎麼過去。」

吉梵在沙發上伸展，閉上眼睛。很快就要下決定，食物只夠吃一、兩週了。

吉梵看著外頭的高速公路，陷入苦惱，因為哥哥的輪椅根本不可能在擁擠的車陣中穿行。他們必須走其他路線，但如果每一條路都是這樣呢？

將近一個多禮拜沒聽到走廊傳來人聲，因此某天晚上，吉梵決定冒險踏出家門。他推開門前的大衣櫃，爬樓梯到頂樓。在室內待了好幾週，此刻他感覺赤裸裸地暴露於冷空氣中。月光在窗玻璃上閃耀，除此之外沒有其他光源。眼前是荒涼而意外的美，寂靜的大都會，沒有任何動靜。湖面上空的星星一眨一眨地消失在積雲後方。他能嗅到即將下雪的氣味。吉梵決定了，他們要在大雪的掩護之下離開。

「可是外面又有什麼呢？吉梵，我並不笨，我聽過外面傳來的槍聲，也看過電視台停播之前的新聞。」法蘭克問。

「不知道，可能有某個小鎮，或是農莊。」

「農莊？你是農夫嗎？就算現在不是冬天，難道沒電沒灌溉系統，農莊能運作嗎？你以為到了春天會種出什麼東西？收成之前要吃什麼？」

「不知道。」

「你會打獵嗎？」

「當然不會，我連槍都沒開過。」

「你會釣魚嗎？」

「你閉嘴。」吉梵說。

「我中彈之後，他們說我以後再也不能走了。當時我躺在醫院，花了很長時間思考人類的文明。文明到底是什麼？我認為文明有什麼重要價值？我記得那時心想，有生之年我再也不要看到戰場了。現在我還是不想看到。」

「外面還有一整個世界啊，在這間公寓外面還有世界的。」

「外面只有生存競爭，吉梵。你應該出去闖闖，然後努力活下來。」

「我不能就這樣離開你。」

「我會先離開你。我已經想過了。」法蘭克說。

「你是什麼意思？」但，吉梵其實明白哥哥想說什麼。

33

克：你還留著亞瑟·林德的訃聞嗎？我記得你好幾年前給我看過，但我忘了上面有沒有提到那個人的名字。

馮：妳問我有沒有《紐約時報》倒數第二期？問得好，我當然有，但上面沒提到他的名字。上台為亞瑟做CPR的觀眾身分不明。一般情況下應該會有追蹤報導，應該啦，會有人找到他，做後續報導。妳繼續說後來怎麼啦，亞瑟倒下……

克：好。亞瑟倒下之後，有個男人跑上台，我後來才知道他是想幫忙的觀眾。他為亞瑟做CPR，後來急救人員到了，他們在忙的時候，男人坐在我旁邊。我記得布幕放下來，我坐在台上看著醫護人員，他跟我說了一些話，口氣非常冷靜，我特別記得這一點。我們走遠到舞台邊，坐了一會兒，等到照顧我的女人來找我。我想她其實是保姆吧，她負責照顧我和劇中另外兩個小女孩。

馮：妳記得她叫什麼名字嗎？

克：不記得，但我記得她在哭，痛哭流涕的那種，我看了也哭起來。她幫我把臉上的舞台妝擦乾淨，還送我禮物，就是之前給你看過的玻璃紙鎮。

馮：這年頭背包裡還帶紙鎮的人，也只有妳了。

克：其實並不重。

馮：送紙鎮給小朋友還真不尋常。

克：我知道，但我覺得很漂亮，現在還是覺得很漂亮。

馮：所以妳離開多倫多時，才會帶著那個紙鎮？

克：對，反正她就送給我了。我想後來我們就不哭了，還記得我們在更衣室打牌，她一直打電話給我爸媽，但是他們一直沒來。

馮：他們有回電嗎？

克：她找不到我爸媽。其實應該說接下來的事我都不記得，是我哥告訴我的。最後她打電話給彼得，就是我哥哥，那晚他在家。我哥也不知道爸媽去了哪兒，但他說保姆可以先送我回家，他會照顧我。彼得比我大很多，那時候十五、六歲吧，所以他常常照顧我。後來保姆載我回家，把我丟給哥哥。

馮：妳爸媽……

克：再也沒見到了。我的朋友也有相同遭遇，人就這樣憑空消失了。

馮：如果那天是多倫多災情第一天，妳爸媽就是第一批感染病患了。

克：嗯，肯定是吧。有時候我會想，他們到底怎麼了？可能是在辦公室感染，去了急診室？這是最有可能的情況。等他們到了那裡，唉，醫院變成那樣，我無法想像有任何人能夠活下來。

馮：所以妳那晚跟哥哥待在家裡，等爸媽回家。

克：我們不知道外面怎麼了，所以一開始自然會想等他們回來。

34

「唸點東西給我聽吧。」第五十八天，吉梵這麼說。他躺在沙發上看著天花板，忽睡忽醒，兩天以來，這是他第一次開口。

「特別想聽什麼嗎？」法蘭克清清喉嚨。他也兩天沒說話了。

「唸你正在寫的那頁好了。」

「真的嗎？你想聽日子太好過的慈善家對好萊塢演員的善行發表高見？」

「有何不可？」

法蘭克清清喉嚨，「某慈善家的不朽高見。名字我不能說，但你應該也沒聽過。」

我最喜歡看到演員透過有趣的方式運用自己的知名度。有些演員設立慈善機構，設法讓大眾關注阿富汗女性的困境、致力於非洲白犀牛的保育、提升成年人識字率，或是其他計畫。當然這些都很值得投入，我也清楚他們的知名度有助於提升議題的能見度。

但老實說，沒有誰是為了在世上行善而投身演藝事業。拿我自己來說，尚未成名以前，我根本沒想過做慈善。我的演員朋友成名之前，只是一直試鏡，努力吸引人們的目光，接到什麼工作就去做，免費出演朋友的電影、在餐廳打工或做外燴來養活自己。他們演戲是因為熱愛演戲，但老實說，也是為了獲得注目。他們一心只希望有人看見。

最近我一直思考何謂不朽？被人懷念的意義何在？我希望別人懷念我什麼？我思索著關於記憶和名聲的問題。我喜歡看老電影，看著大銀幕上出現早已離世的演員，我想他們永遠不會真正死去。我知道這樣想很老套，卻也是事實。不朽的並非只有眾人認識的明星，像克拉克．蓋博和艾娃．嘉納，還有其他跑龍套的臨時演員，像是端盤子女僕、管家、酒吧裡的牛仔、夜總會左邊數來第三個女孩子……對我來說這些人都是不朽的。一開始，我們不過是希望有人看見自己，但是看見之後再也不夠。後來，我們還希望有人懷念。

35

馮：你們要離開多倫多之前最後幾天，情況如何？

克：我待在地下室看電視，家附近都空了。晚上彼得會出門，應該是去偷食物。有天早上他說：「小婷，我們要走了。」原來他偷接線發動了鄰居丟棄的車子。我們開了一會兒，可是後來就困住了。所有上高速公路的匝道都停滿了棄車，路肩也一樣。最後我們只好下來走路，像其他人那樣。

馮：你們往哪走？

克：往東、往南。繞著湖，往美國走。那時候美加邊界開放，駐守人員已經走了。

馮：你們有目的地嗎？

克：應該沒有吧。沒有。不過也只有兩個選擇，離開，或在多倫多繼續等。但還有什麼好等的呢？

36

吉梵決定沿著湖岸前進。湖邊都是小石頭和岩石，積雪和黃昏光線不足的時候很難走，他害怕扭傷腳踝，也不喜歡在雪地留下足印。可是他已經下定決心要遠離道路，極度不願意遇到其他人群。

待在公寓的最後一晚，他站在窗邊，用望遠鏡看著高速公路。整整三小時才看到兩個人，都朝著遠離市中心的方向走，還鬼鬼祟祟地回頭張望。在這三小時之中，他無時無刻都在留意法蘭克房間散發出來的沉默。他檢查過兩次，確認哥哥已經沒有呼吸。第二次的時候，他覺得自己很不理智，但要是搞錯了，讓哥哥孤獨醒來，他會有多難過？吉梵頭暈目眩，一陣癱軟，像是懸崖在腳下崩塌，只能完全仰賴意志力讓自己不致喪失理智。吉梵狀況不好，但誰不是呢？

他坐在法蘭克的書桌前等待這天結束，看著窗外湖景，緊緊抓住最後一刻的寧靜，在這間公寓裡待了這麼久的寧靜。法蘭克把手稿放在桌上，吉梵找到他在寫的那一頁，關於慈善家對老電影和名聲的感想。書稿頁緣，法蘭克無懈可擊的字跡寫著：「最近我一直思考何謂不朽？」那麼這句話其實出自哥哥，而不是那位慈善家？很難說。吉梵把這頁摺起來，放進口袋。

就在日落之後，吉梵離開公寓。他揹著法蘭克脊椎受傷前使用的健行背包，上面滿是灰塵。這個背包還留著真是神祕，難道哥哥以為他哪天還能恢復行走嗎？或是他打算送給誰？湖面上最後一絲光線消失，吉梵推開衣櫃，踏進充滿屍臭和垃圾腐敗氣息的可怕走廊，摸黑爬樓梯。他在通往大廳的門前站了幾分鐘，仔細聆聽周圍，接著才輕輕推門，閃身而出，一顆心跳個不停。大廳空無一人，但外面的玻璃門被打破了。

他上一次看見的世界已變得空空蕩蕩。廣場、街道和遠方的高速公路都沒有任何動靜。空氣裡有燃燒的味道，夾帶著一股化學刺鼻味，表示哪裡的辦公室或住家起了火。但最驚人的還是全然消失的電力。吉梵二十出頭的時候，有一次晚上十一點左右走在央街上，路上所有燈一瞬間突然都熄了。有那麼一秒，身邊的城市消失了，不過電力又迅速恢復，彷彿剛才的黑暗是一場幻覺。「只有我看到嗎？」街上每個人都在問身旁的人。當時吉梵想到城市全黑，不禁心頭一涼。如今眼前的場面正如想像中駭人，嚇得他只想逃開。

夜空掛著一彎新月，他盡力趕路，每走一步背包就更加沉重。吉梵盡量避開道路，黑色的湖水在他左手邊閃閃發亮，微弱月光下的湖岸顯得蒼白。他無法不去想哥哥，想著他躺在床上一動也不動，床頭櫃放著一瓶空的安眠藥罐。可是他不能讓自己一直想，因為任何聲響都可能代表一切的終結，任何暗影都可能藏著持槍想搶他背包的人。他發覺感官變得敏銳，某種絕對的力量主導身體。這是旅程中必然的轉變。

湖面上有東西，是個上下浮動的白色物體。吉梵覺得應該是小船，可能就是他幾週前從公寓看到的同一艘。他一直走，城市一直拐他遠離湖邊。他爬到河堤上，沿著湖濱小路前進，最後走回湖岸，終於看不見城市。他不時停下來細聽，卻只聽見湖水拍擊岸邊的小石頭、風溫和地吹著。

過了幾小時，吉梵聽見遠遠的槍響，快速而尖銳的兩聲，接著黑夜掩蓋了所有聲音，只剩下吉梵、湖水與所有依然活著的惶恐靈魂。他好希望能加快腳步。

月亮正在下沉。他經過一塊廠房廢墟的外緣，突然感到好累，也覺得萬一睡著會很危險。不知何故，他還沒有仔細想過在外面毫無防備地露宿會是什麼情況。他好冷，感覺不到自己的腳趾，也感覺不到舌頭，因為他一直吃雪防止脫水。他放了一把雪在舌頭上，想起小時候跟法蘭克和媽媽一起做雪花冰。「先加入香草，拌一拌。」當時法蘭克站在板凳上，尚未到過利比亞的雙腿無比強健，還要二十五年，子彈才會穿過他的脊椎，但是槍響已開始步步進逼：某個女人將誕下扣扳機的孩子，設計師畫下武器（或其原型）的草圖，獨裁者做出的決定在時局催化下引燃一片燎原野火，而法蘭克為此前往海外替路透社進行採訪，拼圖的碎片愈漂愈近了。

吉梵坐在漂流木上看日出，不知道女朋友後來怎麼樣了？感覺她已經是很久以前的人了。吉梵想到自己的房子，想著還會不會再看到它，並且幾乎在同一時間明白再也看不到了。天色微亮，他用漂流木和隨身攜帶的垃圾袋搭起臨時棲身所，可以擋風，希望從遠方看起來就只是一堆垃圾。他抱著背包，不安穩地睡去。

稍晚他在早晨醒來，一時間不曉得身在何方，這輩子從來沒有這麼冷過。

他走了五天才看到其他人。起初他覺得孤寂反而自在，因為他以為世界已經無法無天了。他想像過無數次自己背包被搶，在毫無補給品之下死去。但隨著一天天過去，他逐漸明白世界為何變得如此空無。喬治亞流感的殺傷力幾乎沒放過任何人。

然而，第五天他遠遠看見前方湖畔有三個人，忍不住心跳加速。三人的旅行方向和他一樣。那一整天，他跟在三人後面大約一哩。到了晚上，三人在湖邊生火，吉梵決定冒險。他們聽到吉梵的腳步聲，他走近時，三人都看著他。他在距離二十呎左右停下來等待，舉起雙手表示他沒有武器，並且大聲打招呼，直到其中一人示意要他過去。三人之中，有兩個約莫十九、二十歲的少年，另一個是年紀稍長的女人。他們分別是班、阿杜和珍妮，火光下照出他們的疲憊。三人比吉梵多走一天，從北邊的郊區出發，穿過市中心往南。

「城裡是不是很亂？」

「亂死了。根本無政府了吧？沒有警察，媽的嚇死人了。」阿杜說。他身形瘦小，神色緊張，髮長及肩，講話時手指纏著一縷頭髮。

「但是也沒有想像中那麼亂，因為人並不多。」珍妮說。

「是因為都走了，還是……」

「要是被傳染，四十八小時內就會死。」班說。他知道當時的情況。他的女朋友、父母和兩個姊妹在第一週就死了，但他不曉得自己為何還活著。他一直在照顧他們，因為所有醫院到第三天都關門了。班在自家後院挖了五個墳墓。

「一定是因為你有免疫力。」吉梵說。

「嗯。我真是世上最幸運的人了，對吧？」班直直盯著火焰。

他們一起走了將近一週，到了一個地方，吉梵想繼續沿著安大略湖前進，而其他三人想轉向西邊，去珍妮姊姊住的小鎮。四人爭執了一、兩個小時，吉梵很確定冒險進入小鎮是錯誤的決定，其他三人持反對意見，而珍妮很怕再也看不到姊姊了。最後他們要彼此保重，接著分頭前進。吉梵獨自走著，覺得自己會消失在這片土地上。他順著湖岸漂蕩，整個人是那麼微小，那麼不重要。他從來不曾如此深刻體會到活著或是悲傷的滋味。

過了幾天，在一個晴朗早晨，他抬頭看到多倫多遠在湖的另一邊，遙遠得宛如鬼影。一座纖細的藍色尖塔刺穿天空，從這裡望過去，那座玻璃之城像個童話故事。

他有時會遇見其他旅人，但寥寥可數，幾乎所有人都往南走。

「真像災難片。」兩個月前，在公寓的第三或第四晚，吉梵對法蘭克這麼說。那時電視尚未停播，他們為駭人的景象感到震驚，卻沒有意識到情況的嚴重性，完全沒有。那晚他們感到可怕的暈眩，所有證據都顯示局面已經徹底失控，兄弟倆問彼此：「這是真的嗎？」但是他們還有水和食物，起碼暫時安全，而且尚未染病。吉梵說：「要是拍電影的話，這就是世界末日，之後……」

「你又知道我們會撐到之後了？」法蘭克對任何事情總是冷靜得可恨。

寂靜的大地。雪和棄車，以及車內的可怕東西。踩過屍體的腳步。道路感覺很危險，吉梵不走一般道路，多走林間小徑。路上全是一臉心有餘悸的人、在外套上披蓋毯子的小孩、因為背包裡的物資而遭殺害的人，還有餓犬。吉梵聽到小鎮傳來槍響，因此不打算經過小鎮。他溜進郊區小屋搜尋罐裝食品，沒了氣息的屋主就躺在樓上。

他漸漸撐不下去了，一邊走，一邊努力回想他瑣碎的生平，想把自己拉回這個人生、這片土地上扎根。我叫作吉梵．喬希利，之前是攝影師，本來要轉行做急救人員。我爸爸叫喬治，來自渥太華，我媽媽叫阿馬拉，來自印度中部的海德拉巴。我出生於多倫多郊區，在溫徹斯特街有房子……然而，這些回憶在腦海中分崩離析，被奇異的斷片取代：這是我的靈魂，這是發條鬆了的世界，這是我的心，在沉靜的冬日空氣中。最後，吉梵不斷輕輕唸著三個字：「繼續走，繼續走，繼續走。」他抬起頭，跟一隻貓頭鷹對上眼。牠站在積雪的樹枝上看著他。

37

馮：所以你們離開時，只是一直走，心裡沒個目的地？
克：對，據我所知是這樣。那一年的事我其實都忘了。
馮：什麼都忘了？
克：什麼都忘了。
馮：好吧，當時的心理衝擊一定很強烈。
克：那是當然。最後我們在一個小鎮落腳，之後的事情我都記得。其實什麼情況都能適應，尤其對小孩子就更容易了。
馮：孩子們似乎受到很深的創傷。
克：當然啊，那種時候。每個人都是一樣。可是過了兩年、五年，甚至十年之後呢？你想想，當時我八歲。九歲時停下來落腳。在路上行走的那一年我記不得了，也就是說我記不得最糟的時光。我想說的是，你不覺得在目前這個世界活得最痛苦的人……我是指喬治亞流感後的世界，無論你想要怎麼稱呼。目前在這裡活得最辛苦的人，不就是把舊世界記得最清楚的人嗎？
馮：我沒有想過這點。

克：重點是，記得愈多，失去的愈多。
馮：但妳還記得一些事……
克：可是不多。對我而言，世界崩毀以前的記憶就像夢境。我記得從飛機窗戶往下看，那大概是最後一、兩年了吧。我看著機艙窗外的紐約，你看過那樣的景象嗎？
馮：看過。
克：那一片燈海，我回想起來都會起雞皮疙瘩。我也不記得爸媽了，其實只剩下一點印象。我還記得冬天會有熱空氣從出風口出來，有機器會放音樂。我記得電腦螢幕亮起來的樣子。我記得打開冰箱會流出冷冷的空氣，光線會灑出來。還有冷凍庫，冷凍庫更冷，盤子裡有一格一格的小冰塊。你記得冰箱是什麼嗎？
馮：當然記得。最近我看冰箱除了拿來當儲物櫃之外，沒有其他用途。
克：冰箱裡面有光和冷氣對嗎？我不是在幻想吧？
馮：裡面的確有光。

VI

飛機

38

克絲婷和八月離開林中小屋，拉著新行李箱穿過樹林，回到路上。有那麼一刻，克絲婷停下腳步，回頭看著草木蔓生的車道，當時八月在整理行李，拿出背包裡的詩集和水瓶放進有輪子的行李箱，減輕負重。她心想，要不是有這些實在的物品，像是行李箱裡的毛巾、洗髮精和廚房找到的一盒鹽巴，還有她身上穿的藍色絲質洋裝、八月背心口袋裡的企業號模型，或許她會以為剛才那棟房子是自己想像出來的。

「不曾遭到洗劫的房子。」繼續上路之後，八月說。行李箱輪子很堅固，克絲婷不喜歡輪子滾過路面的聲音，除此之外一切完美。「真沒想過還會再看到這種地方。」

「真是不可思議。離開前我還差點想鎖門呢。」克絲婷說著才想到，從前的生活就是這樣吧。住在房子裡，出去要鎖門，一整天把鑰匙帶在身上。迪亞特和薩伊德大概還記得住在房子裡、攜帶鑰匙出門的感覺。現在無論什麼事都讓她想到他們。

八月相信平行宇宙理論。他堅稱這是正統的物理學論述，就算不屬於主流學說，起碼也和量子力學搆得上邊，反正絕對不是他自己瞎掰的胡說八道。

「其實我不曉得。」幾年前克絲婷問低音號世上是不是真的有平行宇宙，他這麼回答。後來她發現，團裡根本沒有人懂。資深團員都沒什麼科學常識，可是世界終結之前，他們明明有大把的時間可以上網搜尋，真是氣死人了。吉爾模模糊糊想起他讀過一篇文章，好像是說亞原子粒子經常消失又重新出現，他猜想意思是粒子去了另一個地方，所以，他想像人在理論上也可以同時存在又不在，或許是在另外一、兩個平行宇宙過著影子人生吧。不過吉爾最後又說：「但我對科學向來是一竅不通喔。」無論如何，八月很喜歡這個理論：世上有著無限個平行宇宙，往不同的方向延伸排開。克絲婷幻想這就像兩面鏡子反射出無限個平面，鏡中倒影愈來愈青綠、模糊，直到影像消失在無限之中。她在一個荒廢的購物中心服飾店看過這種情形。

八月說，如果真有無限個平行宇宙，其中必定有一個宇宙沒有傳染病，他長大後會如願成為物理學家。或者，某個宇宙雖然有傳染病，可是病毒的基因結構有些微不同，這極小的差異足以讓人類存活下來。反正總有個宇宙的文明沒有如此殘忍地中斷。傍晚，他們坐在河堤上討論宇宙，休息時一邊翻看克絲婷從空屋帶出來的雜誌。

「在另一個宇宙，妳的照片可能會登上八卦小報。這是不是那個演員的老婆？」

「是嗎？」克絲婷拿走八月手上的雜誌。照片是亞瑟的第三任妻子麗迪亞，她在紐約街頭購物，踏著不穩的高跟鞋，手上拎了一堆購物袋。不到一個月之後，流行病就會席捲北美洲。這張照片很有趣，但還不必剪下來收藏。

看到最後一本雜誌，克絲婷又發現一張亞瑟前妻的照片。是一名將近四十或四十出頭的女子，帽子拉低，走出建築物時瞪著鏡頭。報導寫道：

舊情復燃？

又見米蘭達！亞瑟．林德第一任妻子米蘭達．凱洛（現為海運物流業主管）悄悄從《李爾王》公演的多倫多劇院後台出口離開。據現場目擊的觀眾指出，兩人在亞瑟的休息室獨處將近一小時！目擊者說：「我們都有點意外。」

「我當時應該也在，就在劇院的某個地方吧。」克絲婷說。照片中，米蘭達背後只有一道鐵門和建築物本身的石牆。克絲婷自問，她曾經穿過這扇門嗎？想必是有的，她好希望能夠想起來。

八月興味盎然地端詳照片，「妳記不記得在劇院看過她？」

她腦海浮現模糊的印象，有著色本、鉛筆味、亞瑟的聲音、鋪著紅毯的溫暖房間、燈光。還有其他人也在房間裡嗎？她無法肯定。

「不記得，我不記得這個人。」克絲婷把照片和報導文字一起從雜誌撕下來。

「妳看日期！兩週後就是世界末日了。」八月說。

「喔，起碼還有名人八卦撐過末日，不錯了啦。」

雜誌剩下的部分沒什麼，但有了這個驚人的發現，便已足夠。他們留下兩本雜誌用來生火，其他三本埋在樹葉底下。

「妳也有可能登上雜誌喔。在那個沒有崩壞的平行宇宙，狗仔跟拍的人就是妳。」八月又提起稍早的話題。

「我依然覺得平行宇宙是你胡說的。」但她有些事沒讓八月知道，像是她有時會看著收集來的剪報，想像自己過著另一種人生：走進房間按下開關，室內就會充滿光線。垃圾只要裝進袋子放在路邊，卡車就會載到看不見的地方。有危險就報警。熱水從水龍頭流出來。拿起話筒或按下電話上的按鈕，就能跟任何人說話。世界上所有的資訊都在網路上，而網路無所不在，就像夏日微風吹起的花粉在空中飄蕩。還有錢，那一疊疊的紙什麼都能買到，無論是房子、船隻或漂亮牙齒。那個世界還有牙醫呢。克絲婷試著想像此刻在某個地方，這樣的人生正在展開。某個平行宇宙的克絲婷在有冷氣的房間裡驚醒，因為她夢見自己走過一片空盪的土地。

「還有一個宇宙發明了太空旅行。」八月說。這是他們已經玩了十年的想像遊戲。兩人被熱氣折騰得昏沉沉，暫時在樹下躺著。樺樹隨風搖擺，日光透過綠葉灑下。克絲婷閉上眼睛，看著葉片剪影在眼皮上漂浮。

「可是本來就有太空旅行啊，不是嗎？我還看過照片。」她伸手摸摸顴骨上的疤，如果有更棒的平行宇宙，大概也有更糟的吧。像是她還記得新元元年是怎麼在路上流浪的宇宙、她還記得臉上的疤是如何造成的宇宙，或是她掉了超過兩顆牙齒的宇宙。

「那不過是登上灰色的月球表面。除此之外哪裡也沒去，再也沒有突破。我說的太空旅行是電視影集演的那種，去其他星系，其他星球。」八月說。

「像是我的漫畫書那樣？」

「妳的漫畫很奇怪。我指的是像《星艦迷航記》。」

「漫畫故事成真的平行宇宙。」克絲婷說。

「什麼意思？」

「就是在世界終結以前，我們搭上十一號太空站離開地球。」

「世界哪有『終結』，明明還在運轉。話說回來，妳想要住在十一號太空站嗎？」

「我覺得那裡很美，尤其是那些島嶼和橋梁。」

「但是太空站裡只有夜晚或黃昏。」

「我應該不會介意。」

「我比較喜歡這個世界，何況十一號太空站有交響樂團嗎？難道就只有我一個人，在黑暗中站在岩石上，拉小提琴給巨大的海馬聽？」

「好啦。那麼，牙醫技術更先進的平行宇宙。」

「妳癡心妄想啊？」

「你要是掉過牙齒就會懂。」

「好吧。我為妳的牙齒感到遺憾。」

「我沒有小刀刺青的平行宇宙。」

「我也想住在這個宇宙。還有，薩伊德和迪亞特沒有消失的平行宇宙。」

「電話還能打的平行宇宙，這樣我們就能打給團員，問他們現在在哪裡，然後再打給迪亞特他們，接著大家就可以找地方會合了。」

兩人安靜下來，抬頭看著樹葉。

「我們會找到他們，會再次見到行者樂團。」克絲婷說。但他們當然沒有把握。

兩人拉著行李從堤防走到路上，這裡已經很靠近塞文市了。走到黃昏，路又繞回湖岸邊，眼前首次出現塞文市的房子。小樺樹長在道路和湖岸之間，除此之外沒有樹林，只有蔓生的草地，以及被藤蔓和小灌木掩沒的房屋。湖邊布滿岩石和沙子。

「我不想在晚上走進去。」八月說。他們隨便挑了一棟房子，費力穿過後院的雜草，在花園的工具棚後方紮營。兩人沒東西吃，八月出去探險，帶了藍莓回來。

「第一輪守夜我來。」克絲婷說。她很累，卻感覺睡不著。她坐在行李箱上，背靠工具棚的外牆，手裡握刀。她看著螢火蟲緩緩飛出草叢，聆聽湖水在路的另一頭拍打岸邊、風聲在樹葉間嘆息。她還聽見翅膀拍動、齧齒動物吱叫、貓頭鷹出來獵食的聲音。

「妳記得我們在加油站遇到的人嗎？」八月問。克絲婷以為他已經睡著了。

「當然記得。他怎麼了嗎？」

「他臉上的疤，我一直在想是什麼，終於想出來了。」八月坐起來。

「是先知刻下的疤。」她想到就憤慨，手腕一揮，小刀射向幾呎外的白蘑菇，削下傘頂。

「沒錯。但是那個符號，疤痕的圖案，妳覺得像什麼？」

「不知道，」她撿回小刀，「看起來像小寫t多了一橫。」

「多一條短線，接近底部的地方。妳再想想，沒有那麼抽象。」

「我在想了，我覺得看起來很抽象。」
「那是飛機。」✈

39

商務飛行終結前兩週，米蘭達從紐約飛到多倫多。那時是十月底，她已經好幾個月沒有回加拿大了。她向來很喜歡飛機降落在多倫多的過程，窗外是湖岸密集的玻璃高塔大樓，郊區無限延伸的建築之海漸漸上湧，來到國家電視塔的浪尖。她覺得電視塔近看很醜，沒想到從機艙窗口俯瞰竟是如此可愛。一如往常，這景象讓她想起一層又一層的多倫多回憶：十七歲第一次從德拉諾島抵達此地，城市的廣闊震懾了她。多倫多沒有變，不過在她心中，這座城市的地理面積縮小了不少。在她往返於倫敦、紐約和亞洲海港城市的這些年頭，多倫多被稀釋了。飛機在郊區降落，加拿大海關在她的護照翻了好久才找到空白處蓋章，她安然通過檢查，搭上在機場外等待的車，前往海王星物流的多倫多總部。在公司門前她祝司機有美好的一天，從後座遞給他二十元鈔票。

「謝謝，妳不找錢嗎？」司機很驚訝。

「不用了，謝謝。」只要她身上有錢，給的小費總是高於行情，算是小小回報自己的幸運。她拉著登機箱走進公司大門，通過大樓保全，搭電梯到十八樓。

在這棟大樓，她到處都見到自己往日的幽魂。二十三歲的米蘭達，穿著不搭配的衣服，頭髮亂翹，在女廁洗手時焦慮地看著鏡中的自己；二十七歲剛離婚的米蘭達，戴著墨鏡無精打采走過大廳，好想就此消失在世界上，眼眶含淚，因為當天早上在八卦網站看到令人心痛的標題：「亞瑟是否偷偷打電話給米蘭達？（沒有）」。從前的她感覺如此遙遠，想起那時的自己，像是想起其他人，想起不熟的朋友、許久以前認識的年輕女子。她好同情這些人。在女廁，她對鏡中的倒影說「我不後悔」，並且深信不疑。那天下午她開了很多會，稍晚又有一輛車送她到飯店，還有一、兩個小時可以消磨，接著才會再度見到亞瑟。

八月時，亞瑟打電話到米蘭達在紐約的辦公室。「亞瑟．史密斯—瓊斯先生來電，要接嗎？」聽見助理的話，她一下愣住了。這個假名是他們新婚時經常私下開的玩笑。過了這些年，她已經想不起這名字哪裡好笑，但她立刻知道是亞瑟打來的。

「謝謝妳，樂蒂夏，我來接吧。」分機「嘟」一聲轉接過來，「喂，亞瑟。」

「米蘭達嗎？」他聽起來有點狐疑，她懷疑自己的聲音是不是變了。她的自信口吻像是在大型會議上致詞。

「亞瑟，好久不見了。」電話上一陣沉默，「你在聽嗎？」

「我爸死了。」

米蘭達旋轉椅子，看著窗外的中央公園。八月的公園有種令她著迷的亞熱帶風情，樹葉的綠意看起來慵懶又特別有分量。

「真是遺憾，亞瑟。我很喜歡你爸。」她想起在島上的某一夜，那是他們新婚第一年，也是唯一一次作伴回加拿大過聖誕節。亞瑟的爸爸活靈活現地說著他最近在讀的詩人。比起上一次回想，這份記憶黯淡了許多，不知不覺變得模糊。她再也想不起來那位詩人是誰，也想不起那晚的其他對話。

「謝謝。」亞瑟含糊地說。

「你記得他喜歡的那個詩人叫什麼嗎？」米蘭達聽見自己問話，「他好久以前說過的，那次是我們聖誕節返鄉。」

「大概是洛加[14]吧。他常提到洛加。」

中央公園有人穿著亮紅色T恤，與一片綠意形成強烈對比。米蘭達看著紅T恤轉過彎，消失了。

「他這輩子都開剷雪車，做木工。」亞瑟說。米蘭達不確定該怎麼回話，因為她本來就知道亞瑟爸爸的職業，但他似乎不期待聽到回應。兩人安靜了一會兒，米蘭達看著窗外，等待紅T恤再度出現，結果沒有。

「我知道，你帶我看過他的工作室。」

「我想說的是，對他而言，我的人生想必很難理解吧。」

「不只是他，大多數人都無法理解你的生活。亞瑟，你為何要打給我？」她盡量把口氣放軟。

---

14 Federico García Lorca（1898-1936），西班牙詩人、劇作家，曾是超現實主義畫家達利的親密友人。

「我一接到消息就想打給妳。」

「為什麼是我？離婚聽證會之後，我們就沒說過話了。」

「因為妳知道我的出身。」她明白亞瑟的意思。曾經，我們住在海上的小島。曾經，我們必須搭渡輪去高中上學。小島的夜晚沒有城市光害，星空燦爛。曾經，我們搖槳前往燈塔，欣賞岩石壁畫、釣鮭魚、闖入森林深處，但這些全都無足輕重，因為我們認識的人都做過同樣的事。何況，在我們為自己打造的嶄新人生中，在艱難而閃亮的大城市裡，要不是因為你，這些事情沒有一件顯得真實。此外，米蘭達知道亞瑟打給她還有另一個原因：他現在單身。

亞瑟要主演《李爾王》，正在多倫多的埃爾金劇場試演。他們約好在那裡見面，因為亞瑟正在跟第三任妻子辦離婚，他害怕踏進餐廳會惹來大批鏡頭跟拍。

米蘭達離開亞瑟之後的生活沒有新鮮事，狗仔早就無聊到放棄跟拍了。不過她離開飯店前還是花了些時間打扮，努力讓自己看起來和從前判若兩人。活在好萊塢與小報照片中的日子，她總是頂著蓬亂的鬈髮，如今她用髮夾把頭髮整理成一頂柔柔亮亮的頭盔，穿上最愛的灰底白滾邊套裝，搭配昂貴的白色高跟鞋。這雙鞋是她經常穿去開會的款式，但是好萊塢時期的她絕不會考慮套上。

「妳看起來就像個主管。」她告訴鏡中的自己，同時閃過一個念頭，「妳看起來也像個陌生人。」但她立刻拋諸腦後。

天色剛轉暗，米蘭達就出發了。外頭的空氣清澈冷冽，湖面吹來一股冷風。這些街道好熟悉。她先到星巴克買了一杯無咖啡因拿鐵，對吧台店員的鮮綠色頭髮非常驚艷。「妳的頭髮好美！」店員笑了。她拿著熱咖啡走過冷冷街道，滿心雀躍。為什麼十一號太空站的人都沒有綠色頭髮？也許海下人會有吧？或是讓十一博士的同事變成綠髮？不對，還是海下人好了。離劇院還有三條街，米蘭達拿出針織帽罩住頭髮，戴上墨鏡。

劇院門口有五、六個人，頸間掛著配備變焦鏡頭的相機。他們抽菸、滑手機，米蘭達感覺到一股死寂的沉靜籠罩住她。她向來認為自己沒恨過什麼人，可是對於眼前這些人，除了恨，還能有什麼感覺？她盡量低調地溜進去，但是太陽下山後還戴著墨鏡，犯了戰略上的錯誤。

「是米蘭達．凱洛嗎？」有人問了。他媽的這些寄生蟲。她在忽然爆炸的一陣閃光燈下低著頭，趕緊從劇場後台出口溜進去。

亞瑟的休息室其實是個高級套房。名字馬上就被遺忘的助理帶米蘭達來到會客室，裡頭有兩張沙發面對面，中間擺著玻璃咖啡桌。她透過門縫看見另外兩個房間是浴室和更衣室。更衣室有個掛戲服的架子，其中有件天鵝絨斗篷，還有一面圍著燈泡的化妝鏡。亞瑟從更衣室走出來。

亞瑟還不算老，卻也逃不過歲月。在米蘭達看來，他的臉上似乎寫滿了失望，眼神中有種她不記得見過的憔悴。

「米蘭達，都過了多久啦？」

她覺得這問題很蠢。她發覺自己一廂情願地以為每個人都會記得離婚的日子，就像記得結婚紀念日一樣。

「十一年了。」她說。

「來，這邊坐。喝點什麼嗎？」

「有茶嗎？」

「有。」

「就知道你會有。」米蘭達脫下外套和帽子，挑了張沙發坐下，坐起來就跟看起來一樣不舒服。亞瑟在一張工作台上用電茶壺。唉，來了，她心想。「試演怎麼樣？」

「很好啊，」他說，「其實是非常好。還不錯。我很久沒演莎劇了，不過最近請了個指導老師。其實也不該叫老師，應該稱為莎士比亞專家。」他回到沙發這裡，坐她對面。她看見他迅速打量她的套裝和閃亮高跟鞋，發現前夫和自己一樣，正在調整心中許久以前另一半的形象，好對應眼前這個截然不同的人。

「莎士比亞專家？」

「他是莎士比亞學者，來自多倫多大學。我喜歡跟他合作。」

「想必很有意思。」

「的確，他知識淵博到令人驚嘆，提供很多好點子，也很鼓勵我對於角色的想像。」

鼓勵我的想像？他連說話方式都變了。不過這是自然，畢竟打從兩人上一次見面，他又累積了十一年份的朋友、點頭之交、會議、派對、四處旅行、往返各地拍片，經歷兩場婚姻、兩次離婚，還有一個小孩。她猜想，他如今變了個人也是應該吧。「能跟這號人物合作，機會真難得。」她說。她這輩子恐怕沒坐過更難坐的沙發了，伸手壓了一下坐墊填充材料，幾乎感覺不到回彈。「亞瑟，你爸過世我很難過。」

「謝謝。」他看著她，似乎找不出適切的話語回答。「米蘭達，有件事我想告訴妳。」

「你的口氣聽起來不太妙。」

「對。有一本書要出版了。」亞瑟說他童年的朋友維多利亞把他寫給她的信集結成書，書名叫《親愛的V：亞瑟．林德私人生活》，再過一個多禮拜就會正式上架販售。出版界友人已經先給了他一本。

「有寫到我嗎？」她問。

「恐怕有。抱歉，米蘭達。」

「說了什麼？」

「我寫給她的信中，有時會提到妳。但我從沒說過妳哪裡不好。」

「喔，好吧。」她心中的怒火是不是對亞瑟不太公平？畢竟他也沒料到維多利亞會把信件賣給出版商。

「妳可能不太相信，但我做事很懂分寸。其實這是我最為人知的特質。」

「抱歉。你剛才是指，你這個人是出了名的懂得分寸嗎？」

「不，我只是想說，我沒把所有事情都告訴維多利亞。」

「真是謝了。」在緊繃的沉默中，米蘭達好希望電茶壺的水趕快煮滾。「你知道她為何要出書嗎？」

「妳說維多利亞？我只能假設是為了錢吧。我最後一次聽到她的消息，她在溫哥華島西岸的度假村當房務。出那本書大概比做十年賺得還多。」

「你要告她嗎？」

「告了反而是宣傳這本書。我的經紀人認為，最好讓書默默出版。」水終於滾了，他迅速起身，她發現原來他也希望水趕緊煮滾，「希望出版後只會炒作一、兩週，接著就沉入書海中消失。妳要喝綠茶還是洋甘菊？」

「綠茶。你的信被賣了一定很生氣吧？」

「一開始的確很氣，現在還是很氣。不過事實上，我覺得是自己活該。」亞瑟端著兩個馬克杯走回咖啡桌，杯子在桌面留下兩圈水漬。

「你為何覺得自己活該？」

「我把維多利亞當作日記，」亞瑟舉起馬克杯，把茶吹涼，小心翼翼將杯子放回桌面，動作帶有些許刻意。米蘭達有種奇怪的錯覺，以為他在演出一場戲。「起初她會回信，最早的時候。當時我離家去了多倫多，才剛開始寫信給她，她大概回過兩封信、三張明信片。接著她寄了幾張便籤給我，說換了地址，開頭都很草率，像是：『嗨，抱歉很久沒寫信，最近挺忙的，我換了新地址』。」

「所以之前我看你一直在寫信，原來她都沒有回？」米蘭達說。她很意外自己竟因此覺得感傷。

「沒錯，我只是把她當作儲存想法的場所。後來我就不再把她想成是讀信的人了。」

亞瑟抬起頭。看著他暫時停住的模樣，米蘭達心中浮現了劇本：「亞瑟抬頭。停頓。」他在演戲嗎？她無法分辨。「事實上，我的確忘了她是個真實存在的人。」

演員都會這樣嗎？表演和生活之間模糊了界線。眼前這名男子飾演老去的演員，啜著茶。這一刻，無論亞瑟是不是在演戲，在她眼中，他就是不快樂。

「聽起來你今年很不好過。我替你難過。」她說。

「謝謝，今年真的不容易。可是我一直提醒自己，還有人比我難過多了。我輸了幾場戰役，但畢竟不是輸掉整場戰爭。」

「敬戰爭，」米蘭達舉起馬克杯說，他聞言笑了。「還有什麼別的事嗎？」

「都是我在講自己的事，妳過得怎麼樣？」

「不錯啊，很不錯。沒什麼好抱怨的。」

「妳在做海運對不對？」

「對啊，我很喜歡。」

「結婚了嗎？」

「天啊，才沒有。」

「沒有小孩？」

「我的想法跟從前一樣。你跟伊莉莎白生了兒子，對吧？」

「他叫泰勒，剛滿八歲，現在跟媽媽住在耶路撒冷。」

就在那時有人敲門，亞瑟起身。米蘭達看著他走遠的身影，想起兩人在洛杉磯那間房子舉辦的最後一次晚宴，伊莉莎白昏死在沙發上，亞瑟離開現場上樓回臥房。她不曉得自己來到這裡是為了什麼。

出現在門邊的人影非常嬌小。

「嗨，小婷。」亞瑟說。敲門的是個小女孩，大概七、八歲。她一手拿著色本，一手拿鉛筆盒，頭髮很金，肌膚白皙，是那種在特定打光下彷彿會發亮的孩子。米蘭達想像不到《李爾王》有哪一場戲會需要這麼小的孩子，但她見過的童星也夠多了，一眼就看出這女孩必定是演員。

「我可不可以在這裡畫畫？」女孩問。

「當然可以啊，進來。這是我朋友米蘭達。」

「妳好。」女孩的口氣不感興趣。

「妳好。」米蘭達回答。她心想，這孩子看起來像個瓷娃娃，是那種一輩子都會有人細心照料、捧在掌心的女孩。她長大可能會變成米蘭達的助理樂蒂夏那樣，或像里昂的助理緹雅，打扮得體，過著風平浪靜的人生吧。

「克絲婷有時會來這裡找我，我們會聊演戲的事。小婷，保姆知道妳在這裡嗎？」從他望向小女孩的神情，米蘭達看出他是多麼想念自己的孩子，他那身在遠方的兒子。

「她在講電話，我溜出來了。」克絲婷說。她坐在門邊地毯上，打開著色本翻到畫了一半的頁面，圖案有公主、彩虹、遠方的城堡和青蛙。她打開鉛筆盒，開始在公主的蓬蓬裙塗上紅色條紋。

「妳現在還畫畫嗎？」亞瑟問米蘭達。克絲婷來了之後，他顯然放鬆許多。

「一直都在畫，當然了。她旅行時總會在行李中帶上素描本，度過獨自一人待在飯店房間的夜晚。作品的敘事主線逐漸轉移，多年來，主角一直是十一博士，不過她最近開始嫌他煩，反而對海下區愈來愈感興趣。那些一輩子都住在海下輻射屏蔽屋的人民，一直堅定相信他們所記得的世界將會復原。海下區就是地獄邊界，她花了許多時間勾勒海下空間的生活樣貌。

「你這麼一說我才想起，我帶了東西給你。」她終於湊齊「十一博士」的頭兩期漫畫，自費印刷了幾本。她從手提包拿出卷一的第一集《十一號太空站》和第二集《追求》，每集各兩本，推過桌面給他。

「妳的作品。」亞瑟微笑，「真的好美。第一集的封面就是妳掛在洛杉磯畫室牆上那一幅，對不對？」

「原來你還記得。」亞瑟曾說那幅畫就像電影一開始的定場鏡頭：一座島嶼嶙峋的太空城，建築物和街道沿著岩石平台而建，島嶼之間以高聳橋梁連結。黝黑深水之下是真空艙門的輪廓，通往海下區。亞瑟隨手翻開第一集，看見一幅跨頁圖片，畫著橋梁連接的海洋與小島。暮色蒼茫，十一博士站在岩石上，博美狗在身旁。底下寫著：「我佇立於毀壞的家園之上，設法忘卻地球生活的甜蜜。」

「他住在太空站嗎？我都忘了。」亞瑟繼續翻頁，「那隻狗妳還在養嗎？」

「露利嗎？幾年前死掉了。」

「真是遺憾。這些畫真的很美。謝謝。」他又說了一遍。

「那是什麼？」坐在地毯上的小女孩問。米蘭達一時忘了她也在這裡。

「我朋友米蘭達畫的書喔。小婷，我等一下拿給妳看。妳在那邊畫什麼？」

「畫公主，瑪蒂達說我不可以在公主的裙子上畫條紋。」

「是嗎？我倒不這麼認為。妳是為了這件事才溜出來嗎？又跟瑪蒂達吵架了？」

「她說不能畫條紋。」

「我覺得條紋很漂亮。」

「瑪蒂達是誰？」米蘭達問。

「她也是演員。她有時候真的很壞。」克絲婷說。

「這齣戲的演出方式很不同。開場有三個小女孩站在台上，飾演童年時期的李爾王女兒。到了第四幕，她們會回到台上飾演李爾王的幻覺。沒有台詞，只是待在台上。」亞瑟說。

「她自以為念國家芭蕾舞學校就比別人厲害？」克絲婷又把話題拉回瑪蒂達身上。

「妳也會跳舞嗎？」米蘭達問。

「會啊，但我不要當舞者。跳芭蕾有夠蠢。」

「克絲婷跟我說她以後要當演員。」亞瑟說。

「喔，不錯啊。」

「對呀，我演過很多東西喔。」克絲婷頭也不抬地回答。

「真的啊。」米蘭達回應。該怎麼跟八歲小孩說話呢？她瞥了亞瑟一眼，他聳聳肩。

「像是什麼？」

「就演戲嘛。」她回答，一副「一開始也不是我想講」的模樣。米蘭達想起她向來不喜歡童星。

「克絲婷上個月去紐約試鏡喔。」亞瑟說。

「我們坐飛機去紐約。」克絲婷不畫了，盯著公主瞧，「裙子畫錯了。」她聲音有些顫抖。

「我覺得裙子看起來很漂亮，妳塗得很好喔。」米蘭達說。

「這次我跟米蘭達持同樣看法，選紅條紋很棒。」亞瑟說。

克絲婷翻頁，翻到一頁只有輪廓的武士、龍和樹。

「妳不把公主畫完嗎？」亞瑟問。

「已經不完美了。」克絲婷說。

他們沉默地坐了一會兒，克絲婷用綠色和紫色交錯塗著龍的鱗片，亞瑟翻閱《十一號太空站》。米蘭達喝茶，並控制自己別過度解讀亞瑟的表情。

亞瑟翻到最後一頁，米蘭達柔聲問：「她常常過來找你嗎？」

「幾乎天天來。她跟其他小女生處不好，真是不快樂的孩子。」亞瑟和米蘭達喝茶喝了一會兒，沒有說話。彩色鉛筆塗在著色本上的刷刷聲、馬克杯在玻璃桌面留下的水漬、令人愉悅的茶溫、房裡的暖度和美麗……這是米蘭達在生命最後幾個小時所想起的事。兩週後，她在馬來西亞的海灘上陷入昏迷，神智不清。

「妳在多倫多待多久？」亞瑟問。

「四天，禮拜五飛亞洲。」

「在亞洲忙些什麼？」

「大多在東京辦公室工作，明年可能會調過去。還要去新加坡和馬來西亞跟子公司的人開會，參觀公司的船。你知道全世界有百分之十二的船隊，都停泊在距離新加坡港口五十哩的地方嗎？」

「我不曉得。妳要去亞洲啊，人生真是充滿驚奇。」亞瑟微笑道。

米蘭達回到飯店房間才想起紙鎮的事。她把包包扔到床上，聽見紙鎮撞到鑰匙的聲音。這霧面玻璃紙鎮是十一年前克拉克．湯普森帶來洛杉磯晚宴的禮物，當晚被米蘭達從亞瑟的書房拿走了。本來想還給他的。

她捧著紙鎮一會兒，在檯燈的光線下欣賞，接著用飯店提供的文具寫了便條，穿好鞋子，下樓找櫃檯人員，請他們用快遞送交到劇院。

40

兩週後，世界即將終結之前，米蘭達站在馬來西亞的海邊遠眺海面。開了一整天的會，車子送她回飯店，她在房裡打完一篇報告，吃了客房服務送來的晚餐。原本想早點睡，不過她往窗外看見貨櫃船在海平面上的燈光，決定走到海邊靠近看。

在此之前九十分鐘，離她最近的三座機場已經關閉，但米蘭達還不曉得。她當然知道喬治亞流感，但印象中只是遠在喬治亞和俄羅斯、狀況不明的疫情危機。飯店人員遵照指示不去驚擾客人，所以米蘭達下樓走過大廳時，沒人告訴她這回事，雖然她注意到櫃檯的人手似乎少了些。不管怎樣，她很高興能逃離飯店冷死人的空調，走過照明良好的小路前往海邊，脫掉鞋子，赤腳站在沙灘上。

那天稍晚，她想到人們老是把「崩毀」這樣的字眼掛在嘴邊，卻沒搞清楚它真正的意義是什麼，不禁有點心煩，同時又覺得有趣。總之呢，經濟「崩盤」了（至少當時人們都是這麼形容的），有史以來最大的海運船隊正停泊在新加坡港口以東五十哩，其中十二艘屬於海王星國際物流，有兩艘是全新的巴拿馬極限型船[15]，還沒有載運過貨櫃，甲板像是

15 Panamax，可通過巴拿馬運河的最大船隻。

剛從南韓造船廠送來似的閃閃發亮。船隻下訂於海運需求看漲之際，製造的三年期間經濟已開始內爆，而如今消費緊縮，這些船隻毫無用武之地。

那天下午稍早，米蘭達在子公司的辦公室聽到當地漁民說，他們害怕停泊在港口的船。漁民疑心這些船隻帶著靈異氣息，白天是海平面上一動也不動的龐然巨物，天黑之後卻點了燈。當地主管取笑漁民的恐懼很荒謬，米蘭達跟著會議上的所有人一起笑了，但是漁民擔心船上燈火並非來自人間，難道就不合理嗎？她知道點燈是為了防止船隻相撞，然而那晚她站在海灘上，眼前的景象恍若來自另一個世界。她手中的手機震動了，是亞瑟最好的朋友克拉克從紐約打來的。

「米蘭達，」一陣尷尬招呼之後，他說，「我要跟妳說件壞消息，或許妳坐下來聽比較好。」

「怎麼了？」

「米蘭達，亞瑟昨晚心臟病發過世了，請節哀。」

啊，亞瑟。

克拉克掛掉電話，躺回椅子上。他任職的公司平常從不關門，除非要炒人魷魚。這一刻，他發覺自己毫無疑問成了整間辦公室的話題中心。好戲上場了！克拉克的辦公室正在上演哪齣好戲？為了拿咖啡，他冒險出去了一次，走過同事身旁，每個人都把面部表情調整為中立又關心的樣子，彷彿在說：「別有壓力，但如果你想聊聊……」這是他人生中最灰暗的早晨，但他刻意保持沉默、不為八卦火上加油，因此得到了一絲小小的滿足。他劃掉米蘭達的名字，拿起話筒打給伊莉莎白，卻改變主意走到窗邊看。樓下有年輕人吹薩克斯風。克拉克打開窗子，各種聲音流瀉進來：微弱的薩克斯風音符在這座海洋之城漂浮，路上行車播放震耳的嘻哈樂，轉角停車的司機趴在喇叭上。克拉克閉上雙眼，正想專心聽薩克斯風，助理就按鈴吵他。

「亞瑟．林德的律師又打來了，要說你在開會嗎？」助理問。

「好煩人，他都不睡覺嗎？」海樂律師在洛杉磯半夜十二點、紐約凌晨三點打電話給他，留言：「狀況緊急，請馬上回電。」克拉克清晨六點十五分回電，繼續熬夜工作的海樂在洛杉磯三點十五分接聽電話。兩人講好由克拉克聯絡亞瑟的家屬，因為克拉克見過他們一次，由他來通知感覺好一些。克拉克決定順便通知亞瑟的前妻們，包括他不喜歡的最新任，畢竟不該讓她們從報紙上得知前夫的死訊。他想著，這些半途幻滅的婚姻，想必會留下什麼吧？即使不是愛，依稀也有些關於愛的記憶吧。不過這話若說出口未免太煽情，他知道身邊離過婚的朋友都不會承認的。但他覺得分開的兩人肯定在對方心中占了一席位置，即使已沒有了愛。

半小時後，海樂律師又來電確認克拉克是否已通知家屬，但他其實還沒有。因為亞瑟的弟弟住在加拿大西岸，那裡和洛杉磯同樣是凌晨三點四十五分。克拉克認為，不管發生了什麼事、要打給誰，再早也該有個限度吧？現在紐約也才九點，海樂那裡清晨六點，這傢伙顯然熬了一整晚，天都亮了還繼續工作，真是太噁心了。克拉克開始想像海樂是一種蝙蝠，是邪惡的夜行吸血鬼律師，白天睡覺，晚上工作。或者他其實吸食安非他命？克拉克的思緒飄回十八、九歲，在多倫多一個特別刺激的禮拜，舞廳認識的新朋友給了他和亞瑟一些藥丸，後來他們整整七十二小時沒睡。

「你要接他的電話嗎？」助理問。

「好，我來接。」

助理呆了一拍，沒有反應。一起在狹窄的辦公室共事七年，克拉克明白她的沉默代表「告訴我到底怎麼了，我想八卦一下」，不過他沒有屈服。接著她非常專業地說：「稍待一會兒，為您轉接。」他聽得出那口氣背後的失望。

「克拉克嗎？我是海樂。」

「我知道。」律師全名叫葛瑞．海樂。克拉克心想，他叫別人就直呼名字，稱呼自己卻只用姓氏，實在有點討厭。「你好嗎，葛瑞？我們有整整九十分鐘沒說上話了。」

「還撐得住，還行。」克拉克暗暗把這句話列入他最痛恨的陳腔濫調。「我已經先通知家屬了。」海樂律師說。

「為什麼？我們不是說好——」

「我知道你不想吵醒他們，可是遇上這種事啊，在這種情況下，你就是必須把他們叫醒。事實上，吵醒他們才是禮貌的做法，懂嗎？你要在消息曝光之前通知家屬，免得有什麼照片、影片外流，結果他們接到《娛樂週刊》打來訪問的電話才知道。你想想，那個人可是死在舞台上。」

「沒錯，我懂了。」克拉克說。剛剛吹薩克斯風的人不見了，十一月的灰暗天空讓他想起，也該是時候回倫敦探望父母了。「伊莉莎白接到通知了嗎？」

「誰？」

「伊莉莎白・柯敦，他的第二任太太。」

「沒通知她。她已經不算家屬了，不是嗎？我說要通知家屬，其實也只有亞瑟的弟弟。」

「好吧。但伊莉莎白是亞瑟獨生子的媽媽。」

「對、對，當然了。他幾歲？」

「八、九歲吧。」

「可憐的小朋友，這麼小就這樣。」海樂的聲音有點哽咽，可能是因為悲傷，或是疲勞過度。克拉克暗自把他的形象從上下倒掛的蝙蝠律師，修改為愁眉苦臉、膚色蒼白、咖啡因成癮、慢性失眠的男子。他見過海樂嗎？米蘭達和亞瑟離婚前夕那場可怕的洛杉磯晚宴，律師也出席了嗎？可能吧。克拉克想不起來。「欸，你聽我說，」海樂又回到公事公辦的口吻，帶著故作輕鬆的態度，克拉克一聽就聯想到加州。「你跟亞瑟碰面的時候，尤其是最近喔，他有沒有提到一個叫譚雅・傑拉德的女人？」

「名字聽起來很陌生。」克拉克回答。

「你確定？」

「對。你幹嘛問？她是誰？」

「好吧，這件事你知我知就好，亞瑟好像又在搞風流了。」律師的口氣聽起來不是揶揄，不完全是，而是在討論重要事項。他這個人喜歡掌握別人所不知道的消息。

「我懂你意思，但我看不出來這件事和我們……」克拉克說。

「喔，當然，當然不關我們的事。凡是人家的隱私都不管我們的事吧？都是成年人了，兩廂情願，沒有誰傷害誰的問題。而且我最注重隱私了，天啊，我連臉書帳號都沒有，這種人全世界只剩我一個了吧，我真的非常重視隱私。總之這個叫譚雅的，是《李爾王》劇組負責管理戲服的女孩。我只是想知道亞瑟有沒有提過她。」

「沒有。我認為他從來沒說過。」

「製作人跟我說整件事都很保密。這女孩顯然是負責管戲服的，還是當保姆？總之她的工作跟童星有關，管童星的戲服嗎？我想是吧，雖然不知道《李爾王》這齣戲為何要有童星……真令人摸不著頭緒。但話說回來，他……」

照在東河另一頭的是陽光嗎？一束光劃破遠方雲層，斜斜照在皇后區。這種視覺效果讓克拉克想到油畫。他想起第一次見到亞瑟，是在多倫多丹佛斯大道的表演教室。十八歲的亞瑟自信滿滿，儘管在表演課堂上起碼有半年時間連個屁都演不出來。不過，這或許只是表演課老師的酒後胡言吧。某次老師和克拉克在一間變裝皇后酒吧喝了幾杯，老師想約克拉克，克拉克想答應但嘴上說了不要。還有，他很美，亞瑟那時候真是俊美。

「所以問題啊，當然就是……亞瑟本來有沒有打算在遺囑中留下什麼給譚雅？因為上週他寫電子郵件告訴我要改遺囑，說他遇見一個人，想要增加一名受益人。我還在猜他說的到底是誰，而且這可能真的是最糟情況：他可能在哪裡藏了一份祕密遺囑，因為還有幾個星期才會跟我碰面，自己就先暫擬了一份非正式文件。所以我才想把事情搞清楚——」

「你真應該看看從前的他。」克拉克說。

「我應該……什麼意思？」

「一開始的時候，他剛開始出頭的時候。你見過他的才華，他那麼亮眼的才華，但你沒見過他在登上小報、拍電影、離婚、大紅大紫之前，他經歷那些亂七八糟的事情之前，是什麼模樣。」

「抱歉，我真的不曉得你在說什麼，我……」

「他真的很棒，一開始的時候。我深深受他吸引。不是愛情的那種吸引力，完全不是。人生中就是會有這樣的相遇。他人那麼好，這一點我記得最清楚。他遇見誰就對誰好，非常謙遜。」

「什麼——」律師說。

「我要掛電話了。」

克拉克探頭到窗外，吸入十一月空氣提神。接著他回到辦公桌前，打電話給伊莉莎白。聽了亞瑟的死訊，她長嘆一口氣。

「有葬禮嗎？」

「辦在多倫多，後天。」

「多倫多？他在那裡有家人嗎？」

「沒有，但他的遺囑寫得很明白。我想是他對那裡有一份特殊情感吧。」

說著說著，克拉克想起多年前他和亞瑟在紐約酒吧的一段對話。兩人聊起住過的城市，亞瑟說：「你是倫敦人，所以把城市生活看得理所當然。但像我這樣小地方出身的……我說啊，每次回想我的童年，住在德拉諾島上的生活……那地方真小，大家都認識我，不是我很特別或什麼，只是因為每個人都認識彼此。還有那裡的幽閉感，我很難跟你說清楚。我只是想保有一些隱私。自我有記憶以來，一直想離開那座島，於是我到了多倫多，那裡沒人認識我。多倫多感覺好自由。」

「後來你搬到洛杉磯，開始成名，大家又都認識你了。」

「對啊，」亞瑟忙著弄馬丁尼裡的橄欖，想用牙籤戳穿，「多倫多大概是唯一讓我感到自由的地方。」

隔天，克拉克凌晨四點起床，搭計程車到機場。事後回想起來，才覺得那些時刻格外驚險，堪稱奇蹟。當時流感已橫掃紐約，他卻招到一輛司機未染病的車，車內也沒有任何患者接觸過。破曉前的黑暗中，他坐在這輛無比幸運的車上，看著一條條街道掠過，塑膠門簾後擺著花朵的小雜貨店透出微光，夜班員工走在人行道上。社群網站到處是紐約爆發流感的傳言，但克拉克不玩那些網站，因此並不知情。

到了甘迺迪國際機場，克拉克穿過航廈。在幸運之神的安排下，他避開了感染者（當時那座航廈已出現幾名案例），沒有碰觸到不該碰的東西，總算搭上那班所有乘客都和他同樣幸運的飛機，也是甘迺迪機場倒數第二十七架起飛的班機。這段過程中他極度睡眠不足，熬夜打包到太晚，心力交瘁，一直想起亞瑟，同時用耳機聽約翰·柯川的爵士樂，一到登機門便開始心不在焉地寫起三百六十度報告。他完全沒發現自己和伊莉莎白同一班飛機，直到他抬起頭，看見他們母子登機。

真是湊巧，但並不是什麼偉大的巧合。前一天他打電話給她，說自己打算搭早上七點到多倫多的飛機，要趕在預報風雪來襲、機場關閉前出發，而她說她會設法搭同一班。眼前的伊莉莎白身穿黑色套裝，頭髮剪短，但一眼就認得出來是她，身旁還帶著兒子。她和泰勒坐頭等艙，克拉克坐經濟艙。他經過他們座位時打了招呼，不過起飛一個半小時後才說上話。當時機長廣播，說班機改降密西根某個克拉克不曾聽聞的地方。所有人一頭霧水地下了飛機，毫無方向感，就這樣走進了塞文市機場。

41

克拉克來電告知亞瑟的死訊之後，米蘭達在沙灘上待了一會兒。她坐在沙子上，想著亞瑟，看一艘小船靠岸，船身的光芒掠過水面。她想著，在這世界上，無論是占據她生活中心的人，或是不再碰面、很少想起的人，她總是把他們的存在視為理所當然。可是一旦少了其中任何一人，世界卻像指針偏移了一、兩格，以微小而絕對的方式，變得全然不同。她發覺自己很累，身體不適，喉嚨開始發痛，明天還有一整天的會議。她忘記問克拉克葬禮的事，但她接著又想，自己一定不想去吧？去了肯定會困在狗仔隊和別的前妻之間……她想著，起身走向通往飯店的步道。從海灘看過去，飯店的兩層白色陽台像是婚禮蛋糕。

大廳空得古怪。櫃檯沒人，門房戴著醫用口罩。米蘭達走向他，想詢問到底怎麼一回事，但他看她的眼神無疑寫著恐懼。她彷彿聽見了門房的吶喊，立刻明白他完全不願意讓她靠近。她轉身快步走向電梯，身體發抖，門房看著她的背影離開。樓上也沒人，她回到房間後打開筆電，那是她當天第一次注意到新聞。

後來米蘭達花了兩小時打電話，但已經沒辦法離開了，附近每座機場都關閉。

「聽好了，」最後終於有個氣急敗壞的航空公司人員對她吼，「就算我幫妳訂好離開馬來西亞的機票，難道這種時候，妳想要和兩百人擠在機艙裡兩小時，吸他們吐出來的空氣嗎？」

米蘭達掛斷電話，往後靠在椅子上，目光落在桌子上方的空調出風口。她想到氣流在這棟建築中咻咻流通，經過一間間客房。她喉嚨真的在痛，並不是出於想像。

「都是心理作用啦。妳怕生病，所以才覺得自己病了，其實根本沒什麼。」她大聲喊出來，試著把這次經驗想成是一場亞洲冒險之旅：「有一次流感爆發，我困在亞洲……」但連她自己也不相信。她花了些時間畫畫，想平復心情。她畫了岩石嶙峋的島嶼，島上有小屋，十一號太空站的黝黑海平面亮起燈光。

清晨四點，米蘭達高燒而醒，她吞下三顆阿斯匹靈，但關節痛得厲害，雙腿無力，衣服碰到皮膚就發痛，就連走到書桌都很困難。她用筆電看即時新聞，螢幕的光線刺痛眼睛，她知道自己怎麼了。她感覺到高燒熱度亟欲衝破薄薄的阿斯匹靈藥片。她打電話給櫃檯，打給海王星的紐約、多倫多辦公室，又打給加拿大、美國、英國、澳洲領事館，卻只聽到預錄的歡迎招呼語，或是電話鈴聲。

米蘭達把臉貼在書桌上，熱燙的皮膚貼著冰涼桌面正好。她心想這房間真是貧乏，但不是指裝潢設備的欠缺，而是少了什麼來因應眼前的困境。到底缺了什麼？她還沒想到。她想著海灘、船隻、海平面的光芒。她病得這麼厲害，要是能走到海灘，那裡或許有人能夠幫她。要是繼續待在房裡，病情只會加重。電話無人接聽，飯店櫃檯或領事館顯然都沒有人了。如果病況加重，她終究會被困在房裡，病到出不了門。海灘上或許有漁夫。她腳步不穩地起身，花了好長的時間和大量專注力才穿好鞋子。

走廊上安安靜靜。她虛弱到必須手扶牆緩慢行走。電梯附近有人蜷臥著發抖。她想搭話，但是講話太花力氣，所以只能看著他——我看到你了，看到你了——希望這份善意已經足夠。

大廳空了，飯店人員跑了。

外面的空氣沉重而凝滯，海平面亮著微綠光芒，即將日出。她覺得自己像在慢動作前進，也像在水下前進，在夢中行動，每一步都必須十分專注。她虛弱得可怕，非常遲緩地沿著步道走到海邊，伸出雙手撥開兩旁的棕櫚葉。步道末端，飯店的白色躺椅在沙灘上排成一列，全都空著。海邊沒人，她倒在最近的躺椅上，閉起眼睛。

她好疲憊，發高燒燙得一塌糊塗，接著又被凍壞了。腦中思緒紊亂，還是無人前來。

她想著海上的貨運船隊。海上的船員肯定不會接觸到流感。如今她就算上了船也活不了，但是想到這騷亂的世界仍有人安然無恙，她不禁微笑。

*

米蘭達睜開眼，剛好看到日出。激烈的色彩宛如潑墨揮灑，粉紅、斑斕的亮橘……船隊懸浮在宛如燃燒的天際與起火的海面之間，海景渲染出一幅迷幻的畫面，是十一號太空站狂放的日落與靛色海洋。船隊光芒在晨光照耀下淡去，海洋彷彿燒向天際。

VII

航廈

42

起初，困在塞文市機場的人保持計日習慣，好像困境只是暫時的。接下來的數十年，很難向年輕人解釋最初這段時期。不過平心而論，整段困守機場的歷史，後來其實成了脫困的歷史，也是搭上飛機起飛離開的歷史。起初人們認為國民警衛隊想必隨時會衝進機場，帶來毯子和一箱箱的食物，地勤人員很快會回到崗位上，班機再度起降。他們數著日子，第一天、第二天、四十八天、九十天……所有回歸正常的希望早已幻滅。後來他們數著第一年、第二年、第三年。這場浩劫重設了時間，再過一陣子，他們恢復從前的計日方式，卻改用新元紀年，像是新元三年元旦、新元四年三月十七日。到了新元四年，克拉克明白這種紀年往後將持續下去，從災難發生的那一刻開始算起。

那時他早已明白，世界的改變無法反轉。然而，這番體悟卻將他的記憶照得更為鮮明。最後一次在陽光灑落的公園裡吃甜筒。最後一次在俱樂部跳舞。最後一次看到行駛中的公車。最後一次搭上飛機，不是改裝成居住空間的機艙，而是真正起飛的飛機。最後一次吃橘子。

在機場生活了將近二十年之際，克拉克想著自己是多麼幸運。不光是因為他活了下來

（當然這件事本身也很了不起），而是他曾見過世界終結，又目睹另一個世界重啟。然而說幸運，卻也不只是因為記得前一世的輝煌，看過太空梭、電力網路、插上音箱的吉他、能握在手中的電腦和穿梭於城市間的高速鐵路，而是他有幸在那美妙的世界活了這麼久，在那絢爛之境度過了人生的五十一個年頭。有時他醒著躺在航廈B區，心中會想：「我從前來過這裡。」這念頭摻入了悲傷和喜悅，刺穿他的心。

「這很難解釋。」當年輕人來到他的博物館，他發現自己有時會這麼說。博物館原本是機場C區的飛凡哩程貴賓室。他認真看待自己的館長身分，因此多年前就下定決心，不能只用「很難解釋」來說明館內的收藏。每當有人問起這些年來他從機場內外找到的收藏品，像是筆電、iPhone、機場櫃檯拿來的無線電、員工休息室的烤麵包機、某個滿懷希望的人從塞文市帶回的唱盤和黑膠唱片……所有東西他都努力說明。他當然也會介紹流感前的世界是什麼樣貌，那個他依然記憶鮮明的世界。此刻他正在向一個出生於機場的十六歲女孩解釋，飛機不是垂直地飛向天空，而是在長長的跑道上漸漸加速，機頭向上。

「為什麼飛機要有跑道？」發問的女孩叫伊曼紐，特別討他歡心。因為他認為在那可怕的新元元年，伊曼紐的出生是唯一一件好事。

「加速不夠就不能離地，要飛起來需要動力。」

「喔，所以就是引擎不夠力囉？」

「很夠力，可是飛機不像太空船。」

「太空船……」

「我們以前用它來飛上太空。」

「真了不起。」伊曼紐搖頭讚嘆。

「對啊。」回想起來真的很了不起，所有事物都很了不起，尤其是關於旅行和通訊的那些。他可以搭乘在地表上空高速移動的機器旅行，來到這座機場。他可以按下幾個按鍵，接通地球另一端的機器，通知米蘭達她前夫的死訊；同時米蘭達正赤腳站在白色沙灘上，在黑暗中看著海運船隊，她也按下一個鍵，透過衛星將自己接回紐約。這些習以為常的奇蹟一直圍繞在人們身邊。

到了第二十年，多數機場居民分為兩類，不是在機場出生，就是後來走進去的。不過大約有二十多人是一開始迫降在機場的乘客。克拉克的班機降落時沒發生意外，當時出於某些無人能立刻解釋的原因，班機從多倫多轉降塞文市，飛機在跑道上滑行，將乘客載到B區的一座登機門。克拉克原本在修潤三百六十度的下屬報告，一抬頭赫然發現跑道上停滿各家航空公司的飛機：新加坡航空、國泰、加拿大、漢莎、法航……數量龐大的噴射機頭尾相接。

克拉克從空橋走到日光燈照亮的航廈B區，首先注意到人群的分布極不平均，大家都聚集在高掛的電視螢幕下方。他心想，不管螢幕上是什麼大消息，都得先喝杯茶才能面對。他想應該是恐怖攻擊吧，於是跟點心攤買了伯爵茶，花時間慢慢加入牛奶。他心想，這是我最後一次毫不知情的狀況下攪拌牛奶了，不禁提前對此刻感到悵然若失，接著走到收看ＣＮＮ的人群那裡。

他還沒下機時，北美爆發流感的消息已經傳開。多年後，消息快速傳播的方式成了另一件難以說明的事。然而，直到那天早上之前，喬治亞流感似乎依然遙遠，尤其對於不上社群網站的人而言。克拉克沒有密切關注這條新聞，其實他是搭機前一天才看到報紙上的短文，報導巴黎爆發神祕病毒，是否會演變為流行病尚不明朗。但此刻他看著新聞上太晚疏散的城市、三大洲的醫院外發生暴動、每條路都塞滿緩慢移動的逃亡車陣，開始後悔自己沒有好好留心這件事。令人困惑的是，這些塞住的車陣中，民眾究竟想逃往何方？如果報導可信，那麼流感不只是爆發，而是已經無一處倖免。新聞報導各國官方說法，流行病學家也出場說明，他們捲起袖子，一臉疲憊，雙眼布滿血絲，掛著深深黑眼圈，鄭重警告浩劫的到來。

「看來這起緊急事件並不會迅速結束。」播報員說。對照真實情況，他的說法簡直輕描淡寫到前所未見的程度。他說完對攝影機眨眨眼，似乎在猶豫什麼，接著他腦中區分公私領域的機制故障了，忍不住對著鏡頭說：「阿梅寶貝，如果妳看到這段新聞，帶孩子回娘家的農場吧。親愛的，走小路，別走高速公路。我真的很愛妳。」

「可以任意運用電視節目來傳話，感覺一定很棒吧。」站在克拉克身邊的男子說，「我也不曉得我太太人在哪裡。你知道你太太在哪嗎？」他尖銳的聲音透著驚慌。

克拉克決定假裝對方問的是他的男友，「不知道，完全不知道。」他轉身不看電視，連多看一秒也受不了。他站在那兒多久了？茶都涼了。他恍惚地飄回航廈Ｂ區，站在航班動態螢幕前。所有班機都取消了。

一切怎會發生得這麼快？他前往機場之前為何不看新聞？他忽然覺得應該打電話給誰，應該聯絡所有人、他愛過的每一個人，把重要的話跟他們說一說。但現在打顯然太遲了，因為他的手機螢幕出現從未看過的訊息：「系統超載，僅供撥打緊急電話。」他又買了一杯茶，因為第一杯涼了，而且他陷入深沉的恐懼，走到點心攤感覺上是個有意義的動作。此外，點心攤的兩名女性員工似乎徹底不在乎CNN揭露了什麼，看到她們像是回到半小時前的天堂，那時他還不知道一切都已毀滅。

「請您進一步說明關於……嗯，要特別注意什麼，像是症狀？」播報員問。

「和季節性流感相同，但是更嚴重。」流行病學家說。

「像是……」

「痠痛、疼痛。突發高燒，呼吸困難……聽好，潛伏期很短，一旦接觸到病毒，三、四個小時會發病，一、兩天後死亡。」

「先進廣告，馬上回來。」播報員說。

航空公司人員一無所知。他們雙唇緊閉，一臉驚恐，忙著發放餐點抵用券。乘客們像是被催了眠，一看到抵用券就餓了，紛紛到B區唯一一間餐廳排隊買油膩的墨西哥起司薄餅和玉米片，這家店只有外表看起來是墨西哥風格。點心攤兩名年輕女子繼續賣熱飲和不太新鮮的烤物，不時對著沒用的手機皺眉頭。克拉克付費進了飛凡貴賓室休息，發現伊莉莎白就坐在電視前的扶手椅上，泰勒盤腿坐在一旁的地上，斬殺任天堂掌上型遊戲機裡的外星人。

「真是瘋了。」克拉克對她說，口氣充滿了無能為力。

伊莉莎白正在看新聞，雙手扣著自己的喉嚨。

「真是破天荒啊，人類史上……」她沒把話說完，只是搖頭。泰勒與外星人對戰敗北，在一旁咕噥抱怨。三人沉默一會兒，看著新聞，直到克拉克再也看不下去，藉口要買玉米片便離開了。

最後一架飛機降落，是圭迪亞航空的噴射機。但是克拉克眼看飛機緩緩在跑道上掉頭離開，沒往航廈開來。飛機停在遠方，沒有地勤過去接機。克拉克不買玉米片了，直接走到窗邊去看，卻驚覺圭航班機滑行到距離航廈最遠的地方。他站在原地，聽見機場廣播：「基於公共衛生考量，機場即將關閉，近期將不會有任何班機起降，請各位旅客提領行李，離開時遵守規則，請勿驚慌。」

「怎麼會有這種事啊！」乘客對彼此、也對自己說，同時吃著玉米片，在販賣機前憤怒地擠成一團。他們咒罵機場營運單位，罵美國運輸安全管理局，罵航空公司，罵沒用的手機。他們暴怒，因為憤怒築起了最後一道防線，讓人拒絕理解新聞報導的內容。在盛怒之下，有著無法據實說出口的什麼，在新聞上模糊暗示的什麼，但還沒有人能鼓起勇氣去細想。他們能理解流感爆發的規模，卻不能明白這代表著什麼。克拉克站在墨西哥餐廳的玻璃牆旁邊，看著遠方的圭航班機靜止不動。後來他才明白，當下自己想不透飛機為何停得老遠，只是因為他不想知道。

餐廳和禮品店趕走客人，員工拉下鐵捲門鎖好，頭也不回地離開。克拉克身邊的乘客也開始離開，與航廈其他兩區的人流匯聚成一支緩慢前進的出逃隊伍。伊莉莎白和泰勒走出貴賓室。

「妳也要走嗎？」克拉克問。眼前的一切還沒有什麼真實感。

「還沒。」伊莉莎白看來有些錯亂，其他人也一樣。「我們還能去哪裡？你也看到新聞了。」看過新聞的人都知道所有道路無法通行，車輛耗盡汽油就丟在路上，所有商業航線停飛，火車公車停駛。但多數人依舊打算離開機場，因為廣播叫大家離開。

「我應該還會再待一下。」克拉克說。有些人顯然和他想的一樣，還有人離開半小時又回來，說外面交通停擺、另一批人選擇步行前往塞文市。克拉克在原地等待，等著機場人員來把航廈裡剩下的一百多名乘客趕走，但是沒有人來。有位圭航地勤在票務櫃檯旁哭泣，她頭上的螢幕仍顯示「圭迪亞航空四五二班機已抵達」，但克拉克從她的無線電通話中聽到「隔離」。

剩下半數乘客用圍巾或T恤圍住口鼻。可是克拉克心想，下機都好幾個小時了，若他們全都會死於流感，乘客中早該有人發病了吧？

留在機場的乘客幾乎都是外國人，他們往窗外望著自己搭乘的班機，國泰航空、漢莎、新航、法航……飛機頭尾相連停在跑道上。乘客用克拉克聽不懂的語言交談。

*

有個小女孩在B區將行李推車滑來滑去。

克拉克在機場到處走動，躁動不安，還訝異地發現安檢門無人看管。他來來回回通過安檢門三、四次，只是因為能隨意通行。他原以為會感到很解放，結果卻只是恐懼。他發現自己盯著眼前的每一個人，尋找流感症狀的跡象。看樣子沒人發病，但會不會有人帶病？他找到盡可能遠離同班機乘客的角落，在那裡待了一陣子。

「只好等了。」伊莉莎白說，當時克拉克又去找她，「等到明天，國民警衛隊一定會來。」克拉克記得亞瑟向來愛她的樂觀。

沒人從停機坪上的圭航班機出來。

有個年輕人在B20登機門旁邊做伏地挺身。十下一組，做完躺下來，不眨眼睛地盯著天花板一會兒，再做十下。

克拉克在長椅上找到沒人看的紐約時報，讀了亞瑟的訃聞。知名電影、舞台劇演員，享年五十一歲，他的人生以失敗婚姻總結，前妻有米蘭達、伊莉莎白、麗迪亞，還留下一個完全沉浸於任天堂掌上遊戲機的兒子。訃聞提到亞瑟倒在台上時，有觀眾替他做CPR，不過該觀眾身分不明。克拉克摺起報紙，收進公事包。

克拉克不太熟悉美國中西部地理，無法完全確定自己身在何方。他從紀念品店販售的商品得知，這裡是密西根湖附近。他可以想像湖的樣貌，因為心中還記得在多倫多鳥瞰五大湖的景象。不過他從未聽過塞文市，這座機場看起來也很新。跑道和停機坪後方只有一排樹。他想用iPhone定位，但是地圖無法顯示。所有人的手機都不能用，但是口耳相傳說行李提領處有公用電話。克拉克排了半小時的隊才等到電話，他把所有號碼撥過一遍，卻只聽見忙線與無止境的鈴聲。大家都跑哪兒去了？身後的男子大聲嘆氣，克拉克只好放棄，在機場裡晃了一會兒。

走累了，他回到之前在B17登機門占位的長椅，躺在椅子和玻璃牆之間。下午略晚，開始下雪。伊莉莎白母子仍待在飛凡貴賓室，他心知應該過去禮貌性聊個幾句，但他渴望獨處，起碼在機場裡一百多個驚嚇、流淚的乘客之間，盡量遠離人群。他吃了販賣機的玉米片和巧克力棒充當晚餐，用iPod聽了一會柯川的爵士樂。他想起羅伯，他交往三個月的男友。好想再見他一面。此刻羅伯在做什麼呢？克拉克盯著新聞，晚間十點左右去刷牙，接著回到B17的老位子，在地毯上伸展，想像自己躺在家中的床上。

他在凌晨三點醒來，渾身發抖。新聞報導情勢惡化，社會開始瓦解，他還想著這一切將會多麼難以復原，因為最初那幾天，沒人了解到，文明可能完全無法再重建了。

克拉克看著NBC電視台，這時有個少女走向他。之前他就注意到她獨自坐著，雙手抱頭，看來大約十七歲，穿了會反光的鑽石鼻環。

「抱歉打擾了。你有沒有『速悅』？」她問。

「速悅？」

「我的吃完了，所以到處問別人。」

「抱歉，我沒有。速悅是什麼？」

「一種抗憂鬱藥物。本來以為我現在早該回到亞歷桑那的家了。」

「抱歉，妳想必很難受吧。」

「嗯，還是謝謝啦。」女孩說。克拉克看著她去問一對年紀只比她大一點的情侶，聽她說了一會兒之後，兩人同時搖頭。

克拉克幻想著接下來有一天，他和羅伯來到紐約或倫敦的餐廳，舉杯慶祝兩人的倖存是多麼幸運。下一次見到羅伯之前，有多少朋友已經去世了？他想必會參加葬禮和告別式吧？說不定還得面對傷痛和活下來的內疚，接受心理治療等等。

「當時真是可怕。」克拉克輕柔地告訴想像中的羅伯，替未來預作演練。

「好嚇人。記得有一段時間你困在機場，我不知道你在哪裡嗎？」想像的羅伯說。

克拉克閉上眼，上方懸掛的螢幕繼續播放新聞，他卻不忍再看。屍袋堆積、暴動、醫院關閉、雙目無神的難民在州際間移動。想點別的，若不能想想未來，就想想過去：少年時和亞瑟在多倫多跳舞。加拿大賣場獨有的超甜橘子冰沙。羅伯手肘上方的疤（他七年級時手臂嚴重骨折）。羅伯上週送到克拉克辦公室的一束虎斑百合。喜歡在早晨邊吃早餐邊讀小說的羅伯（這真是克拉克看過最文明的習慣了）。羅伯現在醒著嗎？是不是正在設法逃出紐約？暴風雪平息了，機翼上積雪深深。沒有除冰機，沒有輪胎痕，沒有腳印。地勤人員已經離開了，圭航四五二班機依然孤單地待在停機坪。

那天稍晚，克拉克一眨眼，才發現自己盯著空氣看了很久。他產生危機意識，認為胡思亂想對自己有害，於是開始試著工作，重讀三百六十度報告。但思緒零零散散，他納悶報告的箭靶和所有訪問過的人是否都死了？

他決定重讀報紙，因為比起讀報告，看報紙不需要那麼專注。他又看到亞瑟的訃聞，這才意識到，亞瑟死去的那個世界似乎已有些遙遠了。他失去了交情最深的朋友，但若新聞說得沒錯，此刻和他一起待在機場的所有人，可能也都失去了誰吧？想到身邊同陷困境的人們，他心頭突然湧現一陣刺痛的溫柔，為了這一百多個陌生人。他摺起報紙，看著他們，這些人都是他的同胞了。有些人睡著了，有些人醒著在長椅、地毯上焦躁地翻身，或是來回踱步，看著螢幕或外頭成排的飛機，看著雪，等待接下來的未知。

43

塞文市機場的第一個冬天：

第二天，人群忽然一陣興奮騷動，因為有人認出了伊莉莎白母子，消息迅速傳開。「天啊，手機為何就是不能用？我好想發推文告訴大家。」

「手機不能用。」克拉克聽到一名年輕男子沮喪地說。他大約二十歲，頭髮垂到眼前。

「對啊，比如你可以寫：『沒什麼啦，只是跟亞瑟．林德的兒子一起度過世界末日。』」他女朋友悵然若失地說。

「沒錯。」男人說。為了保持理智，克拉克暫時遠離這群人，但後來放寬心一想，他們也不過是一時嚇壞了。

到了第三天，機場販賣機的點心都賣完了，泰勒的任天堂也沒電了。哭泣的泰勒拒絕接受安慰。需要速悅的少女病情急遽加重，她說這是戒斷症狀。機場裡沒人有她那種藥。一組人馬走遍了每個房間搜刮，像是行政辦公室、美國運輸安全局的拘禁室，找遍了每一個抽屜。接著一行人來到機場外，撬開停車場上十幾輛棄車，查找後車廂和副駕駛座置物櫃，搜索到一些有用的東西，像是鞋子，保暖衣服等等。但在藥局卻只找到止痛藥、制酸劑和裝在神祕罐子裡的藥丸，有人推測是胃潰瘍藥。在此同時女孩躺在長椅上發抖，渾身冒冷汗。她說一挪動身體，腦子就像有電流通過。

＊

他們用行李提領處的公用電話打九一一，可是無人接聽。他們走到外面，看著埋在雪中的停車場，通往機場的道路消失在樹林間。外頭除了流感之外，還可能會有什麼？

電視主播並未明確指出這就是世界末日，但新聞開始出現「浩劫」一詞。「好多好多人……」克拉克對想像中的羅伯說，可是他沒有回應。

那天晚上眾人闖進墨西哥餐廳，煮了一大頓晚餐，有絞肉、炸玉米片、起司，還灑了許多醬汁。這讓一部分人陷入矛盾的心情，因為他們顯然被丟在機場了，而且大家都很餓，九一一又打不通，可是另一方面，誰也不想當小偷。結果有個叫馬科斯的商務人士宣布：「媽的大家放心啦，帳都算在我的黑卡上！」眾人鼓掌叫好，他誇張地從皮夾抽出黑卡，放在收銀台旁。接下來九十七天，沒人動過那張卡。

第四天，墨西哥餐廳的食物吃完了，航廈C區的三明治攤位也空了。那晚大家首次在停機坪生起營火，燒了書報攤的報紙、雜誌，還有A區拆來的長椅。有人闖進貴賓室酒吧用香檳灌醉自己，還吃了橘子和點心拼盤。有人說經過的飛機或直升機可能會看到營火，下來救他們。可是無雲的天空沒有任何光點飛過。

克拉克後來才想到，闖入貴賓室那次可能是他最後一次吃橘子了。「沒有橘子的世界！」克拉克對自己說，或其實是對想像中的羅伯說，接著自顧自地笑了。旁人見狀都擔心地看著他。在機場第一年，所有人都瘋瘋的。

第五天他們闖進禮品店，因為有些人已經沒有乾淨衣物可穿了。接下來的日子，隨時都有半數乘客穿著亮紅或亮藍的「絕美北境密西根」T恤。每次大家在水槽洗衣服，克拉克一轉頭就會看見長椅背後晾著衣服，視覺效果竟然令人有些雀躍，像是掛著彩旗。

第六天，B區禮品店的點心吃完了。國民警衛隊還是沒來。

第七天，電視台突然開始停播，一家接著一家。「現在暫時停播，好讓我們的工作人員和家人聚聚。」連續四十八小時沒睡的CNN主播臉色死白、雙眼無神地說。一小時後CBS主播說：「晚安，祝各位好運。」NBC沒有任何說明便切掉新聞，開始重播《美國達人秀》，那時是清晨五點，還醒著的人看了幾小時節目，慶幸能暫時脫離世界末日的現實。到了下午一、兩點，電燈熄滅了，但是馬上復電。一名機師說這可能代表供電網絡中斷，機場切換到發電機供電模式。那時，懂得操作發電機的機場工作人員早已走光了。從第三天就陸續有人離開。克拉克聽到一名女子說：「就這樣一直等，我實在受不了了，總得做點什麼，就算只是走到最近的小鎮看看情況也好……」

有個海關安檢員留在機場，就那麼一個。他名叫太隆，會打獵。到了第八天，沒有新人來機場，出去的人也沒有回來，再也沒有飛機或直升機降落。每個人都很餓，並且努力不去回想這些年看過的末日電影。太隆和一名當過國家公園管理員的女子前往樹林。他們帶著兩把美國運輸安全局配發的手槍，不久後打了一頭鹿回來。日落時，大家把鹿綁在鐵椅上生火烤來吃，喝光了最後一點香檳。需要速悅的少女從機場另一側入口溜出去，進了樹林。一群人想去找她，但沒找到。

速悅少女留下自己的行李箱和所有個人物品，包括駕照。她的證件照看起來很睏，樣子比現在年輕，頭髮長了一些。她名叫莉莉·派特森，十八歲。沒人知道該怎麼處理她的證件，最後有人把駕照拿去墨西哥餐廳，放在馬科斯的黑卡旁邊。

泰勒天天蜷在貴賓室的扶手椅上，一再重看自己的漫畫書。伊莉莎白閉著眼睛坐在他附近，嘴唇迅速開闔，唸著重複的禱文。

電視播出無聲的測試畫面。

困守機場第十二天，燈熄滅了。但若手動倒水進水箱，馬桶還能沖。大家拿安檢門的塑膠托盤裝雪，運到廁所裡等雪融化。克拉克從來不曾細想機場的設計，但是他很感激這座機場用了許多玻璃建材。他們因此得以日出而作，日落而息。

受困民眾中有三名機師。第十五天，其中一名宣布要開飛機到洛杉磯。雪已經融了，他認為就算沒有除冰機也能勉強起飛。大家提醒他，新聞上的洛杉磯看來狀況極糟。

「對啊，但是新聞上每個地方看起來都很糟。」機師說。他的家人在洛杉磯，他不願接受可能再也見不到家人的事實。「誰想跟我一起去？免費飛到洛杉磯喔。」單單這句話似乎就證實了世界已經終結。過往人們支付額外費用，只為了托運行李、優先登機好在置物箱塞滿前先放入行囊，以及搶先劃下肩負疏散責任的逃生門座位，爭取多一、兩吋的腿部空間。乘客彼此張望。

「燃料還夠。這班飛機改降在塞文市之前，我本來要從波士頓飛到聖地牙哥，而且乘客也沒有坐滿。」機師解釋。克拉克突然想到，就算整座機場的人都跟他一起走，機上還是有空位。「給大家一天時間考慮，但我會在明天氣溫再度下滑之前起飛。」

這趟飛行當然毫無保證。電視沒有畫面，無法得知外界消息的情況下，大家有時會錯亂地懷疑機場裡的九十七人是地球上唯一的倖存者（不是絕對，只是有可能）。眾人皆知洛杉磯機場現在只是一堆冒煙的廢墟。經過一番痛苦衡量，住在洛磯山脈以西的人幾乎都跟機師走了。大部分亞洲乘客選擇搭機，雖然他們和心愛的家人之間還隔著海洋，但洛杉磯起碼離家近了兩千哩。

隔天中午，他們在機棚裡找到有輪子的移動式登機梯，一群人聚在跑道上看飛機起飛。安靜了這些日子，引擎的聲響聽來相當嚇人。等了很久都沒有動靜，只有引擎持續發動，接著飛機開始設法繞出停滿的機陣，小心翼翼在國泰和漢莎航空之間開出一條縫，慢動作轉彎到跑道上。有人從機場的玻璃窗揮手（從這個距離看不出是誰），有幾個人也揮了回去。飛機在跑道上奔馳，漸漸加速，機輪離地，起飛那一刻大家屏住了呼吸，但機身穩定上升，沒有下墜，就這樣消失在朗朗晴空。克拉克發現自己淚流滿面。經常旅行的他，為何不曾發覺飛行原來是如此美麗，如此不可能？引擎聲變得微弱，飛機鑽入藍天，壓縮為寂靜，成了天上的一個小點。克拉克一直看著，直到再也看不見。

那晚在營火邊，沒人多說什麼。這裡只剩下決定不去洛杉磯的五十四人。眾人默默咀嚼著太硬的鹿肉。太隆似乎從不開口說話，此刻他站在伊莉莎白身旁，直直看著火焰。

克拉克看錶，飛機五小時前出發，應該很靠近美洲大陸西岸了，或許未到加州就迫降在沒有燈光的跑道上，或者在黑暗中筆直墜毀，起火燃燒。飛機可能順利降落在洛杉磯，乘客下機後走入了截然不同的世界，或許降落後慘遭暴徒劫掠，或是失控撞上停滿飛機的跑道。乘客會找到家人，或找不到。那麼多的太陽能面板吸收南方陽光，洛杉磯還有電力嗎？他心中湧現所有關於那座城市的記憶：米蘭達在晚宴時出去抽菸，看著丈夫和下一任妻子調情；亞瑟在游泳池邊曬太陽，懷孕的伊莉莎白在他身邊打盹。

「我等不及看到一切恢復正常了。」伊莉莎白在營火前發抖，克拉克完全想不到該如何回應。

洛杉磯班機起飛後，機場剩下兩名機師：史提芬和羅伊。飛機起飛後，羅伊告訴大家他也想開飛機出去。

「只是想去偵察看看，我會先往北飛到密西根州的馬凱特，那裡有個熟人。我四處看看、打聽消息，或許拿些補給品，之後再回來。」

隔天早上他駕駛小型飛機離開，再也沒有回來。

「沒道理啊，難道我們該相信，文明已經走到盡頭了嗎？」伊莉莎白還在堅持。

「嗯，」克拉克設法解釋，「妳不覺得文明向來都有點脆弱嗎？」他們一起坐在貴賓室，母子倆自己在那裡紮了營。

「不知道……這些年來我趁著工作空檔，陸續進修了一些藝術史課程，而藝術史和一般歷史自然是密不可分，於是我見識到歷史上一場又一場的災難與駭人事件。總有些時候你會以為世界末日到了，不過那都是暫時的，總是會過去。」伊莉莎白看著窗外的停機坪，話說得很慢。

克拉克陷入沉默。他不覺得眼前此刻能有過去的一天。

伊莉莎白開始說起自己看過的一本書。多年前她被困在機場（當然不是現在這種情況），讀了一本吸血鬼小說。通常她不看這種作品，但是書中有個敘事手法讓她一直思考。故事背景是災難後的世界，所以讀者以為世界終結了，整個世界都結束了，但透過高明的預敘未來手法，讀者漸漸明白並非所有文明都失落，唯獨北美洲罷了。為了防止吸血鬼人數擴散，北美洲遭到隔離。

「我不認為這座機場遭到隔離。外面真的什麼也不剩了，要是有什麼能留下，也不會是好東西。」克拉克說。

關於眼前的情況究竟是不是隔離，反對的一方提出了扎實的論述：流行病從歐洲開始流傳，最後的新聞顯示除了南極大陸以外，每塊大陸都陷入失序；再說既然有航空旅行的存在、南北美洲又有部分相連，一開始究竟該如何單獨隔離北美洲呢？

但伊莉莎白依然深信不疑，「事出必有因，這一刻會過去，什麼都會過去。」克拉克已經提不起勁跟她爭了。

克拉克特別留意每隔三天得刮一次鬍子。男廁沒有窗戶能採光，只用禮品店愈來愈少的香氛蠟燭點亮，要取水也得先用外頭的營火融化雪堆。不過克拉克認為這番工夫不是白費。機場裡有些男人已經完全不刮鬍子了，除了滿臉雜亂，坦白說也難看。克拉克不喜歡沒刮鬍子的狀態，理由其一是美觀，其二是他相信犯罪學所講的「破窗效應」，認為在城市的犯罪管理上，外觀的失序會導致更嚴重的犯罪行為。到了第二十七天，他把頭髮整齊地分成兩邊，剃掉左邊。

「我十七歲到十九歲就留這種髮型。」克拉克告訴朵樂莉，她挑眉看他。朵樂莉是個時常出差的商務人士，單身沒有家人，換言之，她是機場裡神智較為清醒的少數。她跟克拉克說好，要是他開始出現失去理智的徵兆，她會告訴他，反之亦然。但是克拉克沒告訴朵樂莉，這些年來他努力在團體中保持體面形象，直到剃了頭才覺得找回了自己。

要保持精神正常，就得重新調校自己的記憶和眼前所見的事實。克拉克訓練自己別去想某些事，像是機場外他所認識的每一個人。機場內部也有不該想起的，比如靜靜停在柵欄邊的圭航四五二班機。眾人心照不宣地從未提及此事。克拉克努力不去看那架飛機，有時幾乎能夠相信機上沒有人，就像外面其他航空公司的班機一樣。別去想當時說不出口的決策是如何把飛機密封起來，以免將致命傳染源帶進人滿為患的機場。別去想高層是如何強硬地執行這項決策，也別去想那架飛機上的最後幾個小時。

羅伊離開後，每隔幾天就會下雪，但是伊莉莎白堅持要一直保持跑道淨空。她開始用可怕的眼神瞪視，因此人人都怕她。起初她獨自待在外面，在七號跑道上鏟了好幾個小時的雪，後來有幾個人出去幫她，畢竟名人還是有些號召力。看她一個美麗的單身女子孤伶伶的，而且鏟鏟雪有什麼不好？在戶外勞動，總好過散漫地在一成不變的可恨航廈裡閒晃，好過乾坐著想念再也見不到的愛人，好過欺騙自己聽到圭航班機傳來聲音。最後有九到十人維護跑道，形成核心團隊，不時對外招募志工。真的，鐽雪有什麼不好？就算伊莉莎白的隔離理論聽起來太過美好，不可能還有任何地方延續著過往的生活，未遭病毒染指：孩子們上學或參加生日派對，大人下班後找地方喝雞尾酒，大家都說北美洲被隔離真可憐，不過話題慢慢轉移到體育、政治和天氣……就算這些都不可能發生，還是有軍隊會來救援，他們會執行祕密行動，守著地下隔離所，並儲備著一堆堆的燃料、藥物和食物。

「軍隊來救我們的時候需要跑道淨空。他們會找到我們的，你也知道吧？」伊莉莎白說。

「很有可能。」克拉克盡量禮貌回答。

「要來的話早就到了。」朵樂莉說。

然而，世界崩毀之後，他們的確還看過飛機，就只有那麼一架。第六十五天，直升機飛過遠方的天空，極為模糊的聲波震動快速從北傳到南，飛離以後大家還站著看了一會兒天空。之後他們守夜守了一陣子，兩兩組隊，白天拿著亮彩T恤揮舞，晚上徹夜點著信號營火，可是除了鳥和流星，什麼也沒經過天空。

夜空變得比從前更明亮。最清朗的夜裡，星星成了一大群橫跨天際的星雲，璀璨非凡。克拉克第一次看見如此美景，還以為是幻覺。他認為自己體內大量蓄積了無法言喻的傷害，隨時可能爆發開來，一如他祖母骨癌末期之際，癌細胞的暗黑花團在X光片盛放。不過幾個星期後，他發現星空的景象太過一致，不可能出自幻覺，而且即使月光只撒下一抹淡銀，停駐的飛機也在地面拋下影子，這實在太不尋常了。於是他冒險把自己眼前所見說給朵樂莉聽。

「這不是你的幻覺。」朵樂莉說。此後他開始把她視為在這裡最親近的朋友。那天他們在機場裡開心作伴、清潔打掃，到了晚上就幫忙用森林裡拖來的樹枝生火。朵樂莉跟他解釋道，伽利略時代有個偉大的科學問題：「銀河是否由個別星體組成？」這樣的問題不可能出現在電力時代，可是伽利略在世時，夜空灑滿一整片星光，和此刻一樣。光害的年代已經結束了，日益明亮的璀璨星空代表電力網路正在衰敗，想到這裡讓克拉克背脊發涼。

「總有一天電力會恢復，最後我們會回家。」伊莉莎白還在堅持，但是說到底，有什麼理由讓人如此相信呢？

機場居民開始每晚在營火邊開會，這份沒說出口的默契讓克拉克又愛又恨。他喜歡彼此對話、有光亮有沉默的時刻，不是孤單一人的時刻。然而有些時候，人群組成的小圈圈和營火似乎只是襯托出這片大陸有多空蕩，多孤寂，如同廣袤黑暗中的一點燭光。

令人訝異的是，過不了多久，人人拖著一只行李箱、睡在登機門長椅上的生活便顯得再正常不過。

泰勒穿伊莉莎白的毛衣，長度及膝，愈來愈髒的袖子捲了起來。他幾乎不跟別人互動，只看自己的漫畫或媽媽的新約聖經。

機場居民開始舉辦語言交換。到了第八十天，大部分不會說英文的人都在學了。居民組成非正式的小團體，講英文的人跟漢莎航空、新加坡航空、國泰和法航載來的旅客學習一種以上的語言。克拉克向亞妮特學法文，她是漢莎的空服員。他一邊進行每天的雜務，一邊對自己喃喃複習法文片語。搬水、在水槽洗衣服、學習剝鹿皮、生火、打掃時，他用法文說：我是克拉克，我住在機場，我好想念你，好想你，好想你。

第八十五天發生強暴事件，半夜十二點，女子的尖叫驚醒了整座機場。眾人合力綁住犯案男子，日出時拿槍逼著他走入森林，告訴他要是敢回來就斃了他。他哭著說：「我會一個人死在外面。」這大家都曉得，但還能怎麼辦？

「我一直在想，為什麼都沒有其他人來機場？不是指救難隊，而是剛好經過的人。」朵樂莉問。機場並非特別偏遠，塞文市就在二十哩之外。沒有人過來，但是反過來問，外頭還會有誰呢？之前報導說流感死亡率是百分之九十九。

「接著就必須解釋人類社會是如何崩毀的。外面可能一個人也不剩了。」蓋瑞特說。

他是加拿大東岸的商人，從下機第一天就穿著同一套西裝，只是現在裡面搭配禮品店的「絕美北境密西根」T恤，他那雙明亮的眼睛讓克拉克看了有些尷尬。「外面有暴力事件，搞不好還有霍亂、傷寒，以前還有抗生素的時候，這些病都能治好，現在要是被蜜蜂螫，或是氣喘……請問誰有菸嗎？」

「你這傢伙還真有趣。」亞妮特說。她的尼古丁貼片第四天就用完了，幾週前特別難熬的時候，她還想過拿咖啡店的肉桂來抽。

「所以就是沒有囉？喔，還有糖尿病，」蓋瑞特繼續說，顯然已經把菸給忘了，「還有愛滋病毒、高血壓、需要化療的癌症。要是還能做化療啦。」

「已經不能了，這點我也想過了。」亞妮特說。

「事出必有因。」泰勒說。克拉克沒注意到他靠過來。最近泰勒一直在機場遊蕩，他的移動方式非常安靜，像是忽然憑空出現。他也很少開口，因此大家常忘了他也在場。

「這是我媽說的。」泰勒發現大家都看著他，於是補充道。

「嗯，因為伊莉莎白是他媽的瘋子。」蓋瑞特說，克拉克發現他不太會看對象說話。

「他只是個孩子。」亞妮特扭著漢莎航空的領巾，「你說的可是他媽媽。泰勒，不要聽他的。」但泰瑞盯著蓋瑞特瞧。

「對不起。」蓋瑞特對泰勒說，「是我講話沒分寸。」泰勒連眼睛都不眨。

「其實，我覺得應該派出一支偵察隊。」克拉克說。

＊

偵察隊在第一百天的黎明出發，隊伍由太隆、朵樂莉和艾倫組成。艾倫是芝加哥的學校老師。眾人曾爭執究竟該不該派出偵察隊。畢竟他們宰殺的鹿已經足夠過活，而且需要的用品都能在機場找到，除了肥皂和電池已經耗盡，其他都還算堪用。外面除了流行病，還可能有什麼呢？但不論如何，偵察隊還是帶著太隆的手槍和一些地圖出發了。

第一百天很靜。眾人等待偵察隊帶著補給品或病毒回來，或是身後尾隨著想殺死所有人的神經病，又或許根本不會回來。前晚下過雪，世界很寂靜。白雪、黑樹林、灰濛濛的天，唯有停機坪上一個個機尾的航空公司商標為大地添上色彩。

克拉克晃到貴賓室。最近他刻意避開那裡，因為他在躲伊莉莎白。但貴賓室是機場相對安靜的角落，他喜歡坐在裡面的扶手椅上看機場。他站在窗前往外看著那一排停妥的飛機，發覺自己想起了男友羅伯。好一陣子沒想起他了。羅伯是個策展人，應該說「曾經」是策展人？是的，羅伯幾乎和所有事物一樣，都是過去式了，別再想了。他離開窗前，眼神落在擺放三明治的玻璃展示櫃上。

要是羅伯在這裡——天啊，要是真的就好了——要是他在，可能會把櫃子裝滿藝術品，開一間臨時的小博物館吧。克拉克把他沒用的iPhone擺在櫃子最上層。還能擺什麼呢？馬科斯搭最後一班飛機去洛杉磯了，但他的黑卡還放在B區的墨西哥餐廳收銀台上吃灰塵。另外還有莉莉．派特森的駕照。克拉克把那些東西拿回貴賓室，放在玻璃櫃裡並排，看起來沒什麼分量，於是他又放了自己的筆電，就這樣，文明博物館開張了。他沒跟任何人說起這件事，但是幾個鐘頭後回來看看，有人多擺了一支iPhone，一雙五吋高的細跟紅鞋，還有一個雪景球。

克拉克向來喜歡漂亮的物品，依他現在的精神狀況，看見什麼都覺得漂亮。他站在玻璃櫃旁邊，發現每一件物品都令他感動，畢竟這些都是人們費盡心力製造出來的。想想那顆雪景球，是什麼樣的腦袋設計出裡頭的迷你暴風雪，並交由工廠的工人將塑膠片裁作雪花？又是哪一隻手畫出了有著教堂尖頂和市政廳的迷你塞文市景致？接著中國某處裝配線上的工人看著雪景球一顆顆滑過輸送帶，女人戴著白手套將它裝箱，再打包到更大的箱子、棧板和貨櫃裡。想想貨櫃船橫渡海洋，船員夜裡在甲板下玩撲克牌，把菸捻熄在過滿的菸灰缸裡，船艙的昏暗燈光下有一抹藍煙，數種語言的粗話在一致的韻律下合而為一，水手夢想著陸地和女人。對他們而言，海洋是灰色的水平線，必須乘著長度如摩天大樓橫躺的船艦才能橫越。想想船隻到港後貨運簽單上獨一無二的簽名，接著貨運司機一手拿咖啡杯、一手開車將貨品載到物流中心，再由UPS送貨員將一箱箱雪景球載往塞文市機場，而這位送貨員又偷偷盼望著什麼呢？克拉克搖搖雪景球對著光看，從球體望出去，窗外的飛機顯得扭曲，被暴風雪包了起來。

隔天偵察隊回來了，隊員又累又冷，還帶回了餐廳專業廚房的三輛不鏽鋼餐車，車裡堆滿了補給品。他們找到一間未遭洗劫的Chili's餐廳，還說一整夜躲在餐廳隔間的座位裡冷得發抖。隊員拿了衛生紙、塔巴斯科辣椒醬、餐巾紙、鹽和胡椒、大罐大罐的番茄、餐具、好幾袋米，還有好幾加侖的粉紅色洗手乳。

偵察隊的三人說，從機場看不到的路邊擺放了路障，是隔離的警告標誌。沒人來機場是因為標誌上說機場有流感，需遠離染病乘客。除了路障，舉目所及都是棄車，有些車裡還有屍體。他們在機場附近看到飯店，爭執要不要進去拿床單和毛巾，但是飯店散發的氣味讓他們明白了黑暗的大廳裡有什麼，於是決定放棄。再遠一點還有速食店。他們一路都沒見到其他人。

「外面情況如何？」克拉克問。

「很安靜。」朵樂莉說。回程途中，三人帶著補給品推車努力穿過路障，車裡有餐巾紙，還有瓶瓶罐罐的醬汁敲得叮噹響。一踏上通往機場的路，看著樹林間映入眼簾的機場，她心想到家了，頓時感到無比心安。這份突然湧現的情緒連她自己也嚇了一跳。

一天後，第一個陌生人走進機場。平時大家輪流站崗吹哨，好在陌生人接近時互相警告。他們都看過末日電影中，危險的流浪者拚了命奪取僅剩的一點食物。不過亞妮特又說，其實仔細想想，她看過的末日電影都有殭屍出沒，「我只是想說，眼前這還不是最糟的情況。」

然而，在這低低的灰色天空下，第一個走進機場的陌生人看來並不危險，反而一臉驚恐。他全身髒兮兮，看不出年紀，穿了好幾層衣服，鬍子很久沒刮了。他一開始出現在路上時，手中拿著槍，不過太隆大聲要他繳械，他便停住腳步讓槍枝掉在地上。他雙手高舉過頭，看著圍在身旁的群眾。大家都有問題要問。他似乎說話有點困難，動著嘴唇卻沒發出聲音，又清了幾次喉嚨才順利開口。克拉克發現這個人很久沒說話了。

「我原本待在飯店，後來才跟著你們在雪地留下的足跡過來。」陌生人終於開口，臉上有淚。

「沒事的，你哭什麼呢？」有人說。

「我以為全世界就剩下我了。」

44

新元十五年年底，機場居民達到三百人。文明博物館的展品填滿了飛凡貴賓室。前些年機場人比較少，克拉克一整天都要張羅生存瑣事，像是撿柴火、拖水到洗手間維持馬桶運作、前往荒廢的塞文市搜刮物品、在跑道邊狹窄的土地種植作物、剝鹿皮。但現在人多了，他也老了，就算一整天都在博物館忙，好像也沒人在意。

世界上似乎有著無數物品，明明已經沒用了，人們卻依然想保存下來：有著精密按鍵的手機、iPad、泰勒的任天堂掌上遊戲機、數款不同的筆記型電腦。還有幾雙不實穿的鞋子，幾乎都是細跟高跟鞋，美麗又怪異。館內還有三顆仔細清潔到發亮的引擎並排展示，更有輛摩托車，幾乎全由閃亮鉻合金組合而成。有時路上來往的小販也帶東西給克拉克，都是些沒有真正價值的東西，但他們知道他會喜歡，像是雜誌、報紙、集郵冊、硬幣等等。展品也有護照、駕照、信用卡，原持有者都曾為機場居民，後來過世。克拉克的紀錄完整無缺。

他把伊莉莎白母子的護照翻到照片那頁展出。伊莉莎白離開機場前一晚，將母子倆的護照交給他，那是新元二年夏天的事情。這麼多年過去，他看到護照依然心頭不安。

「他們本來就是會讓人不安的人。」朵樂莉說。

那年，母子離開前幾個月，克拉克正在折樹枝準備生火。他一抬頭，覺得自己看到主航班機旁邊有人，是個孩子。不過機場裡有好幾個孩子，從這個距離看不出是誰。那架飛機是禁區，不過小孩喜歡嚇唬彼此說那裡有鬼。眼前這個小孩手上拿著什麼，書嗎？他發現是泰勒站在機鼻旁，捧著一本書大聲朗讀。

「所以在一天之內，她的災殃要一齊來到，」克拉克走向他，聽見他對著飛機說。泰勒暫停一會，抬起頭。「你們聽到了嗎？災殃。『一天之內，她的災殃要一齊來到，就是死亡、悲哀、饑荒。她又要被火燒盡了，因為審判她的主神大有能力。[16]』」

克拉克知道這段經文的出處。他在多倫多那段日子，有個男友曾加入福音派，兩人交往過三個月，男友床頭總是放著聖經。泰勒停止朗讀，抬起頭來。

「你小小年紀就唸得這麼好。」克拉克說。

「謝謝。」男孩看來有點恍惚，但還能為他做什麼呢？第二年，人人都驚魂未定。

「你在做什麼呢？」

「朗讀給裡面的人聽。」泰勒說。

「裡面沒有人啊。」裡面當然有人，克拉克在日頭下打冷顫。飛機依舊密封，因為打開它是一場沒人願意想像的夢魘，沒人知道屍體會不會傳染病毒，那裡就像一座陵墓。克

16 出自《聖經・啟示錄》，預言巴比倫的滅亡。

拉克從來沒有這麼靠近過，機窗黑壓壓一片。

「我只是想讓他們知道，事出必有因。」

「泰勒，有些事情，發生就是發生了。」如此靠近，這架亡靈班機的沉靜令人窒息。

「可是為什麼死的是他們，不是我們？」男孩提問的模樣，像是耐心背誦出排練已久的論點，專注的眼神眨也不眨。

「因為他們接觸到病毒，我們沒有。你可以找各種理由解釋，天知道這裡有些人已經想破了頭，都快抓狂了。可是泰勒，事情就是這樣。」

「如果我們得救，其實另有原因呢？」

「得救？」克拉克想起自己不常和泰勒說話是為什麼了。

「有些人得救了，像我們這樣的人。」

「像我們這樣的人？」

「是好人，不軟弱的人。」泰勒說。

「聽我說，這不是好壞的問題……裡面的人，圭航班機上的人，他們只是剛好在錯的時間去了錯的地方。」

「好吧。」泰勒說。克拉克轉過身，接著幾乎是立刻又聽到泰勒大聲朗誦，聲音柔和了些，「她又要被火燒盡了，因為審判她的主神大有能力。」

伊莉莎白母子住在法航頭等艙，克拉克發現她坐在登機梯口曬太陽、做編織。他有一陣子沒跟她說話了，不是特別躲她，只是沒想到要她作伴。

「我有點擔心妳兒子。」克拉克說。

她暫停手中的編織。她剛來到這裡的那股狂熱情緒已經消退了，「為什麼？」

「他剛剛在隔離的飛機旁，大聲朗讀《啟示錄》給裡面的死人聽。」

「噢，」她微笑，繼續編織，「他的閱讀能力很超齡。」

「我覺得他似乎從聖經中得到了奇怪的想法，嗯，就是關於這整件事的起因。」他發現還是找不到適合的話來描述那場浩劫。沒人能夠直接說出口。

「什麼想法？」

「他覺得流感爆發是有原因的。」

「的確有。」

「嗯，沒錯，原因就是地球上幾乎所有人都感染了極為致命的豬流感變種病毒，但我的意思是，他似乎覺得除此之外，這也是神的審判。」

「他這樣想沒錯。」她暫停編織，開始計算針數。

克拉克感到一陣暈眩，「伊莉莎白，這種事情怎麼可能會有原因？神又有什麼樣的計畫會需要……」他發現自己提高了音量，握緊拳頭。

「事出必有因。只是我們不知道而已。」她說著，完全不看他一眼。

那年夏天到了後來，有一群流浪的宗教團體來到機場，要往南走。他們信仰的本質不太明確。「新世界需要新的神，有異象引導我們。」他們模糊提到徵兆、異夢。機場居民擔心趕走教徒會遭受威脅，只好留他們住下，度過了幾個不安穩的夜晚。流浪教徒吃了機場的食物，以祈福回報，但其實只是把手掌貼在額頭上喃喃唸著禱文。他們在航廈C區圍坐，到了晚上以機場沒人聽過的語言吟唱。教團離開時，伊莉莎白和泰勒跟著他們走了。

「我們母子倆只是想追求更為靈性的生活。」伊莉莎白為了他們的離開而道歉，彷彿是自己遺棄了眾人。他們跟在教團隊伍的尾巴走了，泰勒的身影看起來好小。克拉克心想，我應該多幫助她的，應該把她從邊緣拉回來。然而光是要把自己從邊緣拉回來，他已經耗盡氣力，再說他又能幫什麼忙呢？教團在通往機場的路口轉彎消失，克拉克確信在場不是只有他自己鬆了一口氣。

「這種瘋狂是會傳染的。」朵樂莉說。他也有同樣的想法。

新元十五年，大家會在辛苦工作一天後，來博物館看看過去的東西。頭等艙貴賓室原來的幾把扶手椅還保留著，可以坐在那裡閱讀最後幾期報紙。十五年前的舊報紙非常脆弱，因此克拉克用旅館床單縫製了陽春的手套，讓大家戴著翻閱。人們彷彿是抱著禱告的心情來到這裡。詹姆士，也就是第一個走進機場的陌生人，他幾乎每天都到博物館看摩托車。這輛車是他第二年在塞文市找到的，一直騎到加油站的油都變質，飛機燃油也耗盡。他非常懷念摩托車。伊曼紐是第一個在機場出生的小孩，常常進來博物館看電話。

現在他們有學校了，設於航廈C區。這裡的小孩像各地學童一樣，要背誦各種抽象概念。學校老師曾擁有兩家航空公司的飛行常客資格，他說停在機場外面的飛機以前飛在天上，坐上去就能飛到世界的另一邊，可是飛機起降時要關閉電子裝置。像是那種小小扁扁，會放音樂的機器，還有大一點、可以像書一樣打開的裝置，打開之後螢幕通電就會亮，不像現在這樣都黑黑的。這些機器就像一扇門，通往連結全世界的網路。衛星傳送訊息到地球上，貨船載運商品，飛機繞行全世界。世上沒有任何地方是太遠而到不了的。

老師還教到網路的事。網路曾經無所不在，無所不連，網路曾代表我們的所有。學童看了地圖、地球儀，看到網路曾經超越的國界。這是形狀像手套的黃色陸地，牆上那根針指的是塞文市，那是芝加哥，那是底特律。孩子們明白地圖上的點點是現在所處的地方，但即使是青少年也不太理解地圖的線條代表什麼，那是國家、國境，很難解釋。

新元十五年，了不起的事發生了。有個小販帶了報紙過來。打從第六年起他就會經過機場，專門販賣廚具、襪子和裁縫工具組。他晚上在法航班機旁紮營，早上離開以前去找克拉克。

「我帶了你可能會喜歡的東西，給你的博物館展出。」他拿出三張粗糙的紙。

「這是什麼？」

「報紙啊。」

那是連續三期的報紙，已經過期幾個月了。小販說這是新佩托斯基不定期發行的報紙，刊載新生兒的誕生、訃聞和結婚喜訊，還有以物易物專欄：當地男子希望以牛奶和蛋交換一雙新鞋子，還有人要用老花眼鏡交換S號牛仔褲。有篇報導指出在小鎮西南方目擊為數三人的土匪集團，由一女兩童組成，提醒居民避開，要是意外撞見，說話時請保持客氣，避免突然動作。還有個「行者交響樂團」剛經過鎮上，克拉克猜想他們不只表演交響樂，因為報上有篇熱烈的《李爾王》劇評，特別提到飾演李爾王的是吉爾．哈里斯，而克絲婷．雷蒙演他的小女兒。當地有個小女孩在報上公告她有一窩小貓要送養，貓媽媽很會抓老鼠。最後有則啟事：圖書館無限期徵求書籍，以紅酒交換。圖書館員叫作馮蘇瓦，身兼報紙發行人。看來只要報紙還有空白欄位，他就用自選文章填滿。第一期他刊登艾蜜莉．狄金生的詩，第二期則是林肯生平節錄。第三期，整份報紙背面都是他對飾演李爾王小女兒的演員所做的訪談（看來那個月沒什麼新聞和公告）。世界崩毀之際，克絲婷．雷蒙和哥哥逃離多倫多，不過這是哥哥事後告訴她的。她記得的事情不多，可是對於世界終結前一個晚上所發生的事，細節仍歷歷在目。

克：那時我和劇中另外兩個小女孩在台上，我背對他，看不到他的臉。但我記得台下前排有騷動，正對舞台第一排，接著就聽到「砰」一聲，是亞瑟的手打中我頭旁邊的三合板柱子。他腳步不穩，揮舞著雙手往後退，然後觀眾席有人爬上台衝向他……

克拉克讀到這裡不禁屏息。遇見認識亞瑟的人令他震驚。而且不僅認識，她還親眼看見他過世。

報紙在機場傳閱了四天。那是世界崩毀之後，眾人看到的第一份新報紙。報紙最後傳回博物館，克拉克拿在手裡好久，重讀那篇女演員專訪。撇除提到亞瑟的文章不談，他認為發行報紙真是個了不起的進展。既然有了報紙，還可能會有什麼呢？從前他搭過幾次紅眼班機往返紐約、洛杉磯，在機上目睹陽光由東向西灑滿整片大地，機窗三萬呎之下的河面與湖鏡反映朝霞。他自然曉得這不過是時區的小把戲，世界上總有夜晚，也有早晨，然而在那樣的時刻，他心中悄悄懷抱不為人知的喜悅，想著世界正在醒來。

後來幾年，他很想再讀幾期報紙，但是一份也找不著。

45

新元十五年的訪談（續）：

克：你還想問什麼問題嗎？

馮：我確實想問，但妳不想回答。

克：如果你不記錄，我就回答。

馮蘇瓦將紙筆放在桌上。

「謝謝。你想要的話，我現在就能回答，但是不能刊在報紙上。」克絲婷說。

「我答應妳。那麼，妳怎麼看待這些年來世界的改變？」

「我想到『殺人』。」她眼神專注。

「真的嗎？為什麼？」

「你有過不得不殺人的時候嗎？」

馮蘇瓦嘆氣，他不願去想這件事，「我有一次在森林裡受了驚嚇。」

「我當時也是受到驚嚇。」

訪談時間是晚上，馮蘇瓦在圖書館點了蠟燭，為了安全起見放在塑膠盆裡。克絲婷左顴骨的疤痕在燭光下看來柔和許多。她穿著夏季洋裝，紅底白花的圖樣褪了色，腰帶上插著三把刀。

「幾個？」他問。

她轉動手腕讓他看小刀刺青，兩把。

那時，樂團已經在新佩托斯基休息了一週半，幾乎所有團員都給馮蘇瓦訪問過了。八月說他帶著小提琴走出麻州空蕩蕩的家，有三年時間落入一個邪教團手中，離開後才偶然遇見樂團。中提琴也說了自己痛苦的遭遇，她當時十五歲，騎腳踏車從焚毀的康乃狄克郊區廢墟往西逃，模糊覺得該往加州去，沒想到距離加州還很遠就被路人襲擊，嚴重受傷。後來她夥同一群野蠻的少年集團四處劫掠，接著又偷偷潛逃，獨自走了一百哩，一路上小聲用法文自言自語，因為她生命中所有壞事發生的時候都說英文，她心想換個語言或許就能得救。她信步晃入一個小鎮，五年後樂團經過了那裡。第三大提琴在父母的胰島素都用完之後，親手埋葬雙親，接著躲在他們家位於密西根上半島的偏遠小屋，度過了安全而無聊的四年。最後他終於離開，因為他害怕再不找個人說話就會發瘋，也因為他已經寧願用右手換取任何鹿肉以外的食物。他往東南方走，越過連結密西根上下半島的馬基納克橋（這座橋的中央在十年後斷裂），在麥基諾城一個感情緊密的小漁村外圍落腳，直到樂團的人經過那裡。馮蘇瓦後來明白，所有團員的故事都一樣，只是分為兩種版本：大家都死了，我走著走著，遇見了樂團。或者，事情發生的時候我還小，甚至事發後我才出生，對於其他的生活方式根本不記得，或只有極少的記憶，而且我這輩子都在走路。

「現在換你了。你的感想呢？」克絲婷問。

「世界的改變讓我想到什麼？」

「對。」

「我在巴黎的公寓。」飛航旅行中止之際，馮蘇瓦在密西根度假。他閉上眼睛，還能看見公寓客廳天花板細緻的飾條、通往陽台的白色高聳門扉、木地板和書籍。「妳為什麼會想到殺人呢？」

「你在從前的世界從來不需要傷害別人，對吧？」

「當然不需要，我以前是寫文案的。」

「什麼？」

「就是做廣告。」馮蘇瓦很久沒想到廣告了，「像是看板什麼的，我們負責寫上面的文案。」

她點頭，眼神飄離他身上。如今馮蘇瓦最喜歡的地方就是這座圖書館，這些年來，他收集了數量可觀的館藏。書、雜誌，還有世界崩毀前的報紙，擺滿了一整個玻璃櫃。最近他才動念要自己辦報，目前為止這個計畫讓他充滿了活力。克絲婷望著那架自行組裝出來的印刷機，在圖書館後方的陰影中看起來好巨大。

「妳臉上那個疤是怎麼來的？」他問。

她聳肩，「真的不知道，事情發生在我不記得的那年。」

「妳哥死前都沒有告訴妳嗎？」

「他說我不記得比較好，我就信了他的話。」

「妳哥是個什麼樣的人？」

「很悲傷。他什麼都記得。」

「妳沒有告訴過我，後來他怎麼了？」

「是個很愚蠢的意外，人在舊世界不會那樣死掉的。他踩到釘子，傷口感染而死。」

克絲婷瞥一眼窗外，看著消沉的光線，「我要走啦，太陽要下山了。」她起身，腰帶上的刀柄反射微光。這位奇女子，態度如此有禮，卻能取人性命。她每一天都佩刀出門，馮蘇瓦聽其他團員討論過她的擲刀技巧，據說蒙著眼也能正中紅心。

「我以為今天只有音樂表演。」一如往常，馮蘇瓦很捨不得她走。

「的確是，但我答應朋友要過去聽。」

「謝謝妳接受訪問。」他送她到門邊。

「不客氣。」

「可不可以問妳，為什麼不願意記錄最後一部分？我並不是第一次聽到有人承認殺過人。」

「我知道，幾乎團裡的每個人……但我跟你說，我有收集名人八卦剪報。」

「名人八卦……？」

「只收集一個演員，亞瑟・林德的。這些剪報讓我體悟了白紙黑字所代表的恆久紀錄。」

「妳不希望有人記得妳說過這種話。」

「沒錯。你也要來看表演嗎？」

「好啊，我跟妳一起去。」馮蘇瓦走回去吹熄蠟燭。街道已經全暗了，海灣那頭的天空卻還亮著。樂團在距離圖書館幾條街外的橋上表演，篷車停在橋的另一頭。馮蘇瓦聽到一陣不協調的樂音，是團員各自在練習、調音。八月皺著眉頭一遍又一遍練習同樣的兩個小節，小夏細細研究著樂譜。稍早幾個鎮民從山丘上的鎮中心扛著長椅下來，現在椅子一列列面對海灣排好。大部分的長椅都有人坐，大人聊天或是看著樂手，小孩著迷地看著樂器。

「後面還有空位。」克絲婷說，馮蘇瓦跟著她。

「今天要表演什麼？」

「貝多芬的交響曲吧，不曉得哪一首。」

樂手接收到無聲的指令，停止練習和調音，不再交頭接耳，各自背對海灣就定位，靜了下來。觀眾也寂靜無聲。指揮在靜默中走向前，對觀眾微笑鞠躬，不發一語地轉過身面對樂手和海灣。海鷗在上空滑翔，她舉起指揮棒。

46

新元十五年的一個夏夜，吉梵．喬希利在河邊喝紅酒。如今的世界只是一連串的小聚落，重要的也只有聚落了，土地叫什麼名字不重要，但這裡曾屬於維吉尼亞州。

吉梵走了一千哩。第三年，他來到一個叫麥金利的聚落，鎮名是根據創立此地的團體所取的。該團體原有八人，是麥金利．史岱文森．戴維斯行銷公司的業務團隊。流感橫掃美洲大陸時，八人被困在荒島般的公司度假村裡。他們離開度假村幾天後，在遠離主要高速公路的無人道路上發現一間汽車旅館，看起來還算能夠居住，於是團隊便搬了進去。起初會選擇住在那裡，是因為在前幾個可怕的年頭，大家都不想距離彼此太遠，後來則是因為住慣了。現在那裡有二十七戶人家，是個安靜的聚落，過了前面馬路有條河。到了第十年夏天，吉梵跟創立聚落的其中一人結了婚，她叫戴瑞亞，從前是業務助理。今天晚上，吉梵夫妻和朋友坐在河岸旁。

「不曉得耶，」他們的朋友說著，「把從前的事情教給孩子們，還有什麼意義嗎？」他名叫麥克，以前當卡車司機。麥金利鎮有學校，十個孩子每天在汽車旅館最大的房間上課。麥克的十一歲女兒有天下午哭著回家，因為老師說溜嘴，告訴他們在喬治亞流感之前，人的平均壽命比現在長很多，以前六十歲並不算特別老。他女兒聽了很害怕，因為她不懂，這樣好不公平，她也想跟以前的人活得一樣久啊。

「老實說我也不清楚。我會希望我的孩子知道吧，所有的知識，還有我們曾經擁有的，那些不可思議的事物。」戴瑞亞說。

「要教到什麼程度呢？」麥克點頭接過戴瑞亞的紅酒瓶，「有人提到抗生素、引擎的時候，妳看看他們眼睛發亮的樣子。對孩子而言那根本是科幻小說吧？如果那些事情只會讓他們難過——」他停下來喝酒。

「你說得對，我覺得問題在於，學到這些會讓孩子更開心，還是更不開心呢？」戴瑞亞說。

「以我女兒的情況看來，更不開心。」

吉梵沒有認真聽，卻也沒喝醉，只是輕鬆地待在一旁。他那天其實過得相當糟：早上鄰居從梯子上摔下，吉梵算是方圓百哩內最接近醫生的人，只好幫忙接骨。過程很可怕，鄰居用私釀酒灌醉自己，但仍痛到接近半瘋癲狀態，激烈的呻吟從嘴裡緊咬的木條傳出來。大家遇到緊急狀況總會來找吉梵，他也非常榮幸能幫上忙，可是在這個沒有麻醉技術的時代，病患的肉體疼痛常令他顫慄。河邊高高的草叢間開始有螢火蟲飛出來。他不想說話，真的不太想，不過就這樣跟朋友和妻子一起歇歇也很好。紅酒模糊了那天最可怕的記憶（吉梵接骨時患者頭上冒出豆大的汗珠），他聽著潺潺河水和林間的蟬鳴，看著遠方河岸垂柳上方的星星……即使過了這麼多年，在某些時刻，他依然訝異自己竟能幸運地找到這個地方、這片寧靜、這個女人，竟能活著見到這個值得活下來的時代。他握握戴瑞亞的手。

「她那天哭著回家，我在想，或許不應該再教他們這些瘋言瘋語了，或許該放下了吧。」麥克說。

「我不想放下。」吉梵說。

「是不是有人在叫你？」戴瑞亞問。

「希望沒有。」吉梵說，但是他也聽到了。

麥克和戴瑞亞跟他回汽車旅館。剛才有個男人騎馬過來，抱著倒在馬鞍上的女人。

「我太太中彈了。」從他說話的語氣，吉梵聽得出來他愛她。大家把女人拉下馬，那天晚上很熱，她卻在發抖，意識不清，眼皮不停翻動。眾人將她扛到吉梵充當手術室的房間。麥克點亮油燈，室內充滿黃光。

「你是醫生嗎？」帶她來的男人問道。他看起來很眼熟，但是吉梵想不起來。他大約四十歲，頭髮和太太一樣編成雷鬼頭。

「我是這裡最接近醫生的人。你叫什麼名字？」吉梵問。

「愛德華。你是說你不是真正的醫生？」

「流感發生前，我受過急救人員訓練。我也跟著附近的醫生學了五年，當他的助手，後來他決定往南走。我能學的都學了。」

「但是你沒上過醫學院。」愛德華悲慘地說。

「我也想，但是據我所知醫學院已經不招生了。」

「對不起，」愛德華用手帕擦去臉上的汗，「我不是有意冒犯，只是聽說你很厲害。她……中彈了。」

「我看看能不能幫得上忙。」

吉梵很久沒看到槍傷了。到了新元十五年，剩下的彈藥不多，人們除了打獵很少用槍。「你說說事發經過吧。」吉梵這麼問，只是為了分散愛德華的注意力。

「是先知。」

「我不曉得他是誰。」起碼傷口很乾淨，腹部有彈孔，沒有子彈出口。稍有失血，脈搏微弱但還算穩定，「什麼先知？」

「我以為他的故事連不認識的人都聽過，他走遍了整個南方。」愛德華握著妻子的手說。

「這些年來我聽過好幾個先知的故事，自封為先知的人還不少。」吉梵從櫃子裡拿出私釀酒。

「你用那個消毒器具嗎？」

「針頭已經用滾水煮過了，但還要用這個再消毒一次。」

「針？子彈都還沒拿就要縫？」

「取出子彈太危險了，」吉梵柔聲說，「你看，出血快要停了。如果我試著往裡面挖出子彈，她可能會失血過多。還是留在裡面比較安全。」他在碗裡倒了一些酒洗洗手，在酒水中消毒針線。

「我能幫什麼忙嗎？」愛德華在一旁徘徊。

「我幫她縫傷口，你們三個可以壓住她。所以你說那個先知……」吉梵認為最好的方式是讓陪伴病患的人分心。

「他今天下午經過，帶著他的追隨者，一共二十人左右吧。」愛德華說。

吉梵想起他曾在哪裡見過愛德華了，「你住在舊林場那邊嗎？我當醫生助手的時候去過幾次。」

「對，沒錯，就是林場。當時我們在田裡，朋友跑來通報說有一群人正在接近，大約二十或二十二個人，一邊走一邊唱著怪異的聖歌。過一會兒我也聽到了，那群人都在笑，所有人圍在一起前進，最後走到我們面前就不唱了。人數比我想像中少，大概十五個左右。」愛德華靜了一會兒，看吉梵倒酒在太太肚子上，她發出呻吟，一絲鮮血從傷口流出來。

「你繼續說。」

「我們問他們是誰，帶頭的對我微笑，說：『我們是光』。」

「光？」吉梵用針刺穿女子的皮膚，愛德華忍不住嚥了一口口水。吉梵說：「別看，按住她就好。」

「我一聽就知道他是誰了。我們聽過他的故事，小販還是什麼人說的。這群人沒血沒淚，教義瘋癲，帶著武器隨心所欲地劫掠。所以當時我保持冷靜，我們都很冷靜，看得出來我的鄰居也發現遇上了難纏人物。我問他們是不是需要什麼，還是來打聲招呼而已？先知對我微笑，說他們有我們想要的東西，要拿那個跟我們交換槍和彈藥。」

「你們還有彈藥？」

「今天為止都還有，林場裡庫存很多。他一邊說話我一邊張望，想起我的孩子不曉得上哪兒去了。小孩給媽媽帶著，但是媽媽呢？於是我問：『你們有什麼東西是我們想要的？』」

「接下來呢？」

「接著那團人從中間散開，我兒子就在那邊，被他們抓起來了。孩子才五歲！竟然把他綁起來還蒙住嘴巴，我嚇死了，他媽媽在哪裡？」

「那你把武器給他們了嗎？」

「我們把槍交給他們，他們把小孩還我。還有另一群人綁了我老婆，所以我只看到十五人，而不是二十個。那一小群人把她帶到比較前面的路上，當作……不知道……保險措施嗎？」愛德華的聲音充滿厭惡。「他們說如果離開後沒人跟蹤，一、兩個小時後我老婆會自己走路回來，毫髮無傷。他們還說要離開這一帶，往北走，所以這是我們最後一次見面。他們一直微笑，心平氣和，一副完全沒做錯事的樣子。就這樣，我們帶回兒子，他們帶著槍和彈藥離開，我們等著。過了三小時她還是沒回來。我們幾個人追過去，發現她中彈倒在路邊。」

「他們為何這麼做？」吉梵發現女人，她無聲地哭泣，眼睛沒有張開。最後一針。

「她說先知要她留下，跟他們往北走，嫁給其中一個人。她拒絕，先知就開槍。射擊的位置顯然不會立刻致命，或許是想讓她慢慢死，增加她的痛苦。」愛德華說。

吉梵剪斷線頭，在她腹部壓了一條乾淨毛巾，對戴瑞亞說：「繃帶。」她早已拿好一條舊床單撕下的布條等在旁邊。他仔細包紮。

「她不會有事，除非傷口感染。其實不必擔心，因為子彈射出的高溫有殺菌作用，我們也小心用酒精消過毒了。不過你們倆應該在這裡待幾天。」吉梵說。

「非常謝謝你。」愛德華說。

「盡力而已。」

手術室清理完畢後，女子陷入斷斷續續的睡眠，先生陪伴在一旁。吉梵把沾血的針放在平底鍋裡，穿過馬路去河邊。他跪在草地上，用平底鍋裝滿水，回到汽車旅館。他在自己的房門口點燃手工搭建的爐具，把鍋子放上去，坐在一旁的野餐桌上等水滾。

吉梵從上衣口袋拿出菸草填滿菸斗，這個習慣能讓他平靜。什麼也不想，只是看著星星，聽著河水流過。努力別去想她的痛苦，她的鮮血，別去想那些惡意開槍、留她在路邊等死的人。麥金利鎮位於舊林場南邊，若先知所言為真，那麼他們會遠離麥金利，前往人們戒心較低的北方。吉梵納悶他們為何往北走，要走多遠呢？他想起多倫多，想起曾穿過雪堆行走。一想到多倫多，便無可避免地想起哥哥，想起安大略湖岸的玻璃高塔、那座崩壞的鬼城、依然掛著《李爾王》海報的埃爾金劇院……記憶中亞瑟離世那一晚，一切終結又重新開始的時刻。

戴瑞亞跟了過來。當她碰觸到他的手臂，他嚇了一跳。水滾了一段時間，針應該消毒完畢了。戴瑞亞牽起他的手，輕輕吻了一下，悄聲說：「很晚了，睡吧。」

47

新元十九年，克拉克七十歲了。他感到前所未有的疲憊，行動遲緩，關節和手都會發痛，天氣一冷就更嚴重了。他剃光所有頭髮，不像從前還留下右半邊，左耳則戴著四個耳環。摯友亞妮特在新元十七年死於不明疾病，他便戴著她的漢莎航空絲巾作為紀念。他已經不覺得特別傷心了，只是隨時都留意著死亡這件事。

文明博物館有一張扶手椅的位置能看到整座停機坪。負責打獵的人在一架波音七三七機翼下方拼湊著搭好架子，在那裡掛鹿肉、野豬和兔子，獸肉割下來給機場居民吃，內臟拿去餵狗。六、七號跑道之間是墳場，每一塊墓碑都是機上的餐桌，插在土裡，死者生平就刻寫在硬塑膠板上。那天早上，克拉克放了一些野花在亞妮特墳前，此刻他從館內也能看到墳前的一抹藍紫色彩。一整排噴射客機在停機坪邊緣頭尾相連，如今機身都已布滿鏽斑。從這個角度看，機場的花園有一半被停在登機門邊的飛機給遮住了。映入眼簾的還有遠處的玉米田、獨自隔離的圭航四五二班機、機場周圍的鐵絲柵欄和蛇籠，以及柵欄外的一片森林。這些樹木他已經看了二十年。

他最近將水利工程顧問公司的三百六十度報告印出來給大家看，因為報告中的人應該全都過世了，公開也無妨。機場裡曾經當過主管的人對這些報告特別感興趣。報告一共分為三類：下屬、同事、上司，箭靶則是可能過世已久的公司主管丹。

「比方說你看看這篇，」蓋瑞特說。那是七月末的下午，這些年來他和克拉克成了好友。他覺得這些報告特別有意思，「你這裡下的標題是『溝通』，然後……」

「你在看哪一類的報告？」克拉克陷進最喜歡的扶手椅，閉上眼睛。

「下屬的。你看『溝通』這一欄的第一則意見是：他不擅長將資訊傾瀉給員工。傾瀉？這個人很愛泛舟嗎？我真的很好奇。」蓋瑞特說。

「喔，我很確定他受訪時就是這麼說。他真的說『傾瀉』。」克拉克說。

「還有這個我最喜歡的：『作為既有客戶的窗口，他的確能夠勝任，但是新客戶就像垂得很低的水果，他卻只會採取高姿態觀望，拒絕卑躬屈膝地跪到沙地上，為我們促成新的機會。』」

克拉克皺了一下臉，「這個我也記得，當時在辦公室聽他這麼講，我簡直差點中風。」

「真讓人一頭霧水。」蓋瑞特說。

「的確。」

「講什麼高姿態、低垂的水果，還有沙地和卑躬屈膝？」

「這傢伙大概是個會爬山的礦工，下班就去果園幹活。還好我從來不會這樣講話，這點我很自豪。」

「你會不會說上班是『出來混』？」

「應該不會吧？我不會這樣講。」

「我好討厭聽到這句話。」蓋瑞特正在仔細讀報告。

「喔，我倒是不太介意。說到『混』，我只想到小時候，媽媽偶爾會買做餅乾的材料回來，混一混就可以拿去烤了。」

「你記得巧克力豆餅乾的味道嗎？」

「我做夢都會夢見。別說了，好難受啊……」

蓋瑞特很久都不說話，克拉克只好睜開眼看看他還有沒有呼吸。原來他正看著兩個孩子在停機坪玩遊戲，看得出神。小孩躲在加拿大航空的客機輪子後面，互相追逐。過了這麼多年，蓋瑞特已經平靜許多，但還是很容易盯著前方發愣。克拉克見狀就知道他接下來要說什麼了。

「我有沒有跟你說過，我最後一通電話打給誰？」蓋瑞特說。

「有，我確定你說過。」克拉克輕聲回答。

蓋瑞特的妻子和四歲雙胞胎住在加拿大的港口城市哈利法克斯，但他最後一通電話卻是打給上司。他最後一次拿起話筒，只說了一連串關於工作的陳腔濫調，最後悲慘地烙印在記憶中。他記得自己當時說：「先聯絡南西，接著是鮑伯，下週我們再繞回來確認。我會發電子郵件給賴瑞。」蓋瑞特想到這裡，不自覺輕聲說：「下週再繞回來確認。」接著他清清喉嚨：「我們何必說『發』郵件啊？」

「不知道，這問題我也想過。」

「為什麼不說『傳』就好？不就是按下『傳送』按鈕嗎？」

「其實也不是真的按鈕，是螢幕上的按鈕圖示。」
「沒錯，我正是這個意思。」蓋瑞特說。
「發什麼？難道是發射子彈嗎？電子郵件又不是槍，槍的話我會比較喜歡。」
蓋瑞特比出槍的手勢，瞄準遠方的森林邊界，低聲說：「砰！」過了一會兒提高音量說：「以前我都把『謝謝你』寫成3Q。」
「我也會，因為打字太麻煩、太花時間了。」
「『再繞回來』會讓我想到划船。先把什麼人放在岸上，之後再繞回去接他們。」蓋瑞特安靜了一會兒，又說：「這條我喜歡：『他工作能力強，但活得像在夢遊』。」
「我記得說那句話的女人。」克拉克心想，不知道大理花後來怎麼了？
最近他愈來愈常回想過去，他喜歡閉上眼睛，讓回憶淹沒自己。回憶中的人生是一連串的照片，也是不連續的短片：九歲的學校話劇表演，爸爸神采飛揚地坐在第一排；跟亞瑟在多倫多跑夜店，燈光令人目眩；紐約大學的教室；客戶一邊抱怨爛主管一邊用手梳頭髮。還有一個又一個愛人，細節他依然記得：一組深藍色床單、一杯完美的茶、一副墨鏡、一抹微笑。洛杉磯銀湖區，朋友家後院的巴西乳香樹。桌上一束虎斑百合。羅伯的微笑。媽媽一邊聽BBC廣播，一邊打毛線的手。
他聽到一些細碎聲音醒來。最近愈來愈常突然打盹睡著，他有種不安的預感，像在預演著什麼，先是小睡一會，接著愈睡愈久，最後永遠睡著了。克拉克在躺椅上挺直身子，眨眨眼。蓋瑞特已經走了。白天最後一道光線穿過玻璃斜斜射進來，照亮了館內摩托車的完美鉻合金色調。

「我是不是吵醒你了？」發問的是蘇立文，保全隊長，大約五十歲，他十年前和女兒一起走進機場。「我想介紹新來的朋友給你認識。」

「你們好。」克拉克說。新來的是一男一女，看來約莫三十出頭，女的用背巾揹著嬰兒。

「我是小夏。」女人說。「這是我先生傑洛米，還有小寶寶安娜貝爾。」小夏兩條手臂滿滿都是刺青，克拉克看到上面有花朵、音符、字體繁複的人名，還有一隻兔子。右前臂刺了四把刀。克拉克知道小刀代表什麼，他還看到傑洛米左腕背面刺了兩支黑箭。她殺過四個人，他殺過兩個，現在兩人帶著小嬰兒來到機場。以新世界的荒謬標準看來，這情況再正常不過了。（雖然有一部分的克拉克至今還是會暗自抱怨這套標準）。寶寶對他笑，他也對她笑。

「你們會在這裡待一陣子嗎？」克拉克問。

「可以的話就太好了，我們跟其他團員走散了。」傑洛米說。

「你聽到他們的團員一定會嚇一跳。記得新佩托斯基的報紙嗎？」蘇立文說。

「我們是行者交響樂團的成員。」小夏說。

「你們那些團員啊，」蘇立文對嬰兒揮動五根手指，安娜貝爾的眼神越過手指看他的臉，「你們還沒說是怎麼走丟的？」

「說來話長，反正有個先知，他自稱是從這裡來的。」小夏說。

這裡人？機場什麼時候有過先知了？克拉克確信要是有先知，他肯定會記得。「他叫什麼名字？」他問。

「我不曉得有沒有人知道。」傑洛米說，接著開始描述那個金髮男子是如何利用個人魅力、暴力，以及精挑細選的《啟示錄》經文支配了整個水城。傑洛米看到克拉克表情有異，停下來問他：「怎麼了嗎？」

克拉克顫抖起身，在眾人目光下走到博物館的第一個展示櫃。

「他媽媽還活著嗎？」克拉克看著伊莉莎白的護照，那張在難以想像的遙遠年代所拍下的照片。

「誰的媽媽？先知嗎？」

「對。」

「應該死了，從來沒聽過她的事。」

「身邊沒有老太太跟著他嗎？」

「沒有。」

伊莉莎白，妳後來怎麼了呢？帶著兒子走在路上，發生了什麼事呢？但是話說回來，每個人後來都怎麼了？爸媽、同事、來到這座機場前認識的朋友、羅伯，他們都怎麼了？如果所有人的消失都不算數、沒有文字紀錄，伊莉莎白又怎麼能例外？克拉克閉上眼睛，回想停機坪上，站在圭航四五二亡靈班機一旁的男孩。他大聲朗讀《啟示錄》中的災禍給亡者聽，那是亞瑟心愛的獨生子。

Ⅷ

先知

48

克絲婷和八月與團員分開了三天，如今棲身於塞文市郊區一個草木蔓生的後院裡，躲在工具棚後方。克絲婷突然醒來，眼中有淚。她夢見跟八月在路上走啊走，一回頭八月不見了，她知道他死了。她大喊他的名字，沿路狂奔，就是沒看到他。她醒來時八月看著她，摸著她的手臂。

「我人在這裡。」他說。她想必在夢裡大喊他的名字吧。

「沒事，只是做夢。」

「我也會做惡夢。」八月另一隻手握著企業號太空船的銀色模型。

這時還算不上早晨，天色雖亮，夜的陰影依然低垂，露出灰光。露珠掛在草尖。

「來洗洗臉，搞不好今天會遇見其他人。」八月說。

他們過馬路到湖邊，湖水倒映出珍珠色天空，漣漪染上了第一道粉紅朝霞。他們用克絲婷在上一間屋裡找到的洗髮精洗澡，肌膚殘留了人工蜜桃香味，流到湖面上變成泡泡小島。克絲婷洗了裙子，扭一扭，還沒乾就穿上。八月的行李箱裡有剪刀，她幫他剪頭髮，因為瀏海垂到眼睛了。接著他也幫她剪。

「要有信心。一定會找到他們。」八月悄聲說。

湖岸邊度假飯店林立，窗戶幾乎都破了，碎片反射天空的景象。樹木在停車場的生鏽車輛之間生長。輪子拉過不平的路面實在太吵了，於是兩人丟下行李箱，用床單做了包袱，將補給品扛在肩頭。走了一、兩哩路，他們看見一個指標，畫著斜斜飛過路口的白色飛機，箭頭指向鎮中心。

看來塞文市曾是個重要的地方。這裡有紅磚建築的商業街，植栽的花開得猖狂，楓樹樹根穿破人行道表面。開著小花的藤蔓幾乎包覆了整間郵局，還蔓延到街道上。兩人盡量安靜行動，手持武器。鳥兒從破窗飛進飛出，站在低垂的纜線上。

「八月——」

「怎麼了？」

「你有沒有聽到狗叫？」

眼前是長成一片密林的市立公園，低矮小丘在路邊起伏。兩人爬上小丘，拋下行李，壓低身子迅速躲進灌木叢。小路盡頭有什麼一閃而過：是鹿，牠蹦蹦跳跳離開湖邊。

「有東西嚇到鹿。」八月低語。克絲婷一再重新握好腰帶上的刀。一隻大王蝴蝶振翅飛過。她看著蝴蝶，聽聲等待，蝶翼有如明亮的紙張。身邊傳來昆蟲的模糊嗡嗡聲。現在聽到人聲、腳步聲了。

出現在路上的第一人全身污穢，克絲婷原本認不出是誰，看清楚之後忍住不發出驚呼。那是薩伊德，面容枯槁，行動遲緩，臉上有血，一隻眼睛腫到睜不開。他的衣服又髒又破，鬍子好幾天沒刮了。薩伊德幾步之後跟著兩個男人和一名少年，少年拿開山刀，一男拿槍管鋸短的獵槍，槍口朝下，另一男拿弓，弓架半拉，箭已上架，身上揹著箭袋。

克絲婷一寸寸移動，從腰帶抽出第二把刀。

八月小聲說：「拿槍的我來，弓箭手交給妳。」他握著一個拳頭大小的石塊，起身拋出去，在路上劃出一道弧線。石頭掉進半塌房屋裡的水井，兩人嚇得轉向聲音來源，就在此刻八月射出第一箭，穿透槍手背部。克絲婷聽見腳步聲逐漸遠去，開山刀少年跑了。弓箭手拉弓，一隻箭穿過克絲婷耳邊，但此時小刀早已離手，弓箭手跪地看著插在肋骨間的刀柄。一群鳥從屋頂上驚飛而起，周圍又突然陷入沉靜。

八月喘著氣咒罵，薩伊德跪在地上，雙手抱頭。克絲婷跑過去，將他的頭摟進胸口，他沒有反抗。「對不起，」克絲婷對著他黏滿血塊的頭髮低聲道歉，「對不起，讓他們傷害你。」

「沒看到狗，」八月說。他下巴緊繃，臉上出了一層薄汗，「狗在哪？明明有聽到狗叫聲。」

「先知帶狗走在我們後面，」薩伊德低聲說，「他那裡還有兩個人。大概半哩路之前分成兩批行動。」克絲婷扶薩伊德站起來。

「弓箭手還活著。」八月說。

弓箭手躺在地上，眼神跟著克絲婷移動，身體卻沒有動彈。克絲婷跪在他旁邊。這個人在水城看過他們演《仲夏夜之夢》，表演結束還站在第一排笑著鼓掌，雙眼在燭光下看起來濕濕的。

「你們為什麼要抓薩伊德？」克絲婷逼問，「其他兩人在哪裡？」

「你們拿走了屬於我們的東西，」他氣若游絲，「我們抓人是為了交換。」他衣服上的鮮血迅速蔓延，從頸窩處滴下，在身下形成血泊。

「我們什麼都沒拿，你在說什麼？」八月翻找這些人的袋子，「沒有槍枝彈藥，槍也沒上膛。」他的口氣中有一絲憎惡。

「他是指那個女孩，」薩伊德的聲音乾癟刺耳，「就是那個坐順風車的。」

「第五個新娘。我有責任帶她回去，她被選中了。」弓箭手細聲說。

「伊蓮諾嗎？」八月抬頭，「那個被嚇壞的小女生？」

「她是先知的。」

「她才十二歲！難道先知說什麼你們都信嗎？」克絲婷問。

弓箭手微笑，「病毒是天使，我們的名都記錄在生命之書。」

「隨你怎麼說。其他人在哪裡？」弓箭手不理會克絲婷的問題，只是看著她微笑。克絲婷又問薩伊德：「其他人還在後面的路上嗎？」

「豎笛手逃走了。」薩伊德說。

「那迪亞特呢？」

「小婷……」薩伊德柔聲說。

「天啊，迪亞特該不會？不要……」八月說。

「我很遺憾，」薩伊德雙手掩面，「我無能為力……」

弓箭手小聲說，「又看見一個新天新地，因為先前的天地已經過去了。」他臉上逐漸失去血色。

克絲婷使勁一拔，將小刀抽出胸口，他用力倒抽一口氣，鮮血直噴。她聽到他喉頭發出咕咚一聲，眼神逐漸黯淡。第三個了，她心想，同時感到無比的疲憊。

「我們在樹林裡聽到一陣嗚咽，」薩伊德緩緩跛行，一邊說著。「就是站哨那晚，我們距離團員大約一哩，差不多該掉頭回去，卻聽到灌木叢傳來聲音，聽起來像迷路的小孩。」

「那是陷阱。」八月說。克絲婷瞥了他一眼，發現他表情呆滯。

「我們兩個像笨蛋一樣過去查探，接下來我只知道有東西蓋在臉上，泡過什麼的布吧？聞起來有化學味，醒來的時候就在林間空地了。」

「迪亞特呢？」她費盡力氣才從喉嚨擠出這句話。

「他再也沒有醒來了。」

「什麼意思？」

「就是那個意思。他是不是對氯仿過敏？不曉得那真的是氯仿，還是其他毒性更強的東西？先知的手下給我水喝，跟我說他們打算要回那個女孩，便決定綁架兩個人質談交換。他們從團員旅行的路線猜到我們要去文明博物館，加上有傳言說小夏和傑洛米去了那裡。他們對我解釋這一切的時候，我一直看著迪亞特睡在我身邊，膚色愈來愈蒼白，嘴唇轉藍。我想叫醒他，可是叫不醒，真的叫不醒。我被綁在他旁邊，一直踢他，叫他快醒來、快醒來，結果……」

「結果呢？」

「結果他還是沒醒，隔天一整天我們都在等他醒來，我綁在旁邊，先知的手下走來走去。快要晚上的時候，他呼吸停了。我眼看著他沒了呼吸。」克絲婷已經熱淚盈眶。「我原本看著他呼吸，他變得好蒼白，胸口起起伏伏，吐了最後一口氣之後，再也沒有動靜。我大喊大叫，他們過來要把他弄醒，但是……一點用都沒有，完全沒有。手下吵了一會兒，有兩個人離開，幾小時後抓了豎笛手回來。」

49

事實上，豎笛手真的很討厭莎士比亞。她大學雙主修戲劇和音樂，世界劇變那一年，她大學二年級，對二十一世紀德國實驗劇場陷入癡迷。世界崩毀二十年後，她愛上了交響樂團的音樂，愛上了身為團員的感覺，卻再也無法忍受劇團堅持演莎士比亞。她努力不跟其他團員抱怨，但不是每次都忍得住。

落入先知一夥人手中的一年之前，豎笛手獨自坐在麥基諾城的岸邊。那是個微涼的早晨，湖面籠罩著迷霧。她已經數不清團員是第幾次經過這裡，可是她永遠走不倦。她喜歡密西根上半島在霧季若隱若現的樣子，看見連接上下半島的橋隱沒在雲深之處，她覺得充滿無限可能。

最近她在構思自己提筆寫劇本，想試著說服吉爾讓團員演出。她想嘗試更現代的背景，設定於他們不知不覺活到的當下。她在深夜跟迪亞特激辯，告訴他光是生存或許還不夠，但換個角度來說，光是演莎劇也不夠啊。他反覆說著平常的那些理由，像是莎翁活在瘟疫肆虐的時代，沒有電力，正如行者樂團的處境。她說，可是你想想，差別在於我們看過電力，看過一切事物，看過文明崩毀，莎士比亞可沒有。在莎翁的年代，科技帶來的驚奇還等在前頭，而非遺落在後方，再說，當時瘟疫奪走的事物遠比現代少。最後迪亞特說：「如果妳覺得自己寫的比較好，何不寫好拿給吉爾看？」

「我不覺得自己寫的比較好。我不是那個意思，只是說演出內容侷限於莎士比亞，未免有所不足。」不過，寫劇本似乎是個有趣的主意。隔天早上豎笛手開始在湖岸寫起第一幕，但她自始至終只寫了開場獨白的第一句，想像中這會是一封信：「各位朋友，我已經無比疲憊，決定在林中休息。」降落在腳邊的海鷗令她分了心。海鷗在石頭上啄東西，這時她聽見迪亞特喊她，他從營地端了兩個有缺口的馬克杯過來，杯中裝著在新世界充當咖啡的飲料。

「妳在寫什麼？」他問。

「寫劇本。」她說著把紙條摺起來。

他微笑，「喔，到時候我很期待看看。」

接下來幾個月，豎笛手時常想起寫下的獨白開頭，把文字當作口袋中翻動的硬幣和石頭，掂著它們的分量，可是她想不到下一句該怎麼寫。殘缺的獨白塞進背包深處，直到十一個月後才被發現。那時豎笛手被先知的手下綁架，幾個鐘頭後團員發現紙條，還以為是自殺遺書。

團員看紙條時，被迷昏的豎笛手在林間空地醒來。她做了個怪夢，夢到一間房，是大學的排練室，一陣笑聲傳來。誰說了笑話？她想抓住這個夢，緊握夢的碎片，因為即使仍未完全清醒，夢中的她也知道現實全部亂了套。她側躺在樹林裡，感覺被下了毒，肩膀之下的地面感覺堅硬，而且好冷。她雙手反綁在背後，腳踝也受縛，馬上察覺團員都不在身邊，陷入隻身一人的恐懼。之前跟傑克森在裝水，然後呢？她想起聽到身後傳來聲音，一轉頭臉就蒙上了布，有人托住她後腦勺。現在是晚上了，有六個男人蹲在她附近圍成一圈，兩人帶著大把槍枝，第三人拿標準弓箭、揹著箭袋，第四人手持怪異的金屬十字弓，第五人拿開山刀。第六人背對她，看不出有沒有武器。

「可是我們不曉得他們會走哪一條路。」其中一名槍手說。

背對豎笛手的人回答：「看看地圖，從這裡到塞文市機場，合理的路線只有一條。」

她認出是先知的聲音。

「他們一到塞文市，可能會走路易斯大街，看來離這裡不遠。」

「分頭行動，」先知下指令，「分成兩組，各走不同路線，最後在通往機場那條路碰頭。」

「希望各位紳士已經想好計畫了。」聽來像薩伊德的聲音，距離不遠。薩伊德！豎笛手想找他說話，問他和迪亞特之前去了哪裡、發生了什麼事，跟他說兩人失蹤後團員都在找他們，但是她頭太暈，無法動彈。

「早說過了，不過是抓兩個人回來換新娘。只要沒人做傻事，我們帶了人就走。」槍手回話。

「原來如此。你們是本來就喜歡幹這行，還是想拿退休金？」薩伊德說。

「退休金是什麼？」開山刀少年問。他極為年輕，看來大約十五歲。

「薩伊德，你要明白，這一切……我們的行為，你們的苦難，都是為了大計著想。」先知口吻神聖。

「你以為這麼說我就會釋懷嗎？」豎笛手想起她記得薩伊德有個毛病，他一生氣就關不住嘴巴。她扭轉脖子，看到迪亞特仰躺在幾碼之外，動也不動，皮膚蒼白得像大理石。

「此生有些事情似乎無解，但我們必須相信神的大計確實存在。」弓箭手說。

「真對不起。真抱歉你朋友就那樣死了。」開山刀少年聽起來似乎很誠懇。

「想當然你們對任何人都很抱歉，但是無論有什麼大計，有必要連豎笛手都一起綁來嗎？」薩伊德質問。

「綁兩個更有談判籌碼。」弓箭手說。

「你們這夥人還真是聰明啊，我最佩服你們的就是這一點。」薩伊德說。

槍手嘀嘀咕咕，作勢要起身，但先知一隻手搭著他胳臂，搖搖頭，壓他坐回地上。

「人質是個考驗。毋需理會墮落者的嘲弄，這也是任務的一部分。」先知說。

「請原諒我。」槍手小聲請求。

「墮落者也在我們之中。我們一定要成為光。我們就是光。」

「我們是光。」四人齊聲喃喃複誦。豎笛手忍痛拚命移動，結果眼前出現一大片黑點。她抬起脖子，看到薩伊德被綁起來，大約離她十到十二呎。

「往東五十步就是大路。」薩伊德用唇語說，「一到路上就左轉。」豎笛手點頭，一陣暈眩襲來，她閉上眼睛。

「你吹豎笛的朋友還沒醒嗎？」是弓箭手的聲音。
「敢碰她我就殺了你。」薩伊德說。
「這位朋友，不需要這樣。沒人會動她，只是不想重蹈……」
「讓她睡吧，反正團員晚上會停下來，天亮之後再趕上他們。」先知說。
豎笛手睜開眼睛時，所有人都已入睡，東倒西歪地躺在林子裡。應該過了好些時間。她是不是睡著了？身體已經沒有剛才那麼不舒服。有人在迪亞特臉上蓋了一塊布。薩伊德還坐在原地，跟背對她的開山刀少年說話。
「南邊？不知道，我不去想那些。我們只做好該做的事。」少年說。
她沒聽見薩伊德回了什麼話。
「想著想著就會把人掏空，」男孩說，「每次回想起我們做過什麼，我就覺得噁心。不知道該怎麼說。」
「但是你相信他說的話嗎？你們都相信嗎？」
「嗯，克蘭西很虔誠。」豎笛手聽見少年溫和地說。他指著睡覺的人，「史提夫也是，或許大部分的人都是吧。就算不信也不會說出來，但是湯姆，就是比較年輕的那個槍手，老實說，要不是因為領頭的娶了他妹妹，他也不會來。」
「這倒是精明。我還是不懂先知為何跟你們在一起。」
「他不時會跟過來巡查。先知有時必須把人帶到荒野裡。」少年聽起來有點悲傷，難道是豎笛手自己在想像？她又躺了一會兒，找到北極星的方位。她發現要是側躺凹背，就能讓腳盡量靠近被反綁的手，解開腳踝上的繩子。薩伊德還在小聲跟少年交談。

「好吧，」她聽到薩伊德說，「你們只有六個人，但是我們團裡有三十人，而且每個人都有武器。」

「你也知道我們行動有多安靜，」少年嘆氣，「我不是說這是正確的……我知道這樣做不對。」

「如果你都知道……」

「我還有什麼選擇？你也知道，像這樣一個時代，有時會逼你做出一些事……」

「這話聽起來有點奇怪，你年紀那麼小，應該不記得現在和從前有什麼不同吧。」薩伊德說。

「我會看書，看雜誌，有一次還找到報紙。我知道從前的世界是完全不一樣的。」

「話又說回來，你們只有六個人，我──」

「我們在路上從後方襲擊的時候，你們都沒聽見吧？因為我們受過訓練，擅長無聲移動，從背後攻擊。到達水城之前，我們就這樣攻破了十個鎮，搶奪鎮上的武器交給先知。他有兩個太太就是這樣得手的。還有，像你那個朋友……」豎笛手閉上眼睛，「我們在她背後伏擊，她什麼也沒聽到。」

「我不──」

「我們可以一對一解決掉你們，」少年聽來語帶歉意，「我從五歲開始受訓。你們有武器，卻沒有我們的技巧。如果樂團不交出那個女孩，我們可以在樹林的掩護下把團員一個個殺了，直到你們交人為止。」

豎笛手開始動作，拚命想結開腳踝的繩子。她知道薩伊德看得到她，但他的目光依然盯著少年。很長一段時間她不去聽對話，專心解繩子。腳踝終於鬆綁，她勉強跪了起來。

「有個部分我不太懂，」薩伊德說：「你們那一套『光』的教義。如果你們本身就是光，又要怎麼把光帶來？不知道你可不可以解釋給我聽……」

豎笛手是團裡的打獵好手之一，世界崩毀以後，她獨自在林中存活了三年。此刻即使毒藥的藥性未退，手腕也反綁在後，她依舊可以轉身，無聲無息地消失在樹林間。她逃出林間空地，跑到大路上，幾乎沒發出任何聲音。她跑著跑著，夜色退去，天色漸漸灰白，接著日出。她跌跌撞撞，或走或跑，感覺時間好漫長，接著開始產生幻覺，渴望喝水，最後終於在早晨烏雲開始聚集的時候，跌進樂團後哨的懷抱，並傳達情報：一定要改變路徑。探子揹她回到樂團紮營處，最後一棵擋路的樹已經鋸斷移開。指揮一聽到改換路徑的消息，剛好第一滴雨落下，她立刻發號施令改道，派人找克絲婷和八月回來。那時他們在前方的路上釣魚，但暴雨中找不到兩人的身影，團員只好冒險往內陸走，踏上新路徑，迂迴地繞行小路前進，最後終究會到達塞文市機場。豎笛手在一號篷車後方睡睡醒醒，亞莉珊卓拿水瓶餵她喝。

50

關於克絲婷手腕上的小刀刺青：

第一把刀是她入團第一年遇見的男人。那時她十五歲，帶著殺意從矮樹叢後方迅速起身。對方一個字也沒說，但她完全明白他的意圖。他靠近她那一刻，世界像是被抽走了聲音，時間也慢了下來。她疏離地察覺到，對方動作雖快，她仍有充分的時間從腰間抽出小刀射出去——時間的流動是如此緩慢，她甚至看見刀身反射陽光——直到刀與男人合而為一，他緊抓著喉嚨掙扎。克絲婷聽不見他的聲音，卻看見他嘴巴大張。她知道其他人想必聽見了男人大喊，因為團員忽然圍過來。此時她耳邊的音量才慢慢恢復，時間也回到正常速度。

「這是遇到危險的生理反應。」克絲婷告訴迪亞特她有一瞬間陷入無聲世界時，他這樣解釋。聽起來合理，但她卻完全不記得接下來把刀抽出男人的喉嚨、清理刀鋒時何以這般冷靜。因此，她再也不去回想逃亡路上那失落的十三個月。那時她跟哥哥從多倫多逃出來，最後落腳在俄亥俄州，在那裡待到哥哥過世，她跟著團員離開。她現在懂了，無論那十三個月發生過什麼事，她都不想知道。

第二把刀是兩年後在麥基諾城外倒下的男人。團員剛接到警告得知有強盜出沒，強盜就冷不防從前方道路的迷霧中現身。對方有四人，兩人帶槍，兩人持開山刀。其中一名槍手開口索討食物、四匹馬和一個女人，他用單調平板的語氣說：「跟你要什麼就好好配合，保證誰也不用死。」但是克絲婷感覺到（而非聽到）第六吉他手在她背後彎弓搭箭，附在她耳邊低聲說：「先搞定拿槍的。左邊的我來。一、二……」數到三，槍手應聲倒下，一人盯著穿透額頭的弓箭，一人握著克絲婷射進胸口的刀。指揮迅速補上兩槍，擊倒剩下兩人。團員收拾武器，將屍體拖到林子裡餵野獸，接著繼續前往麥基諾城，演出《羅密歐與茱麗葉》。

克絲婷曾希望不會再有第三人。「又看見一個新天新地……」弓箭手倒下時低聲唸著。接著她看到八月的表情，才知道槍手是他殺的第一個人。能撐到新元二十年才殺人，八月真是無比幸運。若非她現在如此疲憊，要不是她費了好大力氣在得知迪亞特的死訊之後還保持繼續呼吸，其實她想告訴八月，她明白殺人後日子依然過得下去，只是不可能毫無改變。你會背負被害者的靈魂，餘生每晚與之同眠。

先知去了哪裡？三人過度悲痛，走路時幾乎不說話，薩伊德一拐一拐的。他們仔細聽狗叫聲，機場的指標將三人帶離湖邊，遠離鎮中心，往木頭搭建的住宅街道走去。這裡有幾處民宅屋頂塌陷，多半是被倒下的樹壓垮了。晨光照耀下，衰敗也顯得美麗。野草恣意蔓生的車道上，陽光照著碎石縫隙間綻放的小花，長滿青苔的門廊碧綠通透，蝴蝶穿梭在點綴小白花的樹叢間。一片生機盎然的世界。克絲婷喉嚨一緊。走著走著，房子愈來愈少，覆滿雜草的車道間隔愈來愈寬，眼前右邊的車道停滿廢棄車輛，有如生鏽的合金骷髏堆在洩了氣的輪胎上。她往車窗裡瞄，只看到舊世界的垃圾，像是揉成一團的洋芋片袋子、吃剩的披薩盒，有螢幕和按鍵的電子產品。

三人走到高速公路上，看見機場的指標。其實只要跟著阻塞的車陣就會找到機場。看來在最後關頭，大家都想去機場，卻耗盡了汽油，只好把車丟在車陣中，或是病死在車裡。這裡沒有先知的蹤影，看不到盡頭的車流在陽光下閃閃發亮，周圍沒有任何動靜。

三人走在碎石鋪成的路肩。長春藤從森林的某處爬出來，綠意覆蓋了好大一段高速公路。三人費力穿行，軟軟的樹葉擦過克絲婷穿著涼鞋的腳。她所有感官都融入了身邊的空氣，努力探測先知的位置，在他們前方，還是後面？但她只接收到四周的喧囂，蟬鳴、鳥叫、飛舞的蜻蜓、路過的野鹿一家三口。車陣並不筆直，有些車輛以奇怪的角度停放，有些疊在後車的保險桿上，有些車甚至遠離了路面。車子的雨刷都立起來防止結凍，有些車輪上纏著生鏽的雪鏈。之前想必在下雪，雪勢可能很大。高速公路上沒人剷雪，積雪結了冰，車子打滑翻覆。

「怎麼了？」八月問她，她這才發現自己停下了腳步。她在想那場流感、那場雪，那場車陣、那些人的決定：在車裡等待，被後方堆積如山的車輛困住，開著暖氣不熄火，直到汽油用盡？或者放棄車子徒步向前，或許還帶著孩子，可是又能走去哪裡？走到更遠的機場，還是回家？

「妳是不是看到什麼？」薩伊德悄聲問。之前一哩路都是八月扶著他走，他用手搭著八月的肩膀。

我什麼都看見了。「沒什麼。」克絲婷說。她曾在金卡丁遇見一個老人，他斬釘截鐵地說，所有被害者都會跟著凶手，直到對方進了墳墓。三人一邊走，她一邊想著這件事。就像把靈魂當作串起的鐵罐拖在身後走。她想起弓箭手臨死前那個微笑。

他們下了前往機場的交流道，走到下午兩、三點，遇見了路障。年代久遠的三合板標記隔離警告，說明前方是喬治亞流感疫區，一旁的三角錐東倒西歪，橘色塑膠柵欄倒在地上。想到那些人在暴風雪中走到這裡，絕望地想逃離城裡的瘟疫，卻在盡頭看到這塊告示，發現根本無法逃離這一切。那些人或許已經染病，或許懷裡抱著發高燒的孩子。克絲婷轉頭離開路障，不用看也知道眼前的森林裡只有白骨。那個時候，一定有些人回過頭，循著來時的路走上好幾哩，想另找出路逃離無所不在的流感，卻已無路可去。或者有人病危疲累，走到離路邊稍遠處，躺下來看雪花落在身上，凝望清冷天空。昨晚我夢見自己看到飛機。克絲婷停下腳步，想起迪亞特說過的話，回憶擊潰了她。在那一刻寂靜中，她聽見遠方傳來狗吠。

「克絲婷，快到機場了。」八月回頭喊她。她從他的表情看出來，他沒聽見狗叫。

「快進林子裡，」她壓低音量，「我好像聽到先知的狗了。」兩人幫忙扶著薩伊德離開路邊。他臉色慘白，摔進灌木叢裡大口吸氣，閉上眼睛。

狗叫之後安靜下來，克絲婷在灌木叢中壓低身子，聽著心跳。先知和手下在他們身後一段距離。過了很長一段時間，她才聽到對方的腳步聲。聲音聽來異常響亮，不過她知道是因為自己渾身緊繃，恐懼讓感官更加敏銳。陽光穿過樹葉縫隙，疏疏落落照在路上，克絲婷第一眼就看到先知拿著長管來福槍，一會沒入陰影，一會走在陽光下。先知平靜且不疾不徐地帶領一行人，狗狗在旁邊小跑步。逃過克絲婷和八月埋伏的開山刀少年現在改拿手槍，開山刀揹在身後。先知與少年身後還有人拿著克絲婷從未見過的複雜武器：看起來很邪惡的金屬十字弓，已架好四支箭。第四個人拿著獵槍。

克斯婷暗自祈求：別停在這裡，別停在這裡。但是狗兒沿著路邊來到克絲婷藏身的樹叢旁，慢下腳步，抬起鼻子聞聞。克絲婷屏住呼吸，發現躲藏之處離路邊不夠遠，只有十步距離。

「露利，聞到什麼了嗎？」拿十字弓的男人問狗，狗吠了一下，克絲婷再度屏息，眾人圍在狗旁邊。

「可能又是松鼠啦。」少年說，但口氣不甚自在。克絲婷看出他在害怕，不禁心生感傷。我完全不想這樣。

「或許是有人躲在林子裡。」

「上次狗叫，就只是松鼠。」

狗安靜了下來，鼻子抽動。拜託，她心想，拜託。可是露利又叫了，透過樹葉縫隙直直看著克絲婷。

先知微笑。

「我看到妳了。」拿十字弓的說。

她大可起身射刀，刀子飛過空中的同時，她也會被子彈或金屬弓箭射穿，因為十字弓和三把槍正同時瞄準她。或者她可以保持不動，等到他們不得不採取行動近距離攻擊，其中一人會殺死她。但是他們到底會不會攻擊？也許會對著她藏身的灌木叢開火。空氣中隱約有一股電流，她能感覺到八月正痛苦地掙扎。他蹲在樹墩後面，躲得比她隱密。

金屬箭頭射進她腳邊的土中，發出空洞聲響。

「下一箭就射進妳胸口。」拿十字弓的男人比先知年長，臉上和頸部有燒傷痕跡。「站起來，動作慢，手舉起來。」

克絲婷起身。

「刀子丟掉。」

她鬆手讓刀掉到灌木叢中，馬上想到腰間還有兩把刀，近在眼前卻拿不到。就算伸手去拿，擲刀速度能快到在她心臟中彈之前，至少先射中先知嗎？不可能。

「過來。敢拿其他刀妳就死定了！」十字弓男子冷靜地說。看來他對這種情況十分熟悉，少年則是一臉驚慌。

克絲婷震驚地明白到，此刻可能就是結局了。這輩子走過許多驚險關頭，撐了這麼久……她穿過眼前燦爛的世界向前走，身邊圍繞著陽光、樹影和翠綠。她想做出英勇事蹟，像是在倒下的同時擲刀劃過空中。她想，拜託不要發現八月和薩伊德。她想著迪亞特，雖然這會讓她心好痛，彷彿在觸摸裸露的傷口。克絲婷踏上堅硬的路面，站在先知面前，雙手高舉。

「緹泰妮亞。」先知說，同時將來福槍瞄準她眉心。她在他眼中只看見好奇。他似乎想知道接下來會發生什麼事。三把槍都瞄準她。十字弓男子對著灌木叢四處瞄準，但是從角度和動作看來，他並沒有發現八月或薩伊德。先知對少年點頭，他上前輕輕抽走克絲婷腰間另外兩把刀。克絲婷認出他了。團員離開水城之際，站哨的就是這名少年，當時他一邊站崗一邊烤晚餐吃。少年不看她的眼睛。狗似乎對林中的氣味失去興趣，趴在路面上，下巴靠著前掌看他們。

「跪下。」先知指示，她照做。來福槍跟著往下移，先知靠近。

她嚥嚥口水，問先知：「你有沒有名字？」她直覺想拖延時間。

「有時名字反而是一種阻礙。妳的同伴在哪？」

「樂團的人嗎？我不知道。」走到這一步，即使不知道也沒有差別了，但她依然心痛。她想著樂團的馬匹拉動篷車在夏日行走，馬蹄達達。他們大概還在路上，或許已經抵達機場了，平平安安，蒙受著恩典。她好愛這群人，愛得義無反顧。

「還有其他和妳同路的人呢？今天早上跟妳一起殺了我手下那個？」

「我們別無選擇。」

「我知道，那些人在哪裡？」

「都死了。」

「妳確定？」先知稍微移動槍管，在空中畫小圓圈。

「我們原本有三個人，包括薩伊德。你的弓箭手死前把其他兩人給殺了。」她的謊話似乎可信，因為開山刀少年還沒看到弓箭手倒下，就先跑了。她刻意不去看他。

「我的弓箭手很優秀，」先知說，「而且忠實。」

克絲婷不說話，她知道八月正在心中盤算。先知的槍口距離她額頭一吋，如果八月選擇先撂倒一人，同時暴露自己的位置，剩下的人會立刻攻擊他和薩伊德。虛弱的薩伊德渾身是血躺在地上，毫無抵禦之力。克絲婷手無寸鐵跪在地上，槍枝指著額頭，就算八月出手，她依然很可能會送命。

「我這輩子都行走於這個晦暗的世界。我見過黑暗、陰影、恐懼。」先知說。

克絲婷再也不想看著先知的臉。其實應該說，她不希望死前最後一眼看著他的臉和槍管。她抬頭望向他身後，看見樹葉在陽光下翻飛，看著晴空萬里的藍天，聆聽鳥鳴。她察覺到自己每一次呼吸、每一次傳遍全身的心跳搏動。她好希望能夠傳訊給八月，多少讓他安心：無論如何，不是死我一個，就是死我們三個。所以我明白你為什麼選擇不射出手中的箭。她還想告訴薩伊德她還愛著他。分手前的夜晚，她總是睡在他身旁，撫摸著他，手心感覺他肋骨的起伏和頸窩柔軟的凹陷，那份感官記憶依然清晰。

「這世界，是一片汪洋般的黑暗。」先知開口。

少年哭濕了臉頰，她見狀嚇了一跳。如果能跟八月說話就好了。她想告訴他，一起走了那麼長的路，你的友情對我意義重大。路程走來艱辛，卻也有過美麗的時刻，萬事總有終結時，我並不害怕。

「有人來了。」先知的手下說，克絲婷也聽見了。遠方傳來馬蹄喀啦喀啦響，大約有兩、三匹馬從公路方向輕快地奔來。

先知皺眉，不過視線依然盯在她臉上。

「知道是誰過來嗎？」他問。

「不知道。」她小聲回答。馬匹距離這裡有多遠？聽不出來。

「管他是誰，來到這裡都太遲了。妳跪在這裡，面對的不是我這個人，而是偉大的日出。我們是行走於水面的光，照耀海下的黑暗。」先知說。

「海下？」克絲婷悄聲說，但先知已經聽不見她的話。他嘴邊掛著微笑，一臉肅穆地看著她，不，其實是看穿了她。

「我們只想回家，」克絲婷引用《十一號太空站》的對話，漫畫的這一幕中，十一博士與海下區反派對峙，「我們夢想見到陽光，夢想行走於水面。」

先知的表情深不可測，他聽出來了嗎？

「我們迷失已久。」克絲婷繼續唸出那一幕的對白。她看著先知背後的少年，他盯著手中的槍，似乎在對自己點頭，「只懷念誕生時的世界。」

「太遲了。」他深吸一口氣，調整握著來福槍的手勢。

槍聲巨響，她連心口都感到一震。動手的人是少年，她還活著，先知的來福槍沒有開火。槍響過後是深不可測的死寂。她用指尖摸摸額頭，看著先知在面前倒下，手鬆開了槍。少年擊中先知頭部，嚇得另外兩個手下一時愣住，就在那短短一瞬之間，八月的箭掠過空中，十字弓男子倒地嗑血而死。拿獵槍的對著樹林胡亂射擊，盲目地空按扳機，沒子彈了。他罵了一聲，手伸進口袋掏摸，接著一支箭射穿額頭，他倒下了。路上只剩下克絲婷和少年。

少年眼神錯亂，嘴唇顫動，看著先知倒臥在迅速擴散的血泊中。他舉槍塞入口中。

「不行！求你別——」克絲婷喊道，但少年閉上雙唇，扣下扳機。

她跪在原地，看著倒下的人，然後躺下來望著天空。小鳥在天上盤旋，她餘悸猶存。她轉頭，看著先知的空洞藍眼，耳中還有耳鳴殘響。此刻她感覺到道路上傳來的馬蹄震動。八月喊她的名字，她抬頭正好看見樂團的前哨騎馬繞過彎道，看來宛如夢境。是中提琴和傑克森，兩人的武器和中提琴胸前的望遠鏡反射著陽光。

「這個妳想要嗎？」過了一會兒，八月問她。克絲婷坐在倒下的先知身旁，盯著他看。傑克森攙扶薩伊德走出森林，八月和中提琴翻找先知一夥人的行囊。「我在先知袋子裡找到這個。」八月說。

他說的是《新約聖經》，破損的書頁用膠帶黏合。克絲婷隨手翻到一頁，幾乎沒辦法讀，因為頁緣寫滿筆記，內文到處是驚嘆號和底線。

書中掉出一張摺起來的紙片。

那是從《十一號太空站》撕下的一頁，這是除了她那兩本漫畫之外，克絲婷第一次在別處見到這部作品中的圖片。那一整頁就只有一幅圖：十一博士跪在死去的好友兼良師羅韓上校身旁。兩人身處的地方，是十一博士偶爾充當會議室的辦公空間，有一面能俯瞰太空城、橋梁、小島和船隻的玻璃牆。悲痛欲絕的十一博士手掩著嘴巴，當場還有另一名同事，他頭上的對話框寫著：「博士，你是副隊長，羅韓上校死了，接下來必須由你指揮。」

先知，你到底是誰？為什麼你有這頁漫畫？克絲婷跪在他身旁，面對他湧出的血泊，然而先知已經是走上異路的死人了。他無法回答，背負著深不可測的故事，關於他如何走出一個世界，又走進另一個世界的故事。死去的先知一隻手臂往她的方向延伸。

八月蹲在她身旁，接著說：「團員落後我們幾個小時路程，中提琴和傑克森要回去找他們，我們三個先去機場，距離不遠。」他的口氣非常溫柔。

我這輩子都行走於這個晦暗的世界。克絲婷和哥哥從多倫多逃出來，度過那再也想不起的頭一年之後，哥哥總是惡夢纏身。「那段路程……我希望妳永遠記不得了。」半夜克絲婷把哥哥搖醒，問他夢到什麼的時候，他總是這樣回答。

先知的年齡和克絲婷差不多，無論後來成為什麼樣的人，他也曾是在旅途中漂流的男孩，或許他不幸記住了所有事情。克絲婷伸手為他闔上眼，將《十一號太空站》的漫畫摺頁塞進他手中。

51

薩伊德、八月和克絲婷起身，遠離路邊的屍體，繼續慢慢走向機場。先知的狗在一段距離外跟著他們。三人停下來休息時，狗也在幾碼之外坐下，望著三人。

「露利！露利！」克絲婷喊狗，扔了一條鹿肉乾過去，肉還沒落地，牠就飛撲接住。狗靠過來讓她摸摸頭，她的手指撫過後頸的厚厚毛皮。再度出發時，露利跟在她身邊。

走了半哩路，道路拐彎出了森林，巨大的機場建築就在不遠處。那是一座閃閃發光的兩層樓混凝土玻璃建築，底下是一片車海的停車場。克絲婷知道現在想必有人在監視他們，但眼前的路看不出任何動靜。狗叫了一聲，抬起鼻子。

「你們有沒有聞到？」薩伊德問。

「有人在烤鹿肉。」八月說。眼前的道路分別寫著入境、出境和停車場。「走哪一條？」

「就假裝有一條路能離開這塊大陸吧。」薩伊德一臉漠然，他最後一次看到飛機是世界崩毀前兩個月，他去柏林探望家人的回程。最後一次搭飛機，降落在芝加哥奧黑爾國際機場。「我們出境。」

通往出境的道路慢慢抬升，帶他們到二樓入口，那裡有一排不鏽鋼玻璃旋轉門，一輛市區公車在陽光下閃爍。距離玻璃門還有一百碼，三聲短促哨音響起，兩名哨兵從公車後方現身，一男一女，手中的十字弓箭頭朝下。

「抱歉，十字弓是必要措施，恐怕——」男子一開始口氣愉悅，沒想到身邊的女子忽然丟下十字弓跑向新來的訪客。她大笑著喊出對方的名字，想要一口氣擁抱三個人。

那一年，塞文市機場居民有三百二十人，是克絲婷看過最大的聚落。八月帶薩伊德去急救站，克絲婷恍惚地躺在小夏的帳篷裡。

新元二年一開始，機場所有人漸漸看膩了彼此，卻又不想在睡覺時距離太遠，於是在航廈B區搭起兩排帳篷。帳篷大小不一，用森林裡拖來的樹枝搭建框架，面積大約十二呎見方，篷頂尖尖。大家從機場的辦公室找來釘書機，把床單釘在框架上。從附近飯店搜刮來的床單堆積如山，但拿來蓋帳篷是最有效的運用方式嗎？眾人針對此事吵過一陣子，不過那時所有人都亟需隱私。小夏和傑洛米的帳篷裡有一張床和兩個塑膠箱，用來裝衣服、尿布和樂器。水波般的日光透過床單照進來，狗鑽進帳篷躺在克絲婷身旁。

「迪亞特的事情我很遺憾，八月告訴我了。」小夏說。

「感覺很不真實。」克絲婷想閉上眼睛，卻怕睡著了會做夢，「小夏，這裡有刺青師嗎？」

小夏用指尖摸過克絲婷右手腕，兩把黑色小刀刺下的時間相距兩年，「幾個？」

「一個。是路上的弓箭手。」

「有個刺青師住在漢莎航空機艙裡，明天介紹給妳。」

克絲婷看著螞蟻爬過帳篷外側，看著螞蟻的小小影子、針尖般的螞蟻腳爬過布料。

「最近我在想嬰兒房發生的事。」她說。

幾年前，團員經過聖克萊爾河口附近一間鄉村大宅，克絲婷、小夏和八月進去屋裡。那裡被入侵過很多次，不過近幾年或近十年來應該都沒人進去，屋裡滿是灰塵，最後八月好像說該回去了。克絲婷上樓找小夏，發現她待在一間從前是嬰兒房的地方，盯著一組扮家家酒的迷你瓷茶具。克絲婷喊她名字，她也不抬頭。

「小夏，要走了，我們離路邊還有一哩。」克絲婷說，但是看樣子她完全沒聽見。「快啦，這個可以拿走啊。」她指著茶具組說。瓷茶具分毫不差地擺放在迷你餐桌上，簡直不可思議。小夏還是沒搭話，只顧盯著茶具組，彷彿被下了咒。八月在樓下喊她們兩個，突然在那一瞬間，克絲婷覺得角落有人在看她們。可是房裡除了她們兩個別無他人。除了這組扮家家酒和角落的兒童搖椅，嬰兒房裡大部分家具已經沒了，什麼也不剩。為什麼室內被翻得亂七八糟，只有茶具組擺設完好？克絲婷環顧四周，發現只有茶具組並未染上灰塵。房裡只有她們兩人的腳印，小夏坐的位置也碰不到桌子。是哪一隻小手將娃娃的茶具擺在小餐桌上？很容易想像面前的兒童搖椅開始搖晃起來，只是輕微地。克絲婷盡量不去看搖椅，趁著小夏還在出神觀望時，將那些小碟小盤裝到枕頭套裡。小夏還是不說話，克絲婷把枕頭套塞進小夏的背包，牽著她走回樓下，來到屋外蔓生的草坪。小夏眨眨眼睛，在暮春日光下逐漸回神。

「嬰兒房那次，我陷入了一種不尋常的狀態。」多年之後的現在，小夏在機場帳篷裡說。「人生總會有些不尋常的時刻，那只是其中一次。說不上來我當時是怎麼了。」

「就這樣？妳只覺得不太尋常？」

「這件事我們已經討論過一百次了，房裡沒有其他人。」

「可是茶具組上沒有灰塵。」

「妳是在問我相不相信鬼魂存在嗎？」

「不知道，可能是吧，嗯。」

「我當然不信。要是有鬼，妳看看外面會有多少？」

「對，我就是這個意思。」克絲婷說。

「眼睛閉上，」小夏咕噥，「我坐在這裡陪妳，快睡吧。」

那天晚上有音樂表演，演奏的是八月、小夏和第六吉他手。薩伊德睡在設立於樓下行李提領處的急救站，傷口清理、包紮好了。小夏閉著眼演奏大提琴，面露微笑。克絲婷站在觀眾後方想專心聽，但音樂總是讓她恍神，思緒飄離了現場。她想著迪亞特，想著先知。她遇過的人之中，唯有先知握有《十一號太空站》的漫畫。她想著路上的弓箭手，她的刀插在他胸口。想著迪亞特飾演《仲夏夜之夢》的忒修斯。想著迪亞特在早上沖泡仿咖啡的飲料，想著她和他為了刺青的事情吵架。還有她在俄亥俄州中部見到他那一晚。當時她十四歲，他快要三十，都已經是前半生的事了。

她加入交響樂團第一晚，迪亞特在營火邊拿晚餐給她。哥哥過世後她是如此孤單，樂團答應收留，對她來說是最好不過。那晚她興奮到吃不下飯。她記得迪亞特跟她談莎士比亞、莎劇和莎翁的家人，以及莎翁活在瘟疫陰影下的人生。

「等等，你是說莎士比亞也得了瘟疫嗎？」她問。

「不對。我是說，瘟疫讓他脫胎換骨。我不知道妳上學上了多久，但妳知道『脫胎換骨』是什麼意思嗎？」迪亞特說。

知道。「又看見一個新天新地。」此刻克絲婷想起這句話。她轉身走開，遠離燈火和音樂。機場航廈南面幾乎全由玻璃建成，腰部高度滿是孩子們的手印。夜幕正低垂，飛機在星光下顯得明亮。她聽到機場的四頭牛在遠方哞哞叫，母雞發出咕咕聲。夜裡牛隻被隔離在卸貨區。窗外停機坪上有個東西優雅地溜過，是貓在陰影處狩獵。

有位長者坐在離演出場地稍遠的長椅上，看著克絲婷走近。他頭髮剃光，脖子上的絲巾打了複雜的領結。她看見他左耳耳垂穿了四只耳環，閃閃發光。克絲婷原本不想跟任何人說話，但是看到他的當下已經太遲了，掉頭走開未免失禮，於是她對他點點頭，坐在長椅邊緣。

「妳是克絲婷．雷蒙吧。我叫克拉克．湯普森。」他說話仍保有一絲英國口音。

「不好意思，我們之前是不是見過面了？」

「妳那時說好要讓我帶妳參觀博物館。」

「我的確想看看，或許明天吧。今晚已經很累了。」

「我明白。」兩人安靜坐了一會兒，聽著音樂。「我聽說交響樂團很快就會來到機場。」他說。

她點頭。就算來了，迪亞特不在，也不會是以前的樂團了。她現在只想睡覺，露利過來找她時，腳掌踏在地板上啪答響。狗偎在她身邊，下巴枕在她腿上。

「看來牠把妳當主人了。」

「我們是朋友。」

克拉克輕咳，「過去這一年，我常常跟小夏在一起。她說過妳對電力很感興趣。」克拉克起身拄著枴杖，「我知道妳現在累了，也知道妳過去幾天過得很辛苦，但有個東西妳或許會想看看。」

克絲婷想了一會兒才答應。她平常不會隨便跟陌生人走，但克拉克是老先生，行動又慢，況且她腰上還插著三把刀，應該不會有事。「要去哪裡？」

「航空交通管制塔。」

「要去外面嗎？」

克拉克已經走開了。她跟著他穿過博物館入口附近一道鐵門，走下沒點燈的階梯，踏入外面的黑夜之中。蟋蟀唱著歌，一隻小蝙蝠疾速衝向獵物。從停機坪往航廈裡面看，音樂會成了C區一抹隱約的光。

走近飛機，克絲婷發現機身比想像中龐大。她抬頭看著漆黑的機艙窗戶、機翼的弧線。完全無法想像如此巨大的機器竟能飛行於空中。克拉克走得很慢，克絲婷又看見剛才那隻貓，牠敏捷地跑到塔台下襲擊獵物，底下傳出吱吱聲。塔台鐵門開著，她發現裡面是一個小房間，有個警衛透過貓眼監視外面，電梯門上閃爍著燭光，一顆大石撐開了通往樓梯井的門。

「這裡有九樓，可能要花點時間。」克拉克說。

「我不趕時間。」和他一起爬樓梯，感覺很平靜。他似乎也不認為她想開口交談。兩人緩慢攀登，陰暗階梯和月光照亮的樓梯平台交錯出現，拐杖碰觸金屬發出喀喀聲。克拉克爬得很喘，每走到平台就得停下休息，有一次歇了太久，克絲婷都要睡著了，結果聽見他攀著扶手撐起自己。每到平台，狗也會趴下來誇張地嘆一聲氣。每層樓都有打開的窗，但是那晚沒有風，空氣又熱又悶。

「我看了你們幾年前的訪談。」克拉克在六樓說。

「是新佩托斯基的報紙。」

「沒錯，明天我想跟妳談談這件事。」克拉克用手帕大力擦拭額頭。

到了九樓，克拉克用拐杖在門上敲出特定的節拍，獲准進入一個八角形房間，裡面是玻璃牆和一排排漆黑螢幕。有四個人用望遠鏡看著停機坪、航廈、花園裏的陰影和機場柵欄，狗在暗處聞來聞去。離地面太高會讓人失去方向感。飛機在星空下閃現蒼白微光，C區的音樂會好像結束了。

「妳看那邊，」克拉克說，「往南邊，我想讓妳看的就是那個。」她順著他手指的方向望去，看見南方地平線上有一處的星星似乎特別黯淡。「上個星期才出現的，真是創舉。不曉得他們怎麼有辦法弄出這麼大的規模。」

「不曉得誰弄出了什麼？」

「我來讓妳看看。詹姆士，我們可以借用望遠鏡嗎？」詹姆士把三腳架移過來，克拉克湊上去，焦距對準那片黯淡星空下方。「我知道妳今晚很累。」他還在調整焦距，手指僵硬地停在轉盤上，「但希望妳看了以後覺得樓梯沒有白爬。」

「到底是什麼？」

他後退幾步，「焦距調好了，別動到，直接看吧。」

克絲婷湊近望遠鏡，起初不明白自己看到了什麼。她後退，說：「不可能。」

「可是妳也看到啦。再看一次吧。」

遠方，極小的點點光亮呈網格狀排列。距離機場幾哩遠的山坡上清晰可見：有一座小鎮，或小村莊，街道亮起了電燈。

52

克絲婷從望遠鏡注視電燈照亮的小鎮。

航廈中，小夏和八月正在行李轉盤旁的急救站，跟病床上的薩伊德轉述音樂會的事。他露出這些日子以來不曾有過的笑臉。

機場以南數千哩外，吉梵正在用戶外爐烤麵包。如今他極少想起過往的人生，不過有時會夢到一座舞台，有個演員在台上的漫天飛雪中倒下。他有時也會做別的夢，像是推著超市推車走過暴風雪。吉梵年幼的兒子跪在他腳邊跟小狗玩。這孩子誕生於新世界，他的母親和襁褓中的弟弟在室內休息。

「法蘭克，」吉梵喊兒子，「去問媽媽會不會餓。」他把盛著麵包的煎鍋移開油桶改造成的爐子。兒子跑進室內，小狗跟在腳邊。

那天晚上很溫暖，他聽見鄰居的笑聲，微風捎來一陣梔子花香。再過一會兒，他會走到河邊，從冰涼的河水中取回放在舊咖啡罐裡保存的醃肉。他要幫一家四口做三明治，再拿一些麵包送鄰居，不過此刻他放慢步調，看著妻兒的剪影浮現在他們家房間薄薄的窗簾上。戴瑞亞彎腰從搖籃中抱起嬰兒，又彎腰吹熄蠟燭，她的身影隨即和燭光一起消失。法蘭克搶在媽媽前面跑到屋外的草地上。

「回來顧麵包哦。」吉梵喊。法蘭克一臉認真地跪在麵包旁邊，伸出一根手指戳戳看，傾身靠近，吸進溫暖的香氣。

「他似乎好多了。」戴瑞亞說。法蘭克昨晚發燒，媽媽輕柔地唱著搖籃曲，爸爸為他在額頭上貼冷敷墊。

「已經退燒了。法蘭克，麵包怎麼樣啊？」吉梵說。

「太燙了，咬不下去。」

「再等一下吧。」小男孩回到爸媽身邊。在某一瞬間，暮光下的他像極了同名的伯父。法蘭克走到父母身邊，剛才的魔幻時刻已然消逝。吉梵把他高高抱起來，親吻他的髮絲。往日記憶老是這樣忽然浮現。

極遠的北方有另一個聚落，在沒有航班的世界，兩地的距離有如外星球。在那裡，行者交響樂團的篷車終於抵達了塞文市機場。

IX

十一號太空站

53

亞瑟待在人間的最後一個早晨，感到十分疲憊。他整夜沒睡躺到天亮，在微光中陷入半夢半醒的恍惚，將近中午才悠悠起床，反應遲緩，身體進入脫水狀態，眼睛後方感覺陣陣抽痛。喝柳橙汁會舒緩一些，但是他看看冰箱，盒底只剩下一口了。當初為何不多買一點？他已經連續三晚失眠，身心耗竭，這點小事就能讓他接近暴怒，必須深呼吸數到五，讓冷空氣拂過臉上，才能勉強克制不發作。他關上冰箱門，做了此生最後的早餐（炒蛋），接著沖澡、穿衣服、梳頭髮，提早一小時前往劇院，預留時間翻翻報紙，在最喜歡的咖啡店喝此生倒數第二杯咖啡。這些小事構成他的早晨，他的人生。

氣象報告都在談論即將來臨的暴風雪。亞瑟也從周遭的空氣、近午時分沉重的鴿灰色天空感受到風雪將近。他下定決心，《李爾王》公演結束就要搬到以色列。他一想到就好興奮，等到擺脫了該履行的合約、處理掉所有家當，就能跟兒子待在同一個國家重新來過。他要買一棟公寓，距離伊莉莎白家走路就到，每天都能見到泰勒。

「好像下雪了。」咖啡店女店員說。

亞瑟對一個熱狗小販點頭打招呼。此人長期駐守在飯店和劇院中途同一個轉角，看到亞瑟就眼睛一亮。鴿子在熱狗攤底下來回踱步，覬覦著掉下來的配料或麵包屑。牠們閃閃發亮的綠脖子如此美麗。

＊

中午，亞瑟到劇場聽演出前檢討，檢討到最後成了冗長的爭執，原本的時程表都延誤了。亞瑟想專心聽，可是咖啡的效力不如預期。接近傍晚，他躺在更衣室沙發上，打算小睡片刻提振精神，但是累歸累，在這充滿壓迫感的房間卻無法入睡，各種思緒疾馳而過。最後他放棄了，起身離開劇場。他無視於百無聊賴地守在後台出口外的攝影師，揮手叫計程車。狗仔一邊拍照一邊喊著問米蘭達的事。兩週前她來劇場找過亞瑟，他是不是又拖累她成了八卦小報的目標？昔日的罪惡感湧上心頭。這一切從來都不是她主動招惹的。

「皇后西街、士巴丹拿道路口。」亞瑟上了一輛橘綠相間的計程車。經過皇后街，他額頭貼著車窗玻璃往外看。他以前住過這裡，但是認識的店家和咖啡店都不在了。他想起附近一間餐館，十七歲那年常常和克拉克去那裡吃飯。雖然記不得位置，最後還是找到了。比他印象中還要偏東。

奇怪的是，都過了幾十年，這地方還是一點也沒變。同樣有一排鋪紅坐墊的用餐位置，吧台邊有高腳板凳，牆上掛著舊時鐘。該不會還是同一個服務生吧？不可能，他一定記錯了，因為替十七歲的亞瑟送上滾燙咖啡的五十歲阿姨，現在不可能還是五十歲。記得他和克拉克從前會在凌晨三、四點，甚至五點來到店裡，當時自認為這樣才是大人的作風，回想起來卻像夢一場。夢的時光很短暫，卻是無比燦爛：兩人都在上表演課，亞瑟在餐廳打工端盤子，克拉克揮霍著一小筆遺產。其實後來想想，克拉克的外型真是耀眼。身高一百八十七公分，身材細瘦，特愛穿經典西裝，剃個半頭，另一半頭髮垂下來，染成粉紅色，有時也染藍綠色或紫色。他在特殊場合會擦眼影，說起話來有著英國寄宿學校懶洋洋的迷人口音。

亞瑟點的起司烤三明治上桌了，他想打電話給克拉克，嚇他一跳：「你一定猜不到我現在在哪吧？」但想了想決定不打。他還想打給兒子，可是以色列才凌晨四點。

亞瑟吃完晚餐，坐計程車回劇院，離演出還有些時間。他坐在更衣室沙發上，把劇本翻過一遍。台詞已經倒背如流，只是他習慣順便記下其他人的台詞，演出時才能先有個準備，不過還沒看完第一幕就有人敲門。他起身時房間並沒有旋轉，但卻覺得不像平時那麼穩固。譚雅擦過他身邊，走進房裡。

「你臉色好可怕，沒事吧？」譚雅問。

「只是累了，我又失眠了。」亞瑟親了她一下，她到沙發上窩著。他一見到她就能感染到那份輕鬆。一如往常，他又被眼前這無比青春的女子給迷住了。譚雅的年紀只有他的一半多一點，她在劇組負責照顧扮演幼年版李爾王女兒的三個童星。

「你是不是忘了今天跟我約好吃早餐？」

他「啪」地拍了一下額頭，「抱歉，我今天真的很沒幹勁。妳等我等了多久？」
「半小時。」
「怎麼不打個電話？」
「手機沒電了，沒關係啦，你請我喝一杯就好。」她向來不會把這些事放在心上，亞瑟就是喜歡她這一點。他最近在想，若是跟不計較的女人交往，肯定很開心吧。他在冰箱找出剩下半瓶的紅酒（譚雅喜歡喝冰過的），發現自己幫她倒酒時手在抖。
「你氣色真的好差，確定沒生病嗎？」
「應該只是累了。」亞瑟也喜歡看她喝紅酒，喜歡她專心品嚐的樣子。她對好東西的品味，顯然深受成長過程中的清寒家境所影響。
「你這裡還有巧克力嗎？」
「這個嘛，我想是有的。」
她對他微笑（她的笑容讓他暖洋洋的），把酒杯放在咖啡桌上。她在流理台邊的櫃子摸了幾分鐘，帶著勝利的笑容捧著小金盒回來。他選了一顆覆盆子黑巧克力松露。
「這是什麼？」譚雅巧克力吃到一半，拿起桌上的「十一博士」系列第一集《十一號太空站》。
「兩個星期前，我前妻來這裡送的。」
「哪一個前妻？」
一陣哀愁突然閃過心頭，這就是所謂的走偏了吧？前妻竟然不只一個？他也不明白自己是在哪裡走錯了路。「第一任，米蘭達。其實這書我也不知道該怎麼處理。」

「咦？你不打算留著？」

「我不看漫畫。她每集都給了兩本，另外兩本我送兒子了。」

「你說過要把家當都處理掉，對嗎？」

「沒錯。雖然這書很美，但我不想再累積東西了。」

譚雅翻閱漫畫，「我大概明白你的意思。故事主軸很有趣。」她又多看了幾頁。

「不知道。老實說，這到底在畫什麼，我從來沒看懂。」過了這些年，總算對人坦白說出這件事，他不禁鬆了口氣，「尤其是那些海下區的人，徘徊在地獄邊緣，不知在等待什麼、策畫什麼？」

「我很喜歡。畫工真的很棒，你不覺得嗎？」譚雅說。

「她喜歡畫畫，沒那麼喜歡幫人物編對話。」他現在想起來，有一次他打開米蘭達的書房看她工作，過了好一會兒她才發現他來了。她俯身趴在繪圖桌前，脖子形成一道弧線，全神貫注。她整個人埋首作品中的時候，看起來是那麼脆弱。

「很美。」譚雅仔細看著海下區的一幅圖畫。畫中的房間建材取自太空站上已遭淹沒的森林，彎曲的桃花心木搭出複雜交錯的穹頂。此景讓亞瑟憶起曾經去過的某處，卻想不起來。

譚雅看看手錶，「我差不多要走了，三個小惡魔再十五分鐘要上場。」

「等等，我有東西要給妳。」兩週前他和米蘭達碰面後，她從飯店請快遞送來這個玻璃紙鎮，寫了張字條說這是克拉克帶到洛杉磯舊家的禮物，很抱歉被她拿走了，這其實是克拉克要送給他的。可是亞瑟捧著紙鎮，卻沒有任何記憶浮上心頭。他不記得克拉克送過這個禮物，而且他壓根不想要什麼紙鎮。

「好美。」亞瑟把紙鎮給了譚雅，她看著玻璃球裡模糊的風雪，「謝謝。」

「如果克絲婷跑來這裡，我再打給妳。演出結束再碰面吧？」

譚雅親他，「好呀。」

她離開後，亞瑟躺在沙發上閉起眼睛，結果十五分鐘後克絲婷出現在他門口。他累到像是生了重病，起身時額頭冒出豆大的汗珠。他讓她進來，自己安安靜靜地坐下。

「媽媽買了一本書，封面是你喔。」她說著在亞瑟對面的沙發坐下。

封面有他的書就只有《親愛的V》那麼一本，他一陣暈眩。

「妳看了嗎？」

「媽媽不讓我看，她說小孩子看這個不妥。」

「她真的說『不妥』？」

「嗯。」

「好吧，我覺得那本書其實根本不該出版。她不給妳看也是對的。」有一次他遇見克絲婷的媽媽，被她拉到角落詢問有沒有什麼片子需要小女孩演出。他好想用力搖醒她，告訴她：「妳女兒還這麼小，拜託放過她吧，就讓她做個孩子不行嗎？我真不知道妳為何要這樣逼她。」亞瑟不明白，為何會有人想讓自己的孩子踏足電影圈？

「那本書不好嗎？」

「我希望那本書從世界上消失。不過妳來找我，我很高興。」

「為什麼高興？」

「我有禮物要給妳呀。」亞瑟把《十一號太空站》的漫畫遞給克絲婷，心中有點罪惡感，畢竟那是米蘭達特別帶來給他的。但他不想要這些漫畫，因為他不想再擁有任何東西了。除了兒子，他什麼也不要。

更衣室又剩下他一個人了。他穿上華美的戲服靜靜坐了幾分鐘，感受天鵝絨的重量，接著把王冠放在咖啡桌的葡萄旁邊，從走廊前往化妝室。有旁人的作伴令他愉快。他心想自己肯定是吃壞了肚子，或許是剛才那間老餐館吧。他在更衣室單獨坐了一個小時，喝洋甘菊茶，對著鏡中倒影唸台詞，來回踱步，戳戳眼袋，調整王冠。開演前半小時的提示鈴聲響起，他打給譚雅。

「我想為妳做一件事。」他說。「妳聽了會覺得很突兀，但我已經考慮一個禮拜了。」

「什麼意思？」她似乎心不在焉，亞瑟聽到那三個小演員在她後面吵架。

「妳學貸還剩多少？」之前譚雅跟他說過，不過確切數字他記不得。

「四萬七。」亞瑟從那口氣聽出她心懷希望，卻又不敢奢望、無法置信。

「我想幫妳付清。」金錢就是要用在這種地方，不是嗎？多年來角逐奧斯卡失利，票房連續失靈，如今他的人生總算有了意義。他要以慷慨解囊的形象被人記住，只要留一點錢過活。他要在耶路撒冷買間公寓，每天見到泰勒，從頭來過。

「亞瑟。」譚雅喊他。

「讓我幫這個忙吧。」

「亞瑟，這樣太難為你了。」

「不會。照妳現在還錢的速度，」他輕聲問，「還要多久才會付清？」

「大概要等到六十多歲吧。但這是我欠的——」

「那就讓我幫忙吧，沒有任何附帶條件。我保證。今天演出結束後來找我，我給妳支票。」

「我要怎麼跟爸媽交代？如果我說學貸付清了，他們會想知道錢是從哪來的。」

「實話實說吧。就說有個怪演員給了妳四萬七的支票，沒有任何附帶條件。」

「我真不知道該怎麼感謝你。」譚雅說。

他掛掉電話，意外感到平靜。所有能拋棄的他都不會留下，錢財、物品都拋到身後，他將迎接更輕盈的人生。

「十五分鐘。」舞台監督在門外喊。

「十五分鐘，好。」亞瑟說完，開始從頭複習台詞：「大女兒，我的第一個孩子，妳先說。」他看看手錶，現在以色列時間還早，是清晨六點，但他知道他們母子倆起得早。他努力跟伊莉莎白討價還價：「就兩分鐘，我知道他要上學，只是想聽聽他聲音。」他閉上眼睛，聽到一陣窸窸窣窣，電話交給兒子的小手。我第一個孩子，我唯一的孩子，我的心肝。

「你幹嘛打電話來？」那小小的聲音透著懷疑。亞瑟想起泰勒在生他的氣。

「我想跟你打招呼。」

「那我生日你怎麼不來？」亞瑟答應過會去耶路撒冷幫泰勒慶生，但那是十個月前約好的。等到泰勒昨天打來提醒，坦白說他早已忘得一乾二淨。兒子不接受他的道歉。

「弟弟，我就是沒辦法過去啊。如果可以的話我一定會去。可是你不是快來紐約了嗎？我們下禮拜就會見面了吧？」泰勒不回答，「弟弟今晚就要來紐約了對不對？」

「大概。」

「我寄給你的漫畫你看了嗎？」

泰勒還是不說話，亞瑟坐在沙發上，額頭沉到掌心裡，「泰勒，你喜歡嗎？喜不喜歡那兩本漫畫？」

「嗯。」

「十分鐘。」舞台監督在門邊喊。

「十分鐘，好。我看過那兩本漫畫，可是好像看不太懂。還是你願意講給我聽聽？」亞瑟說。

「講什麼？」

「嗯，像是十一博士？」

「他住在太空站。」

「太空站啊，是真的嗎？」

「像星球一樣的太空站，像小行星。其實已經有點故障了，太空站穿過蟲洞，躲在很深很深的太空裡，可是系統故障了，所以太空站的……表面嗎？表面都是水。」這話題開始讓泰勒感興趣了。

「都是水啊！」亞瑟抬起頭。他錯了，不該讓泰勒離開身邊，到那麼遙遠的地方生活。不過他還有機會彌補。「所以他們都住在水裡嗎？你說那個十一博士，還有他的……人民嗎？」

「他們住在島上，他們的太空城由島嶼組成，有橋和船。可是那裡很危險，因為有海馬。」

「海馬會危險？」

「不是我們在中國城看過那種泡在罐子裡的海馬，這種海馬很大很大。」

「多大？」

「真的很大，超級大。那些好巨大的海馬會浮出水面，眼睛跟魚一樣，有人會騎海馬來抓你。」

「被海馬抓到會怎樣？」

「會被拖到海裡，你就變成海下人了。」

「海下人？」

「海下區就是海底城啦，」泰勒正在興頭上，愈說愈快。「海下人是博士的敵人，可是他們不是真的壞人，他們只是想要回家。」

「弟弟，」亞瑟打斷他，「泰勒，爸爸想跟你說，爸爸很愛你喔。」

話筒那頭陷入長長的沉默，要不是聽見背景傳來車輛經過的聲音，他還以為電話斷了。泰勒想必是站在打開的窗邊吧。

「我也是。」泰勒的聲音太小了，很難聽清楚。

更衣室門開了一條縫，舞台監督說：「五分鐘。」亞瑟揮揮手表示聽到。

「弟弟，我要掛了喔。」

「你在拍電影嗎？」

「今晚不拍電影，我演舞台劇。」

「好，再見。」泰勒說。

「再見，下禮拜紐約見喔。」亞瑟掛斷電話，獨自坐了一會兒。他無法直視自己在鏡中的眼神。他真的太累了。

「就位。」舞台監督說。

這個版本的《李爾王》布景極為華麗。舞台後方搭起高聳平台，漆上圖案便成了梁柱華美的露臺，正面看起來是石頭建材，從背面才看得出只是三合板。第一幕中，這裡是年邁李爾王的書房。觀眾進場時，亞瑟坐在紫色扶手椅上，側面朝觀眾，手裡拿著王冠。他演出的疲憊國王即將退位，思路或許不比從前敏捷，此刻正思忖該如何將國土分割給三個女兒。此舉將招來日後的災難。

高台之下的主要舞台上，三個小女孩在柔和燈光下玩拍手遊戲。舞台監督指令一下，她們會起身從舞台左邊消失。亞瑟看到場燈漸暗，就要離座走到黑暗的舞台側邊，後台人員用手電筒幫他照路。大臣肯特、葛羅斯特，以及葛羅斯特的私生子愛德蒙由舞台右邊進場。

「真搞不懂，我為何要爬那麼高來演？」亞瑟問導演。導演名叫昆丁，而亞瑟對這個名字有點偏見。

「哎呀，你說說看，國王不是在思考權力的變幻無常嗎？想想國土的分裂、退休金存了多少……你要怎麼詮釋都可以，但是相信我，爬上去的視覺效果很好。」

「所以我爬那麼高只是因為你覺得好看。」

「別想太多了。」昆丁回答。

但是爬那麼高，除了胡思亂想還能做什麼？試演的晚上，觀眾進場時，亞瑟就坐在扶手椅上。觀眾發現他人在高處盯著手裡的王冠，傳出一陣竊竊私語。這些他都聽見了，並且意外發現椅子坐得不太穩。他從前也曾經在觀眾進場時待在台上晃蕩，不過他發現上次這麼做已經是二十一歲的事了。他記得當時很享受這種在正式開演前先進入劇中世界的挑戰。但此刻他距離燈具太近，只覺得燙，而且汗流浹背。

第一段婚姻中，他和米蘭達出席過金球獎派對，那晚最後出了差錯。恍惚的米蘭達或許多喝了那麼一杯雞尾酒，加上不習慣穿高跟鞋，離場時拐了一下扭到腳，頓時一片閃光燈海。亞瑟那時不在她身邊，她一摔倒他就知道會被刊在小報上。當時他認識幾個演員，好好的職業生涯忽然一把火燒成灰燼，下半輩子反覆進出勒戒所，結婚又離婚。他知道小報文章的放大檢視會如何腐蝕一個人。他自己心裡有鬼，最後卻罵了米蘭達一頓，兩人在車上都說了難聽話。下車後，她一聲不吭進了家門。

後來亞瑟經過浴室，門沒關，他聽見米蘭達一邊卸妝，一邊對著鏡子自言自語：「我不後悔。」他轉身離開，後來卻一直記著這句話。多年以後，他在多倫多劇院由三合板搭起的高台上，想起米蘭達的話，不禁豁然開朗。他發現自己做什麼幾乎都會後悔，歉疚感像飛蛾撲火似的包圍他。二十一歲和五十一歲最主要的差別，莫過於後悔的多寡。他做過一些無法引以為榮的事。如果米蘭達當初在好萊塢不快樂，他為何不帶她離開？那其實並不難。他拋下米蘭達追伊莉莎白，又拋棄她追麗迪亞，再將麗迪亞讓給其他人。他讓泰勒被帶到世界的另一邊。還有，他終此一生都在追求著什麼，金錢、名聲、不朽，或者以上所有。他連自己的親弟弟都不熟。他又任憑多少友誼逐漸消逝？試演第一晚，他幾乎演不了戲。第二晚，他爬上露臺前想好了策略：他要看著王冠，腦中偷偷想著一串美好事物的清單。

洛杉磯家中後院的粉紅木蘭花。

戶外音樂會飄揚天際的樂音。

兩歲的泰勒躺在浴缸的一堆泡泡裡呵呵笑。

夜晚，泳池邊的伊莉莎白近乎無聲地潛入水中，水面上兩枚月亮碎成片片。那是兩人交往之初，連一次爭吵也沒有過。

十八歲和克拉克一起跳舞，兩人口袋都裝著假證件，克拉克在魔鬼燈下閃動的身影。

米蘭達的眼睛。她二十五歲、依然愛著他的眼神。

第三任妻子麗迪亞清晨在後院做瑜伽的樣子。

飯店對街咖啡店的可頌。

喝著紅酒的譚雅，她的笑容。

九歲時坐爸爸開的剷雪車，他說笑話，爸爸和弟弟笑到停不住。那一刻他感受到的純然喜悅。

泰勒。

亞瑟此生最後一場表演當晚，美好清單回憶到一半，燈就暗了，於是他依照指令離場，跟著地上的白色膠布箭頭和助理的手電筒，慢慢走下階梯到舞台右側。他看到譚雅遠在舞台另一側，趕著三個小女孩往更衣室方向走。譚雅對他笑，拋個飛吻過來，他也拋個吻回去——有何不可呢？他沒理會後台傳來的竊竊私語。

過了一會兒，管戲服的女人幫他戴上花冠，他穿著破爛的服裝，準備演出李爾王發狂的一幕。譚雅又出現在舞台另一側——那是她生命的最後一週，喬治亞流感已經那麼近了——接著後台工作人員牽著克絲婷來到他身邊。

「嗨！漫畫我好喜歡。」克絲婷小聲說。

「妳都看完啦？」

「時間不夠，只看完開頭。」

「輪到我了，等一下再跟妳聊。」亞瑟小聲說完，走進音效暴雨中。

「可是誰來啦？」飾演愛德伽的演員說，再過四天，他也會死於流感。「不是瘋狂的人，絕不會把他自己打扮成這一個樣子。」

「不，他們不能判我私造貨幣的罪名，」亞瑟毀了這句台詞。他告誡自己要專注，但卻心神渙散，有點暈眩，「我是國王。」

「啊，傷心的景象。」愛德伽說。大臣葛羅斯特把手舉到蓋著紗布的眼前，再過七天，他會病死在魁北克的公路上。

亞瑟呼吸困難。他聽到一陣豎琴音樂，三個小女孩出現了。開場飾演李爾王女兒的三個童星化作小小鬼影，成了他的幻覺。下週二，其中兩個女孩就會死於流感，一個早上過世，一個在傍晚之前。第三個是克絲婷，她輕快地掠過柱子後方。

「下半身卻是淫蕩的妖怪。」亞瑟說。事情就在此刻發生了。他忽然一陣劇痛，心口彷彿被用力一揪，重重壓住。他跌跌撞撞，伸手要扶附近的柱子，印象中就在旁邊，但卻算錯距離，手重重打在柱子上。他捧著手，依稀記起從前也做過同樣的動作，感覺好熟悉。是七歲的時候，他和弟弟在德拉諾島的海邊發現一隻受傷的小鳥。

「小鳥兒都在幹那把戲……」亞瑟說著，同時想起了那隻小鳥，但是耳中聽見自己的聲音似乎哽住了。愛德伽和葛羅斯特用奇怪的眼神看著他，他是不是唸錯台詞了？頭好昏。「小鳥……」

前排有觀眾起身。亞瑟把一隻手捧在心口，就像當年捧著受傷的鳥兒。他已經分不清自己身在何方，或許是同時身處兩地？他聽見海浪拍打岸邊的聲音，看見舞台燈光拖著尾巴穿過黑暗，好像他曾見過的彗星。那時他還是少年，站在維多利亞家外面的泥地上，抬頭一看，百武彗星像燈籠般掛在冷冷夜空。七歲在海邊那天，他記得小鳥在他手裡沒了心跳，拍了幾下翅膀，最後沒了力氣，歸於平靜。前排起身的觀眾邁步奔跑，亞瑟這裡也不平靜，他倒在柱子上，往下滑。雪花從他的四面八方落下，在燈光照耀下閃閃發亮。亞瑟覺得這是他今生見過最美的景象。

54

「十一博士」系列第二集《追求》，化作鬼魂的羅韓上校找上十一博士。上校不久前慘遭海下刺客毒手。這一幕，米蘭達重畫了十五次才描繪出心目中的鬼魂模樣。她花了好長的時間畫了又畫，多年以後，當她神智不清地站在馬來西亞的無人海邊，海鷗在空中飛起又俯衝向下，海平面上的船隊漸漸模糊，她腦海不斷浮現的正是這幅圖像。恍惚中畫面忽遠忽近，她彷彿溜進了畫框：在博士昏暗的辦公室裡，細緻的水彩塗抹出羅韓上校的半透明剪影。那地方和里昂在多倫多的辦公室一模一樣，就連桌上的兩台釘書機也相同。唯一的差別在於，里昂的辦公室能俯瞰平靜廣闊的安大略湖，博士的辦公室景色卻是太空城，一座座橋梁連結起滿是岩石的嶙峋小島，跨過港口。博美狗露利蜷縮在畫框一角睡覺，辦公室場景有兩塊角落被對話框占據：

博士：一切終結的時候，你感覺如何？

羅韓上校：就像做夢醒來那樣。

55

九月的明亮早晨，行者交響樂團離開機場。他們在機場停留五週，休息、維修篷車，每晚交替表演莎劇和音樂。他們一走，欣賞管弦樂和劇作的渴望像宿醉那樣流連不去。那天下午，蓋瑞特在花園裡忙，口中哼著巴哈的〈布蘭登堡協奏曲〉。朵樂莉一邊在大廳拖地，一邊自言自語唸著莎劇對白，而孩子們用樹枝練習鬥劍。克拉克回到博物館，用雞毛撢子拂掃展覽品，想著團員是如何帶著武器、音樂和莎士比亞，繼續沿著湖岸往南行。

昨天克絲婷拿了一本十一博士的漫畫給他。他看得出來克絲婷很捨不得，可是團員即將進入未知領域，要是路上遇見什麼狀況，她想確保起碼其中有一本能夠保存。

「據我所知，你們要去的方向十分安全。」幾天前克拉克也跟指揮說過同樣的話，好讓她安心。「有時小販會從那個方向過來。」

「不過那裡不是平常走的路。」克絲婷說。這些日子團員住在航廈A區，每晚表演音樂、戲劇，因此克拉克跟她熟了一點，若不是如此，他肯定聽不出克絲婷這句話中的興奮之情。克絲婷焦急難耐，好想親眼見見極南處的電力小鎮。「等我們回來，再用另一本跟你換這一本。這樣一來，總有一本會在安全的地方。」

晚上六、七點，克拉克擦完文明博物館所有心愛的收藏，坐進最喜歡的扶手椅，在燭光下閱覽十一博士的冒險。

他看到一幕十一號太空站的晚宴場景，停在那一頁。這畫面看起來有點眼熟，戴著方框眼鏡的女人回憶起地球上的生活：「戰前我環遊世界，在捷克共和國待過一陣子，在布拉哈……」克拉克淚水盈眶。那一瞬間，他認出這場晚宴自己也在場。他想起那個布拉哈女人，她那副眼鏡，她的做作模樣。坐在她旁邊的人很像克拉克。坐在餐桌另一頭的金髮女子毫無疑問是伊莉莎白，她後方陰影中的人有些神似亞瑟。曾經有那麼一天，克拉克在洛杉磯與這些人同桌而坐，頭上亮著電燈。只有米蘭達在畫中缺席了，坐在她位置上的是十一博士。

漫畫版的晚宴上，十一博士雙手盤胸，沒聽進眾人的對話，陷入思考。克拉克記憶中，晚宴上有外燴人員倒酒，他心中忽然湧現一陣懷念，對於在場的每一個人，外燴業者、男女主人、客人……他甚至懷念那晚舉止可恥的亞瑟、肌膚曬成橘色的律師、故意不說布拉格而說布拉哈的女人、透過玻璃窺視的博美狗。餐桌另一頭的伊莉莎白看著紅酒。克拉克記得，米蘭達當時找藉口離席，他看著她溜進夜色之中。他對她很好奇，很想多了解她，於是假借抽菸的名義跟著米蘭達出去。她後來怎麼了？好久沒想起她了。這些記憶的鬼魂哪。他記得她後來去了海運公司。

克拉克看著停機坪上的夜間活動，看著停飛二十年的班機，看著窗玻璃上閃動的燭光倒影。他不期望在有生之年看見飛機再度起飛，但或許在世上某處還有船隻啟航吧？如果有小鎮能點亮路燈，如果還有交響樂和報紙，在這逐漸甦醒的世界上，還可能有著什麼呢？或許此刻船隻出航，朝他而來，離他而去。掌舵的水手握有地圖和天文知識，需求是他們前進的動力，又或許只是出於好奇：遠在另一頭的國家變成什麼樣子了？不為別的，光是想著各種可能性也很好。他喜歡想像船隻行過水面，朝向另一個看不見的世界前進。

作者附註

本書第四十三章提及的小說（描述北美洲因吸血鬼而遭到隔離）為加斯汀・柯羅寧著作《末日之旅》。

行者交響樂團篷車上的文句，以及克思婷手臂上刺青的「光是生存還不夠」，出自《星艦迷航記：航海家號》第一二三集，一九九九年九月首播，編劇為羅納德・D・摩爾（Ronald D. Moore）。

故事中發生在馬來西亞的章節，靈感出自二〇〇九年九月二十八日刊載於《每日郵報》的報導〈揭密：不景氣時期停泊於新加坡東岸的幽靈船隊〉（Revealed: The Ghost Fleet of the Recession Anchored Just East of Singapore），感謝文章作者賽門・裴瑞（Simon Parry）。

書中在多倫多劇場公演的《李爾王》一劇，罕見地安排三個沒有台詞的小女孩飾演童年時期的李爾王女兒，此一演出方式出自二〇〇七年詹姆斯・勒平（James Lapine）在紐約公共劇場的精巧製作。

致謝

感謝我傑出的經紀人Katherine Fausset和她在Curtis Brown文學經紀的同事；感謝United Agents版權經紀公司的Anna Webber與她的工作夥伴。

感謝我的編輯們辛勤不倦地工作，讓本書比最初的樣貌增色許多。感謝Knopf出版社的Jenny Jackson、英國Picador出版社Sophie Jonathan、加拿大HarperCollins的Jennifer Lambert。感謝上述出版社在國內外曾為這本書付出的每一位工作者。

感謝Sohail Tavazoie親切地協調本書的宣傳檔期。

感謝獨立出版社Unbridled的Greg Michalson、Fred Ramey與他們的夥伴，謝謝你們慷慨相助。

感謝Michele Filgate和Peter Geye閱讀我的初稿並給予指教。

感謝Pamela Murray、Sarah MacLachlan、Nancy Miller、Christine Kopprasch、Kathy Pories、Maggie Riggs、Laura Perciaseppe和Andrea Schulz對這本書的熱情與大有裨益的編輯建議。

感謝Richard Fausset提供人類學方面的協助。

感謝Jon Rosten告訴我馬基納克橋的秘密。

感謝我的女兒、也感謝Laura，我的摯愛與夥伴。

馬倫巴

《寧靜海的旅人》衍生故事

1

想像一下我們在世紀之交的模樣：嘉柏瑞—賈各・安卓德、威利斯・克勞岱、伊寶芮・詹金斯、安娜・坎芭塔，都是十六歲，在鹽湖城巨蛋館的南入口，身穿學校制服，擺出彆扭程度不一的姿勢。墨鏡後的嘉柏瑞—賈各一如往常地高深莫測，因為十六歲的他已經確定自己不管到哪裡都將格格不入，他發現墨鏡對他的狀況有幫助。安娜的視線飄離了相機，有人喊她的名字，讓她分心了。如同嘉柏瑞—賈各，她因為內心的祕密與強烈的自我懷疑而深受困擾，但與他不同的是，她還能夠維持一派自信的假象，且擁有眾多朋友。伊寶芮神情平淡地凝視相機，她當時就已經是個畫家。只有威利斯面露微笑。他在學校如魚得水，他對於精準性和秩序有一股深沉的渴求，反映在他對數學的熱情上。他穿制服的時候最開心了，不過他當然會留意要跟我們其他人一樣嘴上抱怨制服。

照片的拍攝場合是鹽湖城巨蛋館的落成典禮。當天有演講致詞、銅管樂隊、冰淇淋和火箭背包空中舞蹈秀。到處都是無人機在飛，像機械蜻蜓般呼咻俯衝。我們拍完照之後，吃了披薩當午餐。一週後，那個學年就結束了，而在接下來的一年內，我們各奔東西，散布到三個不同大洲，所有人都分別入讀大學，只有伊寶芮除外，她退守到她祖父母在沙漠裡的一片地產上作畫。若不是這場疫情在照片拍攝的二十八年後襲來，我們或許永遠不會再見到面了。

疫情初步爆發的報導出現時，伊寶芮（她雖不是流行病學家，但是針對這個主題做過深入研讀，且記住了她讀到的所有細節）從新聞上抬起視線，放下她的平板電腦，到窗邊呼吸一下涼爽的夜晚空氣。在我們這夥人裡面，她是住得離家鄉最近的，可以在地平線上看見鹽湖城的燈火。她當時的狀況，委婉而言可以說是不太尋常。伊寶芮那對富裕闊綽的祖父母生前雇人打造了一座功能齊全的末日避難基地，她當時是其中唯一的住戶。身為藝術家，她獲得了不可思議的成功，但是跟人相處卻頗有困難。她結過三次婚，最長的一段婚姻維持了四年。她沒有子女，當下也沒有朋友，因為伊寶芮與人的友誼總是來來去去。那感覺就好像世界上其他所有人都領到過一本指南手冊，詳述朋友關係的規則，以及如何用讓人想跟你說話的方式跟人說話、又如何——算了，我們老實說吧，不只是交朋友的問題，其實更像是世界上每個人都有領到一本名為《怎樣當個人》的指南，帶著它邁入社會，伊寶芮則落在後頭跌跌撞撞，矇著眼睛，被路上的石頭一次次絆倒。

那天晚上，伊寶芮一看到新聞，立刻就意識到這種R0值為二十五的新型流感病毒引發浩劫的潛力。她躁動惶恐，轉身離開窗邊，眼神落到桌上相框裡的照片。她不禁納悶起來，自己為什麼一直把這張照片留著，展示在這麼顯眼的位置，但答案不言自明：她上一次在他人身邊真正感到自在，就是我們摸索著度過德塞特預校中學生活的十六歲那年。我們早已斷了聯繫，但是此刻當伊寶芮站在窗前，獨自置身於那幢適於避疫求生的巨大建築物中，她突然有了個奇特又瘋狂的靈感。

在五個星期內，我們一行人——伊寶芮、威利斯、安娜、嘉柏瑞—賈各——全體集合在伊寶芮家這座避難所，帶著配偶、子女、其中幾人年邁的父母、安娜的隔壁鄰居，還有狗、貓、金魚和天竺鼠。竟然花了五個星期？伊寶芮傳的訊息都那麼緊急了？延誤的時間很難解釋。對於那混亂的五個星期，我們各自的記憶有明顯的出入。但後來，當我們談起那場瘟疫，向我們的孫輩解說時，有一點我們是有共識的：

我們早知將來。

例如嘉柏瑞—賈各．安卓德，他出於某種只有他自己知道的理由，在巴黎成了頗具成就的藝術大盜，他明白到情況不對的一刻發生在他去常光顧的咖啡店排隊時，發現咖啡師全都戴了口罩。當時他並沒有密切留意新聞，但是把咖啡改成外帶——他原本從來不外帶的，但是某種古老的本能起了作用，讓他半點也不想跟其他人呼吸同樣的室內空氣。到了外面的人行道上，他看到最初幾起病例的報導，都還在很遙遠的地方，但他不可能不懷疑病毒現在正從巴黎北站下火車、通過戴高樂機場的海關、坐在計程車後座欣賞市景、在街上漫步著朝他而來——他在一對情侶從人行道上走近、以近得令人不適的距離跟他擦身時轉開了臉。然後，過不到二十分鐘，伊寶芮就傳訊息來了。

安娜接到伊寶芮的訊息時，和孩子待在中央帝國社區。訊息傳到的時候她正在摺衣服，看到螢幕上跳出來的名字讓她停下了手邊的動作。她已經很久沒有想起伊寶芮。

「妳說妳不會看手機的，」她家大女兒說。「我覺得妳這樣超虛偽的耶。」安娜當天早上因為大女兒手機使用過度而祭出沒收處分。

「有重要的訊息，」安娜說。

「那就念出來啊。」

安娜稍作考慮。她一方面經常有遭到孩子欺壓的感覺，但另一方面，伊寶芮告訴她的這個決定是如此重大，她覺得自己有必要和孩子商量。（還有，雖然她事後覺得難堪，但在那一刻，拿伊寶芮的訊息嚇嚇大女兒，好像可以合理報復一下她海嘯般的惡意放肆，安娜已經忍耐一整個早上了。）

「行，」她說。「訊息是說：

「我親愛的朋友們：我們已經多年沒有聯繫，但我仍然珍愛與你們共度的快樂回憶。這樣說有點奇怪，但我認為：一、目前的新型流感很快就會演變成大規模疫情；二、時機是最緊要的；三、大多數國家不久就會施行嚴格的封鎖措施以控制疫情擴散；四、我住在鹽湖城外的一塊地，我家有三間廚房、十二間臥室，是理想的集合居住地點；五、但是我不想獨自面對封控狀態。我想邀請你們儘快帶著家人過來，抵達後先隔離一週，當我家的住客，和我待在一起，直到這段期間結束。」

安娜抬起頭時，她十二歲的大女兒西西莉沉默地直望著她，安娜瞬間想起來她是如此年幼。

「別怕，」安娜柔聲細語對她說。「這是需要迅速果決的時候。」

「我不知道呢，」嘉柏瑞—賈各在五週之後這麼說。當時，我們在伊寶芮家的院子，頂著一片星空，第一次共進晚餐。「我不覺得只是因為我們果決。我們是走了好運吧，對不對？」

「以威利斯來說，是差點沒了好運，」伊寶芮說。

威利斯是最後一個抵達的，在封城前不到一天帶著家人匆匆趕來。「我知道，」他在搖曳的燭光下鎮定地說。「我也無法解釋為什麼拖延。我又不是不知道將來會這樣。」

2

我們早知將來。

我們早知將來，也做了相應的準備——至少，在事後那數十年，我們是如此對孩子、對自己說的。

我們早知將來，卻不怎麼相信，於是以低調而不招搖的方式未雨綢繆——「我們怎麼整個櫥櫃都是魚罐頭？」威利斯問丈夫，丈夫只含糊說是以防萬一——因為那是一種古老的恐懼，過分不理性而令人羞於啟齒：倘若道出恐懼之物的名諱，你是否會招來那東西的注意？雖然不願承認，但在最初那數週我們在論及恐懼時只肯含糊其詞，因為一旦道出「疫情」二字，也許便會將疫病引到身邊。

我們早知將來，卻故作泰然，以若無其事的態度揮開內心恐懼。在溫哥華爆出多人罹病的消息那天，也就是英國首相宣布倫敦疫情完全控制下來的三天後，威利斯與多弗照常去上班，以撒與山姆兩個兒子照常去上學，一家四人在他們最愛的餐廳共進晚餐，餐廳當晚人滿為患。（日後回想起來，就如同恐怖片場景：隱形病原體形成的一朵朵雲飄在空中，飄在餐桌與餐桌之間，在服務生經過時形成亂流。）「如果已經傳到溫哥華，那也絕對傳到這裡來了。」多弗對威利斯說道。威利斯則說：「我敢打賭，已經傳過來了。」說完，他為多弗添了些水。

「什麼東西傳到溫哥華了？」以撒問道。他才九歲。

「沒什麼。」夫夫異口同聲回答，話語出口時絲毫沒有歉疚感，因為這感覺不像是謊言。流行病並不似逐步逼近的戰爭，你不會天天聽見遠方炮聲越來越響亮，不會遙遙望見天邊的炸彈火光。基本上，疫情只會在「反觀過去」時到來，實在難以捉摸。你本以為疫情只在遠處，回神時發現自己已被團團包圍，卻未曾經歷過中間狀態。

社區劇院關閉後，多弗在臥房鏡子前練臺詞：「這就是預言的末日嗎？」我們早知將來，表現卻前後不符。我們儲備了物資——以防萬一——卻仍然送孩子去上學，因為孩子們在家時你怎麼可能專心工作？

（我們當時仍以完成工作為重。日後回想起來，最驚人的部分是，我們所有人居然都大大錯看了事情重點。）

「天啊，」學校關門數日前、開始出現傳染病相關報導後，威利斯說道，「這也太復古了吧。」

「真的。」多弗說道。他們兩人都四十多歲，記得當年的伊波拉X，不過那六十四週封城如今已被淡忘，化為童年回憶中迷霧籠罩的區塊。那段時期既不糟糕也不歡樂，只有月復一月的卡通與幻想出來的童年朋友。你也不能說自己平白失去了一年時光，因為那一年之中也有過片段美好，兩人的家長在教養孩子這方面都足夠能幹，為他們屏蔽了外界的恐怖，因此那段時期雖孤單卻也不至於忍無可忍。他們吃了不少冰淇淋，欣然接受了比以往長得多的電子產品使用時間。疫情結束後，他們相當開心，數年過後就沒再想起那段時期了。

「『復古』是什麼意思啊？」山姆問道。

威利斯瞥了小兒子一眼，腦中的確萌生了一個念頭—他日後會緊抓著這一瞬間不放—也許還是別去上學來得好。儘管如此，過去的世界還未全然消失，於是那天早晨他幫山姆與以撒打包了午餐，送他們到學校，然後回到明亮陽光下、搭運輸車前往空船航廈。不過是無害藍天下又一個尋常早晨。

到了航廈，他停下腳步聽音樂，有人在洞窟般的入口走廊拉小提琴賺點零錢。小提琴家是個閉目拉奏的老翁，腳邊帽子裡積了不少銅板。他拉著一支看上去十分古舊的小提琴——似乎真的是木材製成——威利斯雖對聲學理解不深，卻也聽得出樂音之中一股溫暖。威利斯聆聽音樂，聽著它在晨間通勤人潮中逐漸高漲，但就在此時——

——一閃而逝的黑暗，宛如日蝕——

——一瞬間的幻覺，森林、新鮮空氣、矗立周圍的樹木、夏日——

——然後他又回到了奧克拉荷馬市空船航廈，回到涼爽潔白的西區入口走廊，眨眼甩脫一時的暈眩。我方才似乎經歷了什麼，他腦中萌生這樣的想法，不過這不足以解釋適才的現象。他究竟經歷了什麼呢？那一閃而逝的黑暗，以及矗立周圍的樹林，到底是什麼？

他頓時恍然大悟：那是死後世界。

他告訴自己，閃過眼前的黑暗是死亡，森林則是死後的世界。

威利斯實際上並不相信死後世界的存在，但他相信潛意識的力量，也相信自己能下意識瞭解某件事情。他幾乎是想也不想便轉身往錯誤的方向走去，離他通勤搭的空船越來越遠。他不知道自己的目的地在哪裡，回神時卻赫然發現自己站在兒子們的校門前。

「可是你為什麼要帶兒子回家呢？」校長問道。「威利斯，我最近一直密切關注相關新聞，除了溫哥華那零星幾個個案以外，沒有什麼疫情啊。」

3

「我也是那麼做的，」過了幾週，人在避難所的安娜接在幾分鐘的沉默後說道。「我屯積了罐頭食品，跟我先生說我只是想減少出去採買的頻率。」餐桌周圍一片靜默。安娜的先生選擇不和家人一起過來，如今他已經五天沒有音訊了。

那晚，威利斯夢見自己奔跑過一片陰暗的庭園。威利斯、多弗、山姆和以撒在伊寶芮家的避難所裡共住一個房間，威利斯對她不勝感激，卻也覺得太過擁擠，讓他睡不好，四面牆壓迫逼仄。他還聽得見嘉柏瑞—賈各在隔壁房間打鼾。他清醒地躺著，想著自己真是睡不著了，可接著他就回到父親的庭園裡，在黑暗中奔跑。現實中的他父親一週前就死於瘟疫，但夢中的他還在庭園裡的某處，威利斯可以肯定。草葉在月光下閃著銀光，有些細節和現實不同——野鳥浴盆有三座而非一座，小徑拐彎的方向錯了，他也找不到那棵蘋果樹——但是他認得這個地方，夢中的庭園無限延展，他可以不停跑了又跑，自由無拘，然後他突然驚醒，在床上坐直身子，多弗在他旁邊翻動一下。

「怎麼了？」多弗悄聲說。

那聲音又響起了：外面的黑暗中，傳來一聲怪異詭譎的哭嚎。

臉譜小說選 FR6611

如果我們的世界消失了

Station Eleven

原著作者　艾蜜莉·孟德爾（Emily St. John Mandel）
譯　　者　吳品儒
附錄譯者　朱崇旻、林亦凡
書封設計　馮議徹
責任編輯　廖培穎
行銷企畫　陳彩玉、林詩玟
業　　務　李再星、李振東、林佩瑜

副總編輯　陳雨柔
編輯總監　劉麗真
事業群總經理　謝至平
發 行 人　何飛鵬

出　　版　臉譜出版
台北市南港區昆陽街16號4樓
電話：886-2-25007696　傳真：886-2-25001952
發　　行　英屬蓋曼群島商家庭傳媒股份有限公司城邦分公司
台北市南港區昆陽街16號8樓
客服專線：02-25007718；25007719
24小時傳真專線：02-25001990；25001991
服務時間：週一至週五上午09:30-12:00；下午13:30-17:00
劃撥帳號：19863813　戶名：書虫股份有限公司
讀者服務信箱：service@readingclub.com.tw
城邦網址：http://www.cite.com.tw
香港發行所　城邦（香港）出版集團有限公司
香港九龍土瓜灣土瓜灣道86號順聯工業大廈6樓A室
電話：852-25086231　傳真：852-25789337
馬新發行所　城邦（馬新）出版集團
Cite（M）Sdn. Bhd.（458372U）
41, Jalan Radin Anum, Bandar Baru Sri Petaling,
57000 Kuala Lumpur, Malaysia.
電話：603-90563833　傳真：603-90576622
電子信箱：services@cite.my

城邦讀書花園
www.cite.com.tw

二版一刷　2025年1月
I S B N　978-626-315-582-4

定價：450元（本書如有缺頁、破損、倒裝，請寄回更換）

國家圖書館出版品預行編目（CIP）資料

如果我們的世界消失了／艾蜜莉·孟德爾（Emily St. John Mandel）著；吳品儒譯. -- 二版. -- 臺北市：臉譜出版：英屬蓋曼群島商家庭傳媒股份有限公司城邦分公司發行, 2025.1
面；　公分. --（臉譜小說選；FR6611）
譯自：Station eleven
ISBN 978-626-315-582-4（平裝）

885.357　　113017141